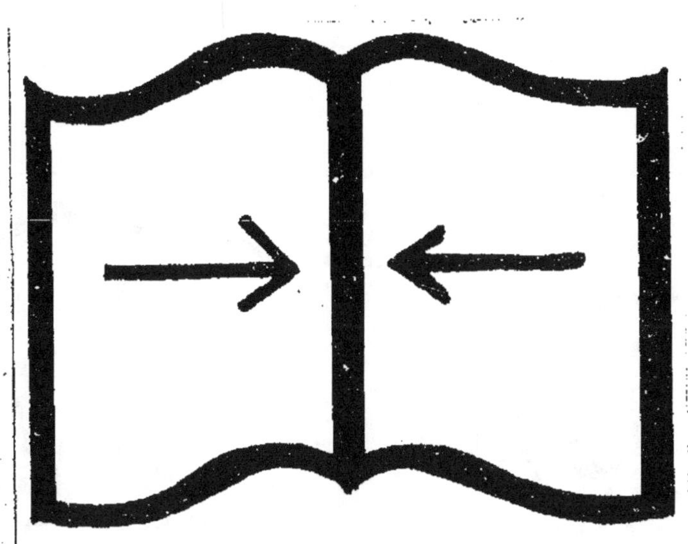

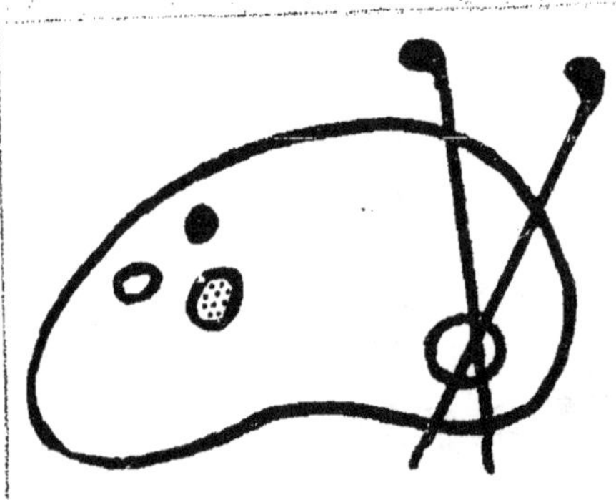

Couvertures supérieure et inférieure
en couleur

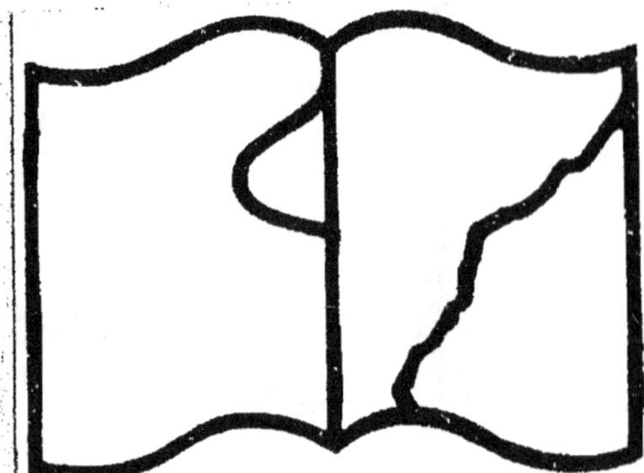

Couvertures supérieure et inférieure
détériorées

Voyages extraordinaires

LA JANGADA

HUIT CENTS LIEUES

SUR L'AMAZONE

PAR

JULES VERNE

SECONDE PARTIE

J H

BIBLIOTHÈQUE
D'ÉDUCATION ET DE RÉCRÉATION
J. HETZEL ET Cie, 18, RUE JACOB
PARIS

Paris. — Imp. Gauthier-Villars.

LA JANGADA

PAR JULES VERNE

DE ROTTERDAM A COPENHAGUE

PAR PAUL VERNE

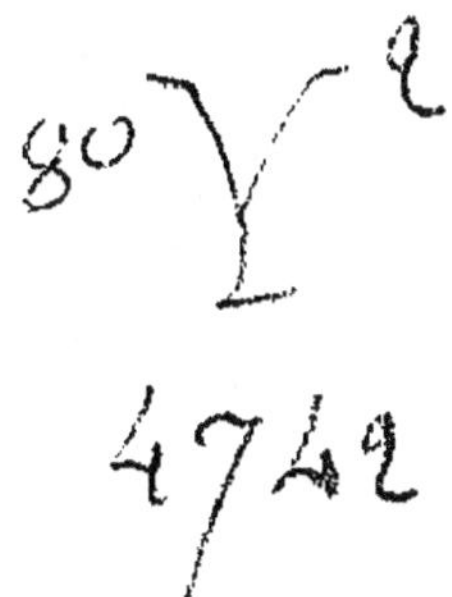

OUVRAGES DU MEME AUTEUR

VOLUMES IN-18 A 3 FR.

AVENTURES DU CAPITAINE HATTERAS, 25e édition	2 vol.
LES ENFANTS DU CAPITAINE GRANT, 22e édition	3 vol.
AVENTURES DE 3 RUSSES ET DE 3 ANGLAIS, 21e édition	1 vol.
DE LA TERRE A LA LUNE, 24e édition	1 vol.
AUTOUR DE LA LUNE, 20e édition	1 vol.
CINQ SEMAINES EN BALLON, 48e édition	1 vol.
DÉCOUVERTE DE LA TERRE, 15e édit	2 vol.
LES GRANDS NAVIGATEURS DU XVIIIe SIÈCLE, 6e édit	2 vol.
LES VOYAGEURS DU XIXe SIÈCLE, 4e édition	2 vol.
UNE VILLE FLOTTANTE, suivie des FORCEURS DE BLOCUS, 19e édit.	1 vol.
VINGT MILLE LIEUES SOUS LES MERS, 24e édition	2 vol.
VOYAGE AU CENTRE DE LA TERRE, 28e édition	1 vol.
LE PAYS DES FOURRURES, 16e édition	2 vol.
LE TOUR DU MONDE EN 80 JOURS, 55e édition	1 vol.
LE DOCTEUR OX, 22e édition	1 vol.
L'ILE MYSTÉRIEUSE, 28e édition	3 vol.
LE CHANCELLOR, 19e édition	1 vol.
MICHEL STROGOFF, 22e édition	2 vol.
LES INDES-NOIRES, 19e édition	1 vol.
HECTOR SERVADAC, 17e édition	2 vol.
UN CAPITAINE DE QUINZE ANS, 17e édition	2 vol.
LES 500 MILLIONS DE LA BÉGUM, 16e édition	1 vol.
LES TRIBULATIONS D'UN CHINOIS EN CHINE, 16e édition	1 vol.
LA MAISON A VAPEUR, 13e édition	2 vol.
LA JANGADA, 11e édition	2 vol.
UN NEVEU D'AMÉRIQUE, comédie. Prix	1 fr. 50

VOLUMES IN-8 ILLUSTRÉS.

AVENTURES DU CAPITAINE HATTERAS. Prix : broché	9 »
CINQ SEMAINES EN BALLON	5 »
VOYAGE AU CENTRE DE LA TERRE	5 »
Ces deux ouvrages réunis en un seul volume	9 »
DE LA TERRE A LA LUNE	5 »
AUTOUR DE LA LUNE	5 »
Ces deux ouvrages réunis en un seul volume	9 »
UNE VILLE FLOTTANTE, suivie des FORCEURS DE BLOCUS	5 »
AVENTURES DE 3 RUSSES ET DE 3 ANGLAIS	5 »
Ces deux ouvrages réunis en un seul volume	9 »
VINGT MILLE LIEUES SOUS LES MERS	9 »
LE PAYS DES FOURRURES	9 »
LE TOUR DU MONDE EN 80 JOURS	5 »
LE DOCTEUR OX	5 »
Ces deux ouvrages réunis en un seul volume	9 »
LES ENFANTS DU CAPITAINE GRANT	10 »
L'ILE MYSTÉRIEUSE	10 »
LE CHANCELLOR	5 »
LES INDES-NOIRES	5 »
Ces deux ouvrages réunis en un seul volume	9 »
MICHEL STROGOFF	9 »
HECTOR SERVADAC	9 »
UN CAPITAINE DE QUINZE ANS	9 »
DÉCOUVERTE DE LA TERRE	7 »
LES 500 MILLIONS DE LA BÉGUM	5 »
LES TRIBULATIONS D'UN CHINOIS EN CHINE	5 »
Ces deux ouvrages réunis en un seul volume	9 »
LES GRANDS NAVIGATEURS DU XVIIIe SIÈCLE	7 »
LES VOYAGEURS DU XIXe SIÈCLE	7 »
LA MAISON A VAPEUR	9 »
GÉOGRAPHIE ILLUSTRÉE DE LA FRANCE, par Jules VERNE et Théophile LAVALLÉE	10 »

LES VOYAGES EXTRAORDINAIRES

LA JANGADA

HUIT CENTS LIEUES

SUR L'AMAZONE

PAR

JULES VERNE

SECONDE PARTIE

BIBLIOTHÈQUE
D'ÉDUCATION ET DE RÉCRÉATION
J. HETZEL ET Cie, 18, RUE JACOB
PARIS

LA JANGADA

HUIT CENTS LIEUES SUR L'AMAZONE

SECONDE PARTIE

I

MANAO

La ville de Manao est exactement située par 3° 8′ 4″ de latitude australe et 67° 27′ de longitude à l'ouest du méridien de Paris. Quatre cent vingt lieues kilométriques la séparent de Bélem, et dix kilomètres, seulement, de l'embouchure du rio Negro.

Manao n'est pas bâtie au bord du fleuve des Amazones. C'est sur la rive gauche du rio Negro, — le plus important, le plus remarquable des tributaires de la grande artère brésilienne, — que s'élève cette capitale de la province, dominant la campine environnante du pittoresque ensemble de ses maisons privées et de ses édifices publics.

Le rio Negro, découvert, en 1645, par l'Espagnol Favella, prend sa source au flanc des montagnes situées, dans le nord-ouest, entre le Brésil et la Nouvelle-Grenade, au cœur même de la province de Popayan, et il est mis en communication avec l'Orénoque, c'est-à-dire avec les Guyanes, par deux de ses affluents, le Pimichim et le Cassiquaire.

Après un superbe cours de dix-sept cents kilomètres, le rio Negro vient, par une embouchure de onze cents toises, épancher ses eaux noires dans l'Amazone, mais sans qu'elles s'y confondent sur un espace de plusieurs milles, tant leur déversion est active et puissante. En cet endroit, les pointes de ses deux rives s'évasent et forment une vaste baie, profonde de quinze lieues, qui s'étend jusqu'aux îles Anavilhanas.

C'est là, dans l'une de ces étroites indentations, que se creuse le port de Manao. De nombreuses embarcations s'y rencontrent, les unes mouillées au courant du fleuve, attendant un vent favorable, les autres en réparation dans les nombreux iguarapés ou canaux qui sillonnent capricieusement la ville et lui donnent un aspect quelque peu hollandais.

Avec l'escale des bateaux à vapeur, qui ne va pas tarder à s'établir près de la jonction des deux fleuves, le commerce de Manao doit sensiblement s'accroître. En effet, bois de construction et d'ébénisterie, cacao, caoutchouc, café, salsepareille, canne à sucre, indigo, noix de muscade, poisson salé, beurre de tortue, ces divers objets trouvent là de nombreux cours d'eau pour les transporter en toutes directions : le rio Negro au nord et à l'ouest, la Madeira au sud et à l'ouest, l'Amazone, enfin, qui se déroule vers l'est jusqu'au littoral de l'Atlantique. La situation de cette ville est donc heureuse entre toutes et doit contribuer puissamment à sa prospérité.

Manao, — ou Manaos, — se nommait autrefois Moura, puis s'est appelée Barra de Rio-Negro. De 1757 à 1804, elle fit seulement partie de la capitainerie qui portait le nom du grand affluent dont elle occupait l'embouchure. Mais, depuis 1826, devenue la capitale de cette vaste province des Amazones, elle a emprunté son nouveau nom à une tribu de ces Indiens qui habitaient jadis les territoires du Centre-Amérique.

Plusieurs fois des voyageurs, mal informés, ont confondu cette ville avec la fameuse Manoa, sorte de cité fantastique, élevée, disait-on, près du lac légendaire de Parima, qui paraît n'être que le Branco supérieur, c'est-à-dire un simple affluent du rio Negro. Là était cet empire de l'El Dorado, dont chaque matin, s'il faut en croire les fables du pays, le souverain se faisait couvrir de poudre d'or, tant ce précieux métal, que l'on ramassait à la pelle, abondait sur ces terrains privilégiés. Mais, vérification faite, il a fallu en rabattre, et toute cette prétendue richesse aurifère se réduit à la présence de nombreuses micacées sans valeur, qui avaient trompé les avides regards des chercheurs d'or.

En somme, Manao n'a rien des splendeurs fabuleuses de cette mythologique capitale de l'El Dorado. Ce n'est qu'une ville de cinq mille habitants environ, parmi lesquels on compte au moins trois mille employés. De là, un certain nombre de bâtiments civils à l'usage de ces fonctionnaires : chambre législative, palais de la présidence, trésorerie générale, hôtel des postes, douane, sans compter un collège qui fut fondé en 1848, et un hôpital qui venait d'être créé en 1851. Qu'on y ajoute un cimetière, occupant le versant oriental de la colline où fut élevée, en 1669, contre les pirates de l'Amazone, une forteresse maintenant détruite, et l'on saura à quoi s'en tenir sur l'importance des établissements civils de la cité.

Quant aux édifices religieux, il serait difficile d'en nommer plus de deux : la petite église de la Conception et la chapelle de Notre-Dame des Remèdes, bâtie presque en rase campagne sur une tumescence qui domine Manao.

C'est peu pour une ville d'origine espagnole. A ces deux monuments il convient d'ajouter encore un couvent de Carmélites, incendié en 1850, et dont il ne reste plus que des ruines.

La population de Manao ne s'élève qu'au chiffre qui a été indiqué plus haut, et, en dehors des fonctionnaires, employés et soldats, elle se compose plus particulièrement de négociants portugais et d'Indiens appartenant aux diverses tribus du Rio-Negro.

Trois rues principales, assez irrégulières, desservent la ville; elles portent des noms significatifs dans le pays et qui ont bien leur couleur : c'est la rue Dieu-le-Père, la rue Dieu-le-Fils et la rue Dieu-le-Saint-Esprit. En outre, vers le couchant s'allonge une magnifique avenue d'orangers centenaires, que respectèrent religieusement les architectes qui, de l'ancienne cité, firent la cité nouvelle.

Autour de ces rues principales s'entre-croisent un réseau de ruelles non pavées, coupées successivement par quatre canaux que desservent des passerelles en bois. En de certains endroits, ces iguarapés promènent leurs eaux sombres au milieu de grands terrains vagues, semés d'herbes folles et de fleurs aux couleurs éclatantes : ce sont autant de squares naturels, ombragés d'arbres magnifiques, parmi lesquels domine le « sumaumeira », ce gigantesque végétal habillé d'une écorce blanche, et dont le large dôme s'arrondit en parasol au-dessus d'une noueuse ramure.

Quant aux diverses habitations privées, il faut les chercher parmi quelques centaines de maisons assez rudimentaires, les unes couvertes de tuiles, les autres coiffées des feuilles juxtaposées du palmier, avec la saillie de leurs miradors et l'avant-corps de leurs boutiques, qui sont pour la plupart tenues par des négociants portugais.

Et quelle espèce de gens voit-on sortir aux heures de la promenade, aussi bien de ces édifices publics que de ces habitations particulières? Des hommes de haute mine, avec redingote noire, chapeau de soie, souliers vernis, gants de couleur fraîche, diamants au nœud de leur cravate; des femmes en grandes et tapageuses toilettes, robes à falbalas, chapeaux à la dernière mode; des Indiens, enfin, qui, eux aussi, sont en train de s'européenniser, de manière à détruire tout ce qui pouvait rester de couleur locale dans cette partie moyenne du bassin de l'Amazone.

Telle est Manao, qu'il fallait sommairement faire

connaître au lecteur pour les besoins de cette histoire. Là, le voyage de la jangada, si tragiquement interrompu, venait de se trouver coupé au milieu du long parcours qu'elle devait accomplir; là allaient se dérouler, en peu de temps, les péripéties de cette mystérieuse affaire.

II

LES PREMIERS INSTANTS

A peine la pirogue qui emmenait Joam Garral, ou plutôt Joam Dacosta, — il convient de lui restituer ce nom, — avait-elle disparu, que Benito s'était avancé vers Manoel.

« Que sais-tu? lui demanda-t-il.

— Je sais que ton père est innocent! Oui! innocent! répéta Manoel, et qu'une condamnation capitale l'a frappé, il y a vingt-trois ans, pour un crime qu'il n'avait pas commis!

— Il t'a tout dit, Manoel?

— Tout, Benito! répondit le jeune homme. L'honnête fazender ne voulait pas que rien de son passé fût caché à celui qui allait devenir son second fils, en épousant sa fille!

— Et la preuve de son innocence, mon père peut-il enfin la produire au grand jour?

— Cette preuve, Benito, elle est toute dans ces vingt-trois ans d'une vie honorable et honorée, toute dans cette démarche de Joam Dacosta, qui venait dire à la justice : « Me voici! Je ne veux plus de cette fausse existence! Je ne veux plus me cacher sous un nom qui n'est pas mon vrai nom! Vous avez condamné un innocent! Réhabilitez-le! »

— Et mon père... lorsqu'il te parlait ainsi... tu n'as pas un instant hésité à le croire? s'écria Benito.

— Pas un instant, frère! » répondit Manoel.

Les mains des deux jeunes gens se confondirent dans une même et cordiale étreinte.

Puis Benito allant au padre Passanha :

« Padre, lui dit-il, emmenez ma mère et ma sœur dans leurs chambres! Ne les quittez pas de toute la journée! Personne ici ne doute de l'innocence de mon père, personne... vous le savez! Demain, ma mère et moi nous irons trouver le chef de police. On ne nous refusera pas l'autorisation d'entrer dans la prison. Non! ce serait trop cruel! Nous reverrons mon père, et nous déciderons quelles démarches il faut faire pour arriver à obtenir sa réhabilitation! »

Yaquita était presque inerte; mais cette vaillante

femme, d'abord terrassée par ce coup soudain, allait bientôt se relever. Yaquita Dacosta serait ce qu'avait été Yaquita Garral. Elle ne doutait pas de l'innocence de son mari. Il ne lui venait même pas à la pensée que Joam Dacosta fût blâmable de l'avoir épousée sous ce nom qui n'était pas le sien. Elle ne pensait qu'à toute cette vie de bonheur que lui avait faite cet honnête homme, injustement frappé! Oui! le lendemain elle serait à la porte de sa prison, et elle ne la quitterait pas qu'elle ne lui eût été ouverte!

Le padre Passanha l'emmena avec sa fille, qui ne pouvait retenir ses larmes, et tous trois s'enfermèrent dans l'habitation.

Les deux jeunes gens se retrouvèrent seuls.

« Et maintenant, dit Benito, il faut, Manoel, que je sache tout ce que t'a dit mon père.

— Je n'ai rien à te cacher, Benito.

— Qu'était venu faire Torrès à bord de la jangada?

— Vendre à Joam Dacosta le secret de son passé.

— Ainsi, quand nous avons rencontré Torrès dans les forêts d'Iquitos, son dessein était déjà formé d'entrer en relation avec mon père?

— Ce n'est pas douteux, répondit Manoel. Le misérable se dirigeait alors vers la fazenda dans la pensée de se livrer à une ignoble opération de chantage, préparée de longue main.

— Et lorsque nous lui avons appris, dit Benito, que mon père et toute sa famille se préparaient à repasser la frontière, il a brusquement changé son plan de conduite?...

— Oui, Benito, parce que Joam Dacosta, une fois sur le territoire brésilien, devait être plus à sa merci qu'au delà de la frontière péruvienne. Voilà pourquoi nous avons retrouvé Torrès à Tabatinga, où il attendait, où il épiait notre arrivée.

— Et moi qui lui ai offert de s'embarquer sur la jangada! s'écria Benito avec un mouvement de désespoir.

— Frère, lui dit Manoel, ne te reproche rien! Torrès nous aurait rejoints tôt ou tard! Il n'était pas homme à abandonner une pareille piste! S'il nous eût manqués à Tabatinga, nous l'aurions retrouvé à Manao!

— Oui! Manoel, tu as raison! Mais il ne s'agit plus du passé, maintenant... il s'agit du présent!... Pas de récriminations inutiles! Voyons!... »

Et, en parlant ainsi, Benito, passant sa main sur son front, cherchait à ressaisir tous les détails de cette triste affaire.

« Voyons, demanda-t-il, comment Torrès a-t-il

pu apprendre que mon père avait été condamné, il y a vingt-trois ans, pour cet abominable crime de Tijuco?

— Je l'ignore, répondit Manoel, et tout me porte à croire que ton père l'ignore aussi.

— Et, cependant, Torrès avait connaissance de ce nom de Garral sous lequel se cachait Joam Dacosta?

— Évidemment.

— Et il savait que c'était au Pérou, à Iquitos, que, depuis tant d'années, s'était réfugié mon père?

— Il le savait, répondit Manoel. Mais comment l'avait-il su, je ne puis le comprendre!

— Une dernière question, dit Benito. — Quelle proposition Torrès a-t-il faite à mon père pendant ce court entretien qui a précédé son expulsion?

— Il l'a menacé de dénoncer Joam Garral comme étant Joam Dacosta, si celui-ci refusait de lui acheter son silence.

— Et à quel prix?...

— Au prix de la main de sa fille! répondit Manoel sans hésiter, mais pâle de colère.

— Le misérable aurait osé!... s'écria Benito.

— A cette infâme demande, Benito, tu as vu quelle réponse ton père a faite!

— Oui, Manoel, oui!... la réponse d'un honnête homme indigné! Il a chassé Torrès! Mais il ne suffit pas qu'il l'ait chassé! Non! cela ne me suffit pas! C'est sur la dénonciation de Torrès qu'on est venu arrêter mon père, n'est-il pas vrai?

— Oui! sur sa dénonciation!

— Eh bien, s'écria Benito, dont le bras menaçant se dirigea vers la rive gauche du fleuve, il faut que je retrouve Torrès! Il faut que je sache comment il est devenu maître de ce secret!... Il faut qu'il me dise s'il le tient du véritable auteur du crime! Il parlera!... ou s'il refuse de parler... je sais ce qu'il me restera à faire!

— Ce qu'il restera à faire... à moi comme à toi! ajouta plus froidement, mais non moins résolûment Manoel.

— Non... Manoel... non!... à moi seul!

— Nous sommes frères, Benito, répondit Manoel, et c'est là une vengeance qui nous appartient à tous deux! »

Benito ne répliqua pas. A ce sujet, évidemment, son parti était irrévocablement pris.

En ce moment, le pilote Araujo, qui venait d'observer l'état du fleuve, s'approcha des deux jeunes gens.

« Avez-vous décidé, demanda-t-il, si la jangada doit rester au mouillage de l'île Muras ou gagner le port de Manao? »

C'était une question à résoudre avant la nuit, et elle devait être examinée de près.

En effet, la nouvelle de l'arrestation de Joam Dacosta avait dû déjà se répandre dans la ville. Qu'elle fût de nature à exciter la curiosité de la population de Manao, cela n'était pas douteux. Mais ne pouvait-elle provoquer plus que de la curiosité contre le condamné, contre l'auteur principal de ce crime de Tijuco, qui avait eu autrefois un si immense retentissement? Ne pouvait-on craindre quelque mouvement populaire à propos de cet attentat, qui n'avait pas même été expié? Devant cette hypothèse, ne valait-il pas mieux laisser la jangada amarrée près de l'île Muras, sur la rive droite du fleuve, à quelques milles de Manao?

Le pour et le contre de la question furent pesés.

« Non! s'écria Benito. Rester ici, ce serait paraître abandonner mon père et douter de son innocence! ce serait sembler craindre de faire cause commune avec lui! Il faut aller à Manao et sans retard!

— Tu as raison, Benito, répondit Manoel. Partons! »

Araujo, approuvant de la tête, prit ses mesures pour quitter l'île. La manœuvre demandait quelque soin. Il s'agissait de prendre obliquement le courant de l'Amazone doublé par celui du rio Negro, et de se diriger vers l'embouchure de cet affluent, qui s'ouvrait à douze milles au-dessous sur la rive gauche.

Les amarres, détachées de l'île, furent larguées. La jangada, rejetée dans le lit du fleuve, commença à dériver diagonalement. Araujo, profitant habilement des courbures du courant brisé par les pointes des berges, put lancer l'immense appareil dans la direction voulue, en s'aidant des longues gaffes de son équipe.

Deux heures après, la jangada se trouvait sur l'autre bord de l'Amazone, un peu au-dessus de l'embouchure du rio Negro, et ce fut le courant qui se chargea de la conduire à la rive inférieure de la vaste baie ouverte dans la rive gauche de l'affluent.

Enfin, à cinq heures du soir, la jangada était fortement amarrée le long de cette rive, non pas dans le port même de Manao, qu'elle n'aurait pu atteindre. sans avoir à refouler un courant assez rapide, mais à moins d'un petit mille au-dessous.

Le train de bois reposait alors sur les eaux noires du rio Negro, près d'une assez haute berge, hérissée de cécropias à bourgeons mordorés, et palissadée de ces roseaux à tiges raides, nommés « froxas », dont les Indiens font des armes offensives.

Quelques citadins erraient sur cette berge. C'était, à n'en pas douter, un sentiment de curiosité qui les amenait jusqu'au mouillage de la jangada. La nouvelle de l'arrestation de Joam Dacosta n'avait pas tardé à se répandre; mais la curiosité de ces Manaens n'alla pas jusqu'à l'indiscrétion, et ils se tinrent sur la réserve.

L'intention de Benito était de descendre à terre, dès le soir même. Manoel l'en dissuada.

« Attends à demain, lui dit-il. La nuit va venir, et il ne faut pas que nous quittions la jangada!

— Soit! à demain! » répondit Benito.

En ce moment, Yaquita, suivie de sa fille et du padre Passanha, sortait de l'habitation. Si Minha était encore en larmes, le visage de sa mère était sec, toute sa personne se montrait énergique et résolue. On sentait que la femme était prête à tout, à faire son devoir comme à user de son droit.

Yaquita s'avança lentement vers Manoel :

« Manoel, dit-elle, écoutez ce que j'ai à vous dire, car je vais vous parler comme ma conscience m'ordonne de le faire.

— Je vous écoute! » répondit Manoel.

Yaquita le regarda bien en face.

« Hier, dit-elle, après l'entretien que vous avez eu avec Joam Dacosta, mon mari, vous êtes venu à moi et vous m'avez appelée : ma mère! Vous avez pris la main de Minha, et vous lui avez dit : ma femme! Vous saviez tout alors, et le passé de Joam Dacosta vous était révélé !

— Oui, répondit Manoel, et que Dieu me punisse si, de ma part, il y a eu une hésitation!...

— Soit, Manoel, reprit Yaquita, mais à ce moment Joam Dacosta n'était pas encore arrêté. Maintenant la situation n'est plus la même. Quelque innocent qu'il soit, mon mari est aux mains de la justice; son passé est dévoilé publiquement; Minha est la fille d'un condamné à la peine capitale...

— Minha Dacosta ou Minha Garral, que m'importe! s'écria Manoel, qui ne put se contenir plus longtemps.

— Manoel! » murmura la jeune fille.

Et elle serait certainement tombée, si les bras de Lina n'eussent été là pour la soutenir.

« Ma mère, si vous ne voulez pas la tuer, dit Manoel, appelez-moi votre fils!

— Mon fils! mon enfant! »

Ce fut tout ce que put répondre Yaquita, et ces larmes, qu'elle refoulait avec tant de peine, jaillirent de ses yeux.

Tous rentrèrent dans l'habitation. Mais cette longue nuit, pas une heure de sommeil ne devait l'accourcir pour cette honnête famille, si cruellement éprouvée!

III

UN RETOUR SUR LE PASSÉ

C'était une fatalité, cette mort du juge Ribeiro, sur lequel Joam Dacosta avait la certitude de pouvoir compter absolument!

Avant d'être juge de droit à Manao, c'est-à-dire le premier magistrat de la province, Ribeiro avait connu Joam Dacosta, à l'époque où le jeune employé fut poursuivi pour le crime de l'arrayal diamantin. Ribeiro était alors avocat à Villa-Rica. Ce fut lui qui se chargea de défendre l'accusé devant les assises. Il prit cette cause à cœur, il la fit sienne. De l'examen des pièces du dossier, des détails de l'information, il acquit, non pas une simple conviction d'office, mais la certitude que son client était incriminé à tort, qu'il n'avait pris à aucun degré une part quelconque dans l'assassinat des soldats de l'escorte et le vol des diamants; que l'instruction avait fait fausse route, — en un mot, que Joam Dacosta était innocent.

Et pourtant, cette conviction, l'avocat Ribeiro, quels que fussent son talent et son zèle, ne parvint pas à la faire passer dans l'esprit du jury. Sur qui pouvait-il détourner la présomption du crime? Si ce n'était pas Joam Dacosta, placé dans toutes les conditions voulues pour informer les malfaiteurs de ce départ secret du convoi, qui était-ce? L'employé, qui accompagnait l'escorte, avait succombé avec la plupart des soldats, et les soupçons ne pouvaient se porter sur lui. Tout concourait donc à faire de Joam Dacosta l'unique et véritable auteur du crime.

Ribeiro le défendit avec une chaleur extrême! Il y mit tout son cœur!... Il ne réussit pas à le sauver. Le verdict du jury fut affirmatif sur toutes les questions. Joam Dacosta, convaincu de meurtre avec l'aggravation de la préméditation, n'obtint même pas le bénéfice des circonstances atténuantes et s'entendit condamner à mort.

Aucun espoir ne pouvait rester à l'accusé. Aucune commutation de peine n'était possible, puisqu'il s'agissait d'un crime relatif à l'arrayal diamantin. Le condamné était perdu... Mais, pendant la nuit qui précéda l'exécution, lorsque le gibet était déjà dressé, Joam Dacosta parvint à s'enfuir de la prison de Villa-Rica... On sait le reste.

Vingt ans plus tard, l'avocat Ribeiro était nommé juge de droit à Manao. Au fond de sa retraite, le fazender d'Iquitos apprit ce changement et vit là une heureuse circonstance qui pouvait amener la révision de son procès avec quelques chances de réussite. Il savait que les anciennes convictions de l'avocat à son sujet devaient se retrouver intactes dans l'esprit du juge. Il résolut donc de tout tenter pour arriver à la réhabilitation. Sans la nomination de Ribeiro aux fonctions de magistrat suprême dans la province des Amazones, peut-être eût-il hésité, car il n'avait aucune nouvelle preuve matérielle de son innocence à produire. Peut-être, quoique cet honnête homme souffrît terriblement d'en être réduit à se cacher dans l'exil d'Iquitos, peut-être eût-il demandé au temps d'éteindre plus encore les souvenirs de cette horrible affaire, mais une circonstance le mit en demeure d'agir sans plus tarder.

En effet, bien avant que Yaquita ne lui en eût parlé, Joam Dacosta avait reconnu que Manoel aimait sa fille. Cette union du jeune médecin militaire et de la jeune fille lui convenait sous tous les rapports. Il était évident qu'une demande en mariage se ferait un jour ou l'autre, et Joam ne voulut pas être pris au dépourvu.

Mais alors cette pensée qu'il lui faudrait marier sa fille sous un nom qui ne lui appartenait pas ; que Manoel Valdez, croyant entrer dans la famille Garral, entrerait dans la famille Dacosta, dont le chef n'était qu'un fugitif toujours sous le coup d'une condamnation capitale, cette pensée lui fut intolérable. Non ! ce mariage ne se ferait pas dans ces conditions où s'était accompli le sien propre ! Non ! jamais !

On se rappelle ce qui s'était passé à cette époque. Quatre ans après que le jeune commis, déjà l'associé de Magalhaës, fut arrivé à la fazenda d'Iquitos, le vieux Portugais avait été rapporté à la ferme mortellement blessé. Quelques jours seulement lui restaient à vivre. Il s'effraya à la pensée que sa fille allait rester seule, sans appui ; mais, sachant que Joam et Yaquita s'aimaient, il voulut que leur union se fît sans retard.

Joam refusa d'abord. Il offrit de rester le protecteur, le serviteur de Yaquita, sans devenir son mari... Les insistances de Magalhaës mourant furent telles que toute résistance devint impossible. Yaquita mit sa main dans la main de Joam, et Joam ne la retira pas.

Oui ! c'était là un fait grave ! Oui ! Joam Dacosta aurait dû ou tout avouer ou fuir à jamais cette maison dans laquelle il avait été si hospitalièrement reçu, cet établissement dont il faisait la prospérité! Oui! tout dire plutôt que de donner à la fille de son bienfaiteur un nom qui n'était pas le sien, le nom d'un condamné à mort pour crime d'assassinat, si innocent qu'il fût devant Dieu!

Mais les circonstances pressaient, le vieux fazender allait mourir, ses mains se tendirent vers les jeunes gens!... Joam Dacosta se tut, le mariage s'accomplit, et toute la vie du jeune fermier fut consacrée au bonheur de celle qui était devenue sa femme.

« Le jour où je lui avouerai tout, répétait Joam, Yaquita me pardonnera! Elle ne doutera pas de moi un instant! Mais, si j'ai dû la tromper, je ne tromperai pas l'honnête homme qui voudra entrer dans notre famille en épousant Minha! Non! plutôt me livrer et en finir avec cette existence! »

Cent fois, sans doute, Joam Dacosta eut la pensée de dire à sa femme ce qu'avait été son passé! Oui! l'aveu était sur ses lèvres, surtout lorsqu'elle le priait de la conduire au Brésil, de faire descendre à sa fille et à elle ce beau fleuve des Amazones! Il connaissait assez Yaquita pour être sûr qu'elle ne sentirait pas s'amoindrir en elle l'affection qu'elle avait pour lui!... Le courage lui manqua!

Qui ne le comprendrait, en présence de tout ce bonheur de famille qui s'épanouissait autour de lui, qui était son œuvre et qu'il allait peut-être briser sans retour !

Telle fut sa vie pendant de longues années, telle fut la source sans cesse renaissante de ces effroyables souffrances dont il garda le secret, telle fut enfin la vie de cet homme, qui n'avait pas un acte à cacher, et qu'une suprême injustice obligeait à se cacher lui-même !

Mais enfin le jour où il ne dut plus douter de l'amour de Manoel pour Minha, où il put calculer qu'une année ne s'écoulerait pas sans qu'il fût dans la nécessité de donner son consentement à ce mariage, il n'hésita plus et se mit en mesure d'agir à bref délai.

Une lettre de lui, adressée au juge Ribeiro, apprit en même temps à ce magistrat le secret de l'existence de Joam Dacosta, le nom sous lequel il se cachait, l'endroit où il vivait avec sa famille, et, en même temps, son intention formelle de venir se livrer à la justice de son pays et de poursuivre la révision d'un procès d'où sortirait pour lui ou la réhabilitation ou l'exécution de l'inique jugement rendu à Villa-Rica.

Quels furent les sentiments qui éclatèrent dans

le cœur de l'honnête magistrat? on le devine aisément. Ce n'était plus à l'avocat que s'adressait l'accusé, c'était au juge suprême de la province qu'un condamné faisait appel. Joam Dacosta se livrait entièrement à lui et ne lui demandait même pas le secret.

Le juge Ribeiro, tout d'abord troublé par cette révélation inattendue, se remit bientôt et pesa scrupuleusement les devoirs que lui imposait sa situation. C'était à lui qu'incombait la charge de poursuivre les criminels, et voilà qu'un criminel venait se remettre entre ses mains. Ce criminel, il est vrai, il l'avait défendu; il ne doutait pas qu'il eût été injustement condamné; sa joie avait été grande de le voir échapper par la fuite au dernier supplice; au besoin même, il eût provoqué, il eût facilité son évasion!... Mais ce que l'avocat eût fait autrefois, le magistrat pouvait-il le faire aujourd'hui?

« Eh bien, oui! se dit le juge, ma conscience m'ordonne de ne pas abandonner ce juste! La démarche qu'il fait aujourd'hui est une nouvelle preuve de sa non-culpabilité, une preuve morale, puisqu'il ne peut en apporter d'autres, mais peut-être la plus convaincante de toutes! Non! je ne l'abandonnerai pas! »

A partir de ce jour, une secrète correspondance s'établit entre le magistrat et Joam Dacosta. Ribeiro engagea tout d'abord son client à ne pas se compromettre par un acte imprudent. Il voulait reprendre l'affaire, revoir le dossier, réviser l'information. Il fallait savoir si rien de nouveau ne s'était produit dans l'arrayal diamantin touchant cette cause si grave. De ces complices du crime, de ces contrebandiers qui avaient attaqué le convoi, n'en était-il pas qui avaient été arrêtés depuis l'attentat? Des aveux, des demi-aveux ne s'étaient-ils pas produits? Joam Dacosta, lui, en était toujours et n'en était qu'à protester de son innocence! Mais cela ne suffisait pas, et le juge Ribeiro voulait trouver dans les éléments mêmes de l'affaire à qui en incombait réellement la criminalité.

Joam Dacosta devait donc être prudent. Il promit de l'être. Mais ce fut une consolation immense, dans toutes ses épreuves, de retrouver chez son ancien avocat, devenu juge suprême, cette entière conviction qu'il n'était pas coupable. Oui! Joam Dacosta, malgré sa condamnation, était une victime, un martyr, un honnête homme, à qui la société devait une éclatante réparation! Et, lorsque le magistrat connut le passé du fazender d'Iquitos depuis sa condamnation, la situation actuelle de sa famille, toute cette vie de dévouement, de travail, employée sans relâche à assurer le bonheur des siens, il fut, non pas plus convaincu, mais plus touché, et il se jura de tout faire pour arriver à la réhabilitation du condamné de Tijuco.

Pendant six mois, il y eut échange de correspondance entre ces deux hommes.

Un jour, enfin, les circonstances pressant, Joam Dacosta écrivit au juge Ribeiro :

« Dans deux mois, je serai près de vous, à la disposition du premier magistrat de la province !

— Venez donc ! » répondit Ribeiro.

La jangada était prête alors à descendre le fleuve. Joam Dacosta s'y embarqua avec tous les siens, femmes, enfants, serviteurs. Pendant le voyage, au grand étonnement de sa femme et de son fils, on le sait, il ne débarqua que rarement. Le plus souvent, il restait enfermé dans sa chambre, écrivant, travaillant, non à des comptes de commerce, mais, sans en rien dire, à cette sorte de mémoire qu'il appelait : « Histoire de ma vie, » et qui devait servir à la révision de son procès.

Huit jours avant sa nouvelle arrestation, faite sur la dénonciation de Torrès, qui allait devancer et peut-être anéantir ses projets, il confiait à un Indien de l'Amazone une lettre par laquelle il prévenait le juge Ribeiro de sa prochaine arrivée.

Cette lettre partit, elle fut remise à son adresse,

et le magistrat n'attendait plus que Joam Dacosta pour entamer cette grave affaire qu'il avait espoir de mener à bien.

Dans la nuit qui précéda l'arrivée de la jangada à Manao, une attaque d'apoplexie frappa le juge Ribeiro. Mais la dénonciation de Torrès, dont l'œuvre de chantage venait d'échouer devant la noble indignation de sa victime, avait été suivie d'effet. Joam Dacosta était arrêté au milieu des siens, et son vieil avocat n'était plus là pour le défendre!

Oui! en vérité, c'était là un terrible coup! Quoi qu'il en soit, le sort en était jeté; il n'y avait plus à reculer.

Joam Dacosta se redressa donc sous ce coup qui le frappait si inopinément. Ce n'était plus son honneur seulement qui était en jeu, c'était l'honneur de tous les siens!

IV

PREUVES MORALES

Le mandat d'arrestation décerné contre Joam Dacosta, dit Joam Garral, avait été lancé par le suppléant du juge Ribeiro, qui devait remplir les fonctions de ce magistrat dans la province des Amazones jusqu'à la nomination de son successeur.

Ce suppléant se nommait Vicente Jarriquez. C'était un petit bonhomme fort bourru, que quarante ans d'exercice et de procédure criminelle n'avaient pas contribué à rendre très bienveillant pour les accusés. Il avait instruit tant d'affaires de ce genre, jugé et condamné tant de malfaiteurs, que l'innocence d'un prévenu, quel qu'il fût, lui semblait *a priori* inadmissible. Certainement, il ne jugeait pas contre sa conscience, mais sa conscience, fortement cuirassée, ne se laissait pas facilement entamer par les incidents de l'interrogatoire ou les arguments de la défense. Comme beaucoup de présidents d'assises, il réagissait volontiers contre l'indulgence du jury, et quand, après avoir été passé au crible des enquêtes, informations, instructions, un accusé arrivait devant lui, toutes les présomptions étaient, à ses yeux, pour que cet accusé fût dix fois coupable.

Ce n'était point un méchant homme, cependant, ce Jarriquez. Nerveux, remuant, loquace, fin, subtil, il était curieux à observer avec sa grosse tête sur son petit corps, sa chevelure ébouriffée, que n'eût pas déparée la perruque à mortier des anciens temps, ses yeux percés à la vrille, dont le regard avait une étonnante acuité, son nez proéminent, avec lequel il aurait certainement gesticulé pour peu qu'il eût été mobile, ses oreilles écartées afin de mieux saisir tout ce qui se disait même hors de la portée ordinaire d'un appareil auditif, ses doigts tapotant sans cesse sur la table du tribunal, comme ceux d'un pianiste qui s'exerce à la muette, son buste trop long pour ses jambes trop courtes, et ses pieds qu'il croisait et décroisait incessamment lorsqu'il trônait sur son fauteuil de magistrat.

Dans la vie privée, le juge Jarriquez, célibataire endurci, ne quittait ses livres de droit criminel que pour la table qu'il ne dédaignait pas, le whist qu'il appréciait fort, les échecs où il était passé maître, et surtout les jeux de casse-tête chinois, énigmes, charades, rébus, anagrammes, logogriphes et autres, dont, comme plus d'un magistrat européen, — vrais sphinx par goût comme par profession, — il faisait son passe-temps principal.

C'était un original, on le voit, et l'on voit aussi combien Joam Dacosta allait perdre à la mort du juge Ribeiro, puisque sa cause venait devant ce peu commode magistrat.

Dans l'espèce, d'ailleurs, la tâche de Jarriquez était très simplifiée. Il n'avait point à faire office d'enquêteur ou d'instructeur, non plus qu'à diriger des débats, à provoquer un verdict, à faire application d'articles du Code pénal, ni enfin à prononcer une condamnation. Malheureusement pour le fazender d'Iquitos, tant de formalités n'étaient plus nécessaires. Joam Dacosta avait été arrêté, jugé, condamné, il y avait vingt-trois ans, pour le crime de Tijuco, la prescription n'avait pas encore couvert sa condamnation, aucune demande en commutation de peine ne pouvait être introduite, aucun pourvoi en grâce ne pouvait être accueilli. Il ne s'agissait donc, en somme, que d'établir son identité, et, sur l'ordre d'exécution qui arriverait de Rio-de-Janeiro, la justice n'aurait plus qu'à suivre son cours.

Mais, sans doute, Joam Dacosta protesterait de son innocence, il dirait avoir été condamné injustement. Le devoir du magistrat, quelque opinion qu'il eût à cet égard, serait de l'écouter. Toute la question serait de savoir quelles preuves le condamné pourrait donner de ses assertions. Et s'il n'avait pu les apporter lors de sa comparution devant ses premiers juges, était-il maintenant en mesure de les produire?

Là devait être tout l'intérêt de l'interrogatoire.

Il faut bien l'avouer cependant, le fait d'un contumax heureux et en sûreté à l'étranger, quittant tout, bénévolement, pour affronter la justice que son passé devait lui avoir appris à redouter, c'était là un cas curieux, rare, qui devait intéresser même un magistrat blasé sur toutes les péripéties d'un débat judiciaire. Était-ce de la part du condamné de Tijuco, fatigué de la vie, effrontée sottise ou élan d'une conscience qui veut à tout prix avoir raison d'une iniquité? Le problème était étrange, on en conviendra.

Le lendemain de l'arrestation de Joam Dacosta, le juge Jarriquez se transporta donc à la prison de la rue de Dieu-le-Fils, où le prisonnier avait été enfermé.

Cette prison était un ancien couvent de missionnaires, élevé sur le bord de l'un des principaux iguarapés de la ville. Aux détenus volontaires d'autrefois avaient succédé dans cet édifice, peu approprié à sa nouvelle destination, les prisonniers malgré eux d'aujourd'hui. La chambre occupée par Joam Dacosta n'était donc point une de ces tristes cellules que comporte le système pénitentiaire moderne. Une ancienne chambre de moine, avec une fenêtre, sans abat-jour, mais grillée, s'ouvrant sur un terrain vague, un banc dans un coin, une sorte de grabat dans l'autre, quelques ustensiles grossiers, rien de plus.

Ce fut de cette chambre que, ce jour-là 25 août, Joam Dacosta fut extrait vers onze heures du matin, et amené au cabinet des interrogatoires, disposé dans l'ancienne salle commune du couvent.

Le juge Jarriquez était là, devant son bureau, juché sur sa haute chaise, le dos tourné à la fenêtre, afin que sa figure demeurât dans l'ombre, tandis que celle du prévenu resterait en pleine lumière. Son greffier avait pris place à un bout de la table, la plume à l'oreille, avec l'indifférence qui caractérise ces gens de justice, prêt à consigner les demandes et les réponses.

Joam Dacosta fut introduit dans le cabinet, et,

sur un signe du magistrat, les gardes qui l'avaient amené se retirèrent.

Le juge Jarriquez regarda longuement l'accusé. Celui-ci s'était incliné devant lui et gardait une attitude convenable, ni impudente, ni humble, attendant avec dignité que des demandes lui fussent posées pour y répondre.

« Votre nom? dit le juge Jarriquez.

— Joam Dacosta.

— Votre âge?

— Cinquante-deux ans.

— Vous demeuriez?...

— Au Pérou, au village d'Iquitos.

— Sous quel nom?

— Sous le nom de Garral, qui est celui de ma mère.

— Et pourquoi portiez-vous ce nom?

— Parce que, pendant vingt-trois ans, j'ai voulu me dérober aux poursuites de la justice brésilienne. »

Les réponses étaient si précises, elles semblaient si bien indiquer que Joam Dacosta était résolu à tout avouer de son passé et de son présent, que le juge Jarriquez, peu habitué à ces procédés, redressa son nez plus verticalement que d'habitude.

« Et pourquoi, reprit-il, la justice brésilienne pouvait-elle exercer des poursuites contre vous?

— Parce que j'avais été condamné à la peine capitale, en 1826, dans l'affaire des diamants de Tijuco.

— Vous avouez donc que vous êtes Joam Dacosta?...

— Je suis Joam Dacosta. »

Tout cela était répondu avec un grand calme, le plus simplement du monde. Aussi les petits yeux du juge Jarriquez, se dérobant sous leur paupière, semblaient-ils dire : « Voilà une affaire qui ira toute seule! »

Seulement, le moment arrivait où allait être posée l'invariable question qui amenait l'invariable réponse des accusés de toute catégorie, protestant de leur innocence.

Les doigts du juge Jarriquez commencèrent à battre un léger trille sur la table.

« Joam Dacosta, demanda-t-il, que faites-vous à Iquitos?

— Je suis fazender, et je m'occupe de diriger un établissement agricole qui est considérable.

— Il est en voie de prospérité?

— De très grande prospérité.

— Et depuis quand avez-vous quitté votre fazenda?

— Depuis neuf semaines environ.

— Pourquoi?

— A cela, monsieur, répondit Joam Dacosta, j'ai donné un prétexte, mais en réalité j'avais un motif.

— Quel a été le prétexte?

— Le soin de conduire au Para tout un train de bois flotté et une cargaison des divers produits de l'Amazone.

— Ah! fit le juge Jarriquez, et quel a été le véritable motif de votre départ? »

Et en posant cette question il se disait : « Nous allons donc enfin entrer dans la voie des négations et des mensonges! »

« Le véritable motif, répondit d'une voix ferme Joam Dacosta, était la résolution que j'avais prise de venir me livrer à la justice de mon pays!

— Vous livrer! s'écria le juge, en se relevant sur son fauteuil. Vous livrer... de vous-même?...

— De moi-même!

— Et pourquoi?

— Parce que j'en avais assez, parce que j'en avais trop de cette existence mensongère, de cette obligation de vivre sous un faux nom; de cette impossibilité de pouvoir restituer à ma femme, à mes enfants celui qui leur appartient; enfin, monsieur, parce que...

— Parce que?...

— Je suis innocent! »

« Voilà ce que j'attendais! » se dit à part lui le juge Jarriquez.

Et tandis que ses doigts battaient une marche un peu plus accentuée, il fit un signe de tête à Joam Dacosta, qui signifiait clairement : « Allez! racontez votre histoire! Je la connais, mais je ne veux pas vous empêcher de la narrer à votre aise! »

Joam Dacosta, qui ne se méprit pas à cette peu encourageante disposition d'esprit du magistrat, ne voulut pas s'en apercevoir. Il fit donc l'histoire de sa vie tout entière, il parla sobrement, sans se départir du calme qu'il s'était imposé, sans omettre aucune des circonstances qui avaient précédé ou suivi sa condamnation. Il n'insista pas autrement sur cette existence honorée et honorable qu'il avait menée depuis son évasion, ni sur ses devoirs de chef de famille, d'époux et de père, qu'il avait si dignement remplis. Il ne souligna qu'une seule circonstance, — celle qui l'avait conduit à Manao pour poursuivre la révision de son procès, provoquer sa réhabilitation, et cela sans que rien l'y obligeât.

Le juge Jarriquez, naturellement prévenu contre tout accusé, ne l'interrompit pas. Il se bornait à fermer ou à ouvrir successivement les yeux, comme un homme qui entend raconter la même histoire pour la centième fois; et, lorsque Joam Dacosta déposa sur la table le mémoire qu'il avait rédigé. Il ne fit pas un mouvement pour le prendre.

« Vous avez fini? dit-il.

— Oui, monsieur.

— Et vous persistez à soutenir que vous n'avez quitté Iquitos que pour venir réclamer la révision de votre jugement?

— Je n'ai pas eu d'autre motif.

— Et qui le prouve? Qui prouve que sans la dénonciation qui a amené votre arrestation, vous vous seriez livré?

— Ce mémoire d'abord, répondit Joam Dacosta.

— Ce mémoire était entre vos mains, et rien n'atteste que, si vous n'aviez pas été arrêté, vous en auriez fait l'usage que vous dites.

— Il y a, du moins, monsieur, une pièce qui n'est plus entre mes mains, et dont l'authenticité ne peut être mise en doute.

— Laquelle?

— La lettre que j'ai écrite à votre prédécesseur, le juge Ribeiro, lettre qui le prévenait de ma prochaine arrivée.

Ah! vous aviez écrit?...

— Oui, et cette lettre, qui doit être arrivée à son adresse, ne peut tarder à vous être remise!

— Vraiment! répondit le juge Jarriquez d'un ton

quelque peu incrédule. Vous aviez écrit au juge Ribeiro?...

— Avant d'être juge de droit de cette province, répondit Joam Dacosta, le juge Ribeiro était avocat à Villa-Rica. C'est lui qui m'a défendu au procès criminel de Tijuco. Il ne doutait pas de la bonté de ma cause. Il a tout fait pour me sauver. Vingt ans plus tard, lorsqu'il est devenu le chef de la justice à Manao, je lui ai fait savoir qui j'étais, où j'étais, ce que je voulais entreprendre. Sa conviction à mon égard n'avait pas changé, et c'est sur son conseil que j'ai quitté la fazenda pour venir, en personne, poursuivre ma réhabilitation. Mais la mort l'a frappé inopinément, et peut-être suis-je perdu, monsieur, si dans le juge Jarriquez je ne retrouve pas le juge Ribeiro! »

Le magistrat, directement interpellé, fut sur le point de bondir, au mépris de toutes les habitudes de la magistrature assise; mais il parvint à se contenir et se borna à murmurer ces mots :

« Très fort, en vérité, très fort! »

Le juge Jarriquez avait évidemment des calus au cœur, et il était à l'abri de toute surprise.

En ce moment, un garde entra dans le cabinet et remit un pli cacheté l'adresse du magistrat.

Celui-ci rompit le cachet et tira une lettre de

l'enveloppe. Il l'ouvrit, il la lut, non sans une certaine contraction de sourcils, et dit :

« Je n'ai aucun motif, Joam Dacosta, pour vous cacher que voici la lettre dont vous parliez, adressée par vous au juge Ribeiro, et qui m'est communiquée. Il n'y a donc plus aucune raison de douter de ce que vous avez dit à ce sujet.

— Pas plus à ce sujet, répondit Joam Dacosta, qu'au sujet de toutes les circonstances de ma vie que je viens de vous faire connaître, et dont il n'est pas permis de douter !

— Eh ! Joam Dacosta, répondit vivement le juge Jarriquez, vous protestez de votre innocence ; mais tous les accusés en font autant ! Après tout, vous ne produisez que des présomptions morales ! Avez-vous maintenant une preuve matérielle ?

— Peut-être, monsieur, » répondit Joam Dacosta.

Sur cette parole, le juge Jarriquez quitta son siège. Ce fut plus fort que lui, et il lui fallut deux ou trois tours de chambre pour se remettre.

V

PREUVES MATÉRIELLES

Lorsque le magistrat eut repris sa place, en homme qui croyait être redevenu parfaitement maître de lui-même, il se renversa sur son fauteuil, la tête relevée, les yeux au plafond, et du ton de la plus parfaite indifférence, sans même regarder l'accusé :

« Parlez, » dit-il.

Joam Dacosta se recueillit un instant, comme s'il eût hésité à rentrer dans cet ordre d'idées, et répondit en ces termes :

« Jusqu'ici, monsieur, je ne vous ai donné de mon innocence que des présomptions morales, basées sur la dignité, sur la convenance, sur l'honnêteté de ma vie tout entière. J'aurais cru que ces preuves étaient les plus dignes d'être apportées en justice... »

Le juge Jarriquez ne put retenir un mouvement d'épaules, indiquant que tel n'était pas son avis.

« Puisqu'elles ne suffisent pas, voici quelles sont les preuves matérielles que je suis peut-être en mesure de produire, reprit Joam Dacosta. Je dis « peut-être », car je ne sais pas encore quel crédit il convient de leur accorder. Aussi, monsieur, n'ai-je parlé de cela ni à ma femme ni à mes enfants, ne voulant pas leur donner un espoir qui pourrait être déçu.

— Au fait, répondit le juge Jarriquez.

— J'ai tout lieu de croire, monsieur, que mon arrestation, la veille de l'arrivée de la jangada à Manao, a été motivée par une dénonciation adressée au chef de police.

— Vous ne vous trompez pas, Joam Dacosta, mais je dois vous dire que cette dénonciation est anonyme.

— Peu importe, puisque je sais qu'elle n'a pu venir que d'un misérable, appelé Torrès.

— Et de quel droit, demanda le juge Jarriquez, traitez-vous ainsi ce... dénonciateur ?

— Un misérable, oui, monsieur! répondit vivement Joam Dacosta. Cet homme, que j'avais hospitalièrement accueilli, n'était venu à moi que pour me proposer d'acheter son silence, pour m'offrir un marché odieux, que je n'aurai jamais le regret d'avoir repoussé, quelles que soient les conséquences de sa dénonciation !

— Toujours ce système! pensa le juge Jarriquez : accuser les autres pour se décharger soi-même! »

Mais il n'en écouta pas moins avec une extrême attention le récit que lui fit Joam Dacosta de ses relations avec l'aventurier, jusqu'au moment où Torrès vint lui apprendre qu'il connaissait et qu'il était à même de révéler le nom du véritable auteur de l'attentat de Tijuco.

« Et quel est le nom du coupable? demanda le juge Jarriquez, ébranlé dans son indifférence.

— Je l'ignore, répondit Joam Dacosta. Torrès s'est bien gardé de me le nommer.

— Et ce coupable est vivant?...

— Il est mort. »

Les doigts du juge Jarriquez tambourinèrent plus rapidement, et il ne put se retenir de répondre :

« L'homme qui pourrait apporter la preuve de l'innocence d'un accusé est toujours mort !

— Si le vrai coupable est mort, monsieur, répondit Joam Dacosta, Torrès, du moins, est vivant, et cette preuve écrite tout entière de la main de l'auteur du crime, il m'a affirmé l'avoir entre les mains! Il m'a offert de me la vendre!

— Eh! Joam Dacosta, répondit le juge Jarriquez, ce n'eût pas été trop cher que la payer de toute votre fortune!

— Si Torrès ne m'avait demandé que ma fortune, je la lui aurais abandonnée, et pas un des miens n'eût protesté! Oui, vous avez raison, monsieur, on ne peut payer trop cher le rachat de son honneur! Mais ce misérable, me sachant à sa merci, exigeait plus que ma fortune!

— Quoi donc?...

— La main de ma fille, qui devait être le prix de ce marché! J'ai refusé, il m'a dénoncé, et voilà pourquoi je suis maintenant devant vous!

— Et si Torrès ne vous eût pas dénoncé, demanda le juge Jarriquez, si Torrès ne se fût pas rencontré sur votre passage, qu'eussiez-vous fait en apprenant à votre arrivée ici la mort du juge Ribeiro? Seriez-vous venu vous livrer à la justice?...

— Sans aucune hésitation, monsieur, répondit Joam Dacosta d'une voix ferme, puisque, je vous le répète, je n'avais pas d'autre but en quittant Iquitos pour venir à Manao. »

Cela fut dit avec un tel accent de vérité, que le juge Jarriquez sentit une sorte d'émotion le pénétrer dans cet endroit du cœur où les convictions se forment ; mais il ne se rendit pas encore.

Il ne faudrait pas s'en étonner. Magistrat, procédant à cet interrogatoire, il ne savait rien de ce que savent ceux qui ont suivi Torrès depuis le commencement de ce récit. Ceux-là ne peuvent douter que Torrès n'ait entre les mains la preuve matérielle de l'innocence de Joam Dacosta. Ils ont la certitude que le document existe, qu'il contient cette attestation, et peut-être seront-ils portés à penser que le juge Jarriquez fait montre d'une impitoyable incrédulité. Mais qu'ils songent à ceci : c'est que le juge Jarriquez n'est pas dans leur situation ; il est habitué à ces invariables protestations des prévenus que la justice lui envoie ; ce document qu'invoque Joam Dacosta, il ne lui est pas produit ; il ne sait même pas s'il existe réellement, et, en fin de compte, il se trouve en présence d'un homme dont la culpabilité a pour lui force de chose jugée.

Cependant il voulut, par curiosité peut-être, pousser Joam Dacosta jusque dans ses derniers retranchements.

« Ainsi, lui dit-il, tout votre espoir repose maintenant sur la déclaration que vous a faite ce Torrès ?

— Oui, monsieur, répondit Joam Dacosta, si ma vie entière ne plaide pas pour moi !

— Où pensez-vous que soit Torrès actuellement?

— Je pense qu'il doit être à Manao.

— Et vous espérez qu'il parlera, qu'il consentira à vous remettre bénévolement ce document que vous avez refusé de lui payer du prix qu'il en demandait?

— Je l'espère, monsieur, répondit Joam Dacosta. La situation, maintenant, n'est plus la même pour Torrès. Il m'a dénoncé, et par conséquent il ne peut plus conserver un espoir quelconque de reprendre son marché dans les conditions où il voulait le conclure. Mais ce document peut encore lui valoir une fortune, qui, si je suis acquitté ou condamné, lui échappera à jamais. Or, puisque son intérêt est de me vendre ce document, sans que cela puisse lui nuire en aucune façon, je pense qu'il agira suivant son intérêt. »

Le raisonnement de Joam Dacosta était sans réplique. Le juge Jarriquez le sentit bien. Il n'y fit que la seule objection possible :

« Soit, dit-il, l'intérêt de Torrès est sans aucun doute de vous vendre ce document... si ce document existe!

— S'il n'existe pas, monsieur, répondit Joam Dacosta d'une voix pénétrante, je n'aurai plus qu'à m'en rapporter à la justice des hommes, en attendant la justice de Dieu! »

Sur ces paroles, le juge Jarriquez se leva, et, d'un ton moins indifférent, cette fois :

« Joam Dacosta, dit-il, en vous interrogeant ici, en vous laissant raconter les particularités de votre vie et protester de votre innocence, je suis allé plus loin que ne le voulait mon mandat. Une information a déjà été faite sur cette affaire, et vous avez comparu devant le jury de Villa-Rica, dont le verdict a été rendu à l'unanimité des voix, sans admission de circonstances atténuantes. Vous avez été condamné pour instigation et complicité dans l'assassinat des soldats et le vol des diamants de Tijuco, la peine capitale a été prononcée contre vous, et ce n'a été que par une évasion que vous avez pu échapper au supplice. Mais, que vous soyez venu vous livrer ou non à la justice, après vingt-trois ans, vous n'en avez pas moins été repris. Une dernière fois, vous reconnaissez que vous êtes bien Joam Dacosta, le condamné dans l'affaire de l'arrayal diamantin ?

— Je suis Joam Dacosta.

— Vous êtes prêt à signer cette déclaration ?

— Je suis prêt. »

Et d'une main qui ne tremblait pas, Joam Dacosta apposa son nom au bas du procès-verbal et du rapport que le juge Jarriquez venait de faire rédiger par son greffier.

« Le rapport, adressé au ministère de la justice, va partir pour Rio-de-Janeiro, dit le magistrat. Plusieurs jours s'écouleront avant que nous recevions l'ordre de faire exécuter le jugement qui vous condamne. Si donc, comme vous le dites, ce Torrès possède la preuve de votre innocence, faites par vous-même, par les vôtres, faites tout au monde pour qu'il la produise en temps utile ! L'ordre arrivé, aucun sursis ne serait possible, et la justice suivrait son cours ! »

Joam Dacosta s'inclina.

« Me sera-t-il permis de voir maintenant ma femme, mes enfants? demanda-t-il.

— Dès aujourd'hui, si vous le voulez, répondit le juge Jarriquez. Vous n'êtes plus au secret, et ils seront introduits près de vous dès qu'ils se présenteront. »

Le magistrat donna alors un coup de sonnette. Des gardes entrèrent dans le cabinet et emmenèrent Joam Dacosta.

Le juge Jarriquez le regarda partir, en secouant la tête.

« Eh! eh! cela est véritablement plus étrange que je ne l'aurais pensé ! » murmura-t-il.

VI

LE DERNIER COUP

Pendant que Joam Dacosta subissait cet interrogatoire, Yaquita, sur une démarche faite par Manoel, apprenait que ses enfants et elle seraient admis à voir le prisonnier, le jour même, vers quatre heures du soir.

Depuis la veille, Yaquita n'avait pas quitté sa chambre. Minha et Lina s'y tenaient près d'elle, en attendant le moment où il lui serait permis de revoir son mari. Yaquita Garral ou Yaquita Dacosta, il retrouverait en elle la femme dévouée, la vaillante compagne de toute sa vie.

Ce jour-là, vers onze heures, Benito rejoignit Manoel et Fragoso qui causaient sur l'avant de la jangada.

« Manoel, dit-il, j'ai un service à te demander.

— Lequel ?

— A vous aussi, Fragoso.

— Je suis à vos ordres, monsieur Benito, répondit le barbier.

— De quoi s'agit-il? demanda Manoel, en observant son ami, dont l'attitude était celle d'un homme qui a pris une inébranlable résolution.

— Vous croyez toujours à l'innocence de mon père, n'est-ce pas? dit Benito.

— Ah! s'écria Fragoso, je croirais plutôt que c'est moi qui ai commis le crime!

— Eh bien, il faut aujourd'hui même mettre à exécution le projet que j'avais formé hier.

— Retrouver Torrès ? demanda Manoel.

— Oui, et savoir de lui comment il a découvert la retraite de mon père! Il y a dans tout cela d'inexplicables choses! L'a-t-il connu autrefois? je ne puis le comprendre, puisque mon père n'a pas quitté Iquitos depuis plus de vingt ans, et que ce misérable en a trente à peine! Mais la journée ne s'achèvera pas avant que je le sache, ou malheur à Torrès! »

La résolution de Benito n'admettait aucune discussion. Aussi, ni Manoel, ni Fragoso n'eurent-ils la pensée de le détourner de son projet.

« Je vous demande donc, reprit Benito, de m'accompagner tous les deux. Nous allons partir à l'instant. Il ne faut pas attendre que Torrès ait quitté Manao. Il n'a plus à vendre son silence maintenant, et l'idée peut lui en venir. Partons ! »

Tous trois débarquèrent sur la berge du rio Negro et se dirigèrent vers la ville.

Manao n'était pas si considérable qu'elle ne pût être fouillée en quelques heures. On irait de maison en maison, s'il le fallait, pour y chercher Torrès ; mais mieux valait s'adresser tout d'abord aux maîtres des auberges ou des lojas, où l'aventurier avait pu se réfugier. Sans doute, l'ex-capitaine des bois n'aurait pas donné son nom, et il avait peut-être des raisons personnelles d'éviter tout rapport avec la justice. Toutefois, s'il n'avait pas quitté Manao, il était impossible qu'il échappât aux recherches des jeunes gens. En tout cas, il ne pouvait être question de s'adresser à la police, car il était très probable, — cela était effectivement, on le sait, — que sa dénonciation avait été anonyme.

Pendant une heure, Benito, Manoel et Fragoso coururent les rues principales de la ville, interrogeant les marchands dans leurs boutiques, les cabaretiers dans leurs lojas, les passants eux-mêmes, sans que personne pût reconnaître l'individu dont ils donnaient le signalement avec une extrême précision.

Torrès avait-il donc quitté Manao? Fallait-il perdre tout espoir de le rejoindre?

Manoel essayait en vain de calmer Benito, dont la tête était en feu. Coûte que coûte, il lui fallait Torrès!

Le hasard allait le servir, et ce fut Fragoso qui fut enfin mis sur la véritable piste.

Dans une auberge de la rue de Dieu-le-Saint-Esprit, au signalement qu'il donna de l'aventurier, on lui répondit que l'individu en question était descendu la veille dans la loja.

« A-t-il couché dans l'auberge? demanda Fragoso.

— Oui, répondit l'aubergiste.

— Est-il là en ce moment?

— Non, il est sorti.

— Mais a-t-il réglé son compte comme un homme qui se dispose à partir?

— En aucune façon; il a quitté sa chambre depuis une heure, et il rentrera sans doute pour le souper.

— Savez-vous quel chemin il a pris en sortant?

— On l'a vu se diriger vers l'Amazone, en descendant par la basse ville, et il est probable qu'on le rencontrerait de ce côté. »

Fragoso n'avait pas à en demander davantage. Quelques instants après, il retrouvait les deux jeunes gens et leur disait :

« Je suis sur la piste de Torrès.

— Il est là ! s'écria Benito.

— Non, il vient de sortir, et on l'a vu se diriger à travers la campagne, du côté de l'Amazone.

— Marchons ! » répondit Benito.

Il fallait redescendre vers le fleuve, et le plus court fut de prendre la rive gauche du rio Negro jusqu'à son embouchure.

Benito et ses compagnons eurent bientôt laissé en arrière les dernières maisons de la ville, et ils suivirent la berge, mais en faisant un détour pour ne pas passer en vue de la jangada.

La plaine était déserte à cette heure. Le regard pouvait se porter au loin, à travers cette campine, où les champs cultivés avaient remplacé les forêts d'autrefois.

Benito ne parlait pas : il n'aurait pu prononcer une parole. Manoel et Fragoso respectaient son silence. Ils allaient ainsi tous trois, ils regardaient, ils parcouraient l'espace depuis la rive du rio Negro jusqu'à la rive de l'Amazone. Trois quarts d'heure après avoir quitté Manao, ils n'avaient encore rien aperçu.

Une ou deux fois, des Indiens qui travaillaient à la terre furent rencontrés ; Manoel les interrogea, et l'un d'eux lui apprit enfin qu'un homme, ressemblant à celui qu'on lui désignait, venait de passer en se dirigeant vers l'angle formé par les deux cours d'eau à leur confluent.

Sans en demander davantage, Benito, par un mouvement irrésistible, se jeta en avant, et ses deux compagnons durent se hâter, afin de ne pas se laisser distancer par lui.

La rive gauche de l'Amazone apparaissait alors à moins d'un quart de mille. Une sorte de falaise s'y dessinait en cachant une partie de l'horizon, et limitait la portée du regard à un rayon de quelques centaines de pas.

Benito, précipitant sa course, disparut bientôt derrière l'une de ces tumescences sablonneuses.

« Plus vite! plus vite! dit Manoel à Fragoso. Il ne faut pas le laisser seul un instant! »

Et tous deux se jetaient dans cette direction, quand un cri se fit entendre.

Benito avait-il aperçu Torrès? Celui-ci l'avait-il vu? Benito et Torrès s'étaient-ils déjà rejoints?

Manoel et Fragoso, cinquante pas plus loin, après avoir rapidement tourné une des pointes de la berge, voyaient deux hommes arrêtés en face l'un de l'autre.

C'était Torrès et Benito.

En un instant, Manoel et Fragoso furent à leur côté.

On aurait pu croire que dans l'état d'exaltation où se trouvait Benito, il lui aurait été impossible de se contenir, au moment où il se retrouverait en présence de l'aventurier.

Il n'en fut rien.

Dès que le jeune homme se vit devant Torrès, lorsqu'il eut la certitude que celui-ci ne pouvait plus lui échapper, un changement complet se fit dans son attitude, sa poitrine se dégonfla, il retrouva tout son sang-froid, il redevint maître de lui.

Ces deux hommes, depuis quelques instants, se regardaient sans prononcer une parole.

Ce fut Torrès, le premier, qui rompit le silence, et de ce ton d'effronterie dont il avait l'habitude :

« Ah ! fit-il, monsieur Benito Garral?

— Non ! Benito Dacosta ! répondit le jeune homme.

— En effet, reprit Torrès, monsieur Benito Dacosta, accompagné de monsieur Manoel Valdez et de mon ami Fragoso ! »

Sur cette qualification outrageante que lui donnait l'aventurier, Fragoso, très disposé à lui faire un mauvais parti, allait s'élancer, lorsque Benito, toujours impassible, le retint :

« Qu'est-ce qui vous prend, mon brave ? s'écria Torrès en reculant de quelques pas. Eh ! je crois que je ferais bien de me tenir sur mes gardes ! »

Et, tout en parlant, il tira de son poncho une manchetta, cette arme offensive ou défensive, — au choix, — qui ne quitte jamais un Brésilien. Puis, à demi courbé, il attendit de pied ferme.

« Je suis venu vous chercher, Torrès, dit alors Benito, qui n'avait pas bougé devant cette attitude provocatrice.

— Me chercher? répondit l'aventurier. Je ne suis pas difficile à rencontrer ! Et pourquoi me cherchiez-vous ?

— Afin d'apprendre de votre bouche ce que vous paraissez savoir du passé de mon père !

— Vraiment !

— Oui ! j'attends que vous me disiez comment vous l'avez reconnu, pourquoi vous étiez à roder autour de notre fazenda dans les forêts d'Iquitos, pourquoi vous l'attendiez à Tabatinga ?...

— Eh bien ! il me semble que rien n'est plus clair ! répondit Torrès en ricanant. Je l'ai attendu pour m'embarquer sur sa jangada, et je me suis embarqué dans l'intention de lui faire une proposition très simple... qu'il a peut-être eu tort de rejeter ! »

A ces mots, Manoel ne put se retenir. La figure pâle, l'œil en feu, il marcha sur Torrès.

Bénito, voulant épuiser tous les moyens de conciliation, s'interposa entre l'aventurier et lui.

« Contiens-toi, Manoel, dit-il. Je me contiens bien, moi ! »

Puis reprenant :

« En effet, Torrès, je sais quelles sont les raisons qui vous ont fait prendre passage à bord de la jangada. Possesseur d'un secret qui vous a été livré sans doute, vous avez voulu faire œuvre de chantage ! Mais ce n'est pas de cela qu'il s'agit maintenant.

— Et de quoi ?

— Je veux savoir comment vous avez pu reconnaître Joam Dacosta dans le fazender d'Iquitos !

— Comment j'ai pu le reconnaître ! répondit Torrès, ce sont mes affaires, cela, et je n'éprouve pas le besoin de vous les raconter ! L'important, c'est que je ne me sois pas trompé, lorsque j'ai dénoncé en lui le véritable auteur du crime de Tijuco !

Vous me direz !... s'écria Benito, qui commençait à perdre la possession de lui-même.

— Je ne dirai rien ! riposta Torrès. Ah ! Joam Dacosta a repoussé mes propositions ! Il a refusé de m'admettre dans sa famille ! Eh bien ! maintenant que son secret est connu, qu'il est arrêté, c'est moi qui refuserai d'entrer dans sa famille, la famille d'un voleur, d'un assassin, d'un condamné que le gibet attend !

— Misérable ! » s'écria Benito, qui, à son tour, tira

une manchetta de sa ceinture et se mit sur l'offensive.

Manoel et Fragoso, par un mouvement identique, s'étaient aussi rapidement armés.

« Trois contre un ! dit Torrès.

— Non ! Un contre un ! répondit Benito.

— Vraiment ! J'aurais plutôt cru à un assassinat de la part du fils d'un assassin !

— Torrès ! s'écria Benito, défends-toi, ou je te tue comme un chien enragé !

— Enragé, soit ! répondit Torrès. Mais je mords, Benito Dacosta, et gare aux morsures ! »

Puis, ramenant à lui sa manchetta, il se mit en garde, prêt à s'élancer sur son adversaire.

Benito avait reculé de quelques pas.

« Torrès, dit-il, en reprenant tout le sang-froid qu'il avait un instant perdu, vous étiez l'hôte de mon père, vous l'avez menacé, vous l'avez trahi, vous l'avez dénoncé, vous avez accusé un innocent, et, avec l'aide de Dieu, je vais vous tuer ! »

Le plus insolent sourire s'ébaucha sur les lèvres de Torrès. Peut-être ce misérable eut-il, en ce moment, la pensée d'empêcher tout combat entre Benito et lui, et il le pouvait. En effet, il avait compris que Joam Dacosta n'avait rien dit de ce document qui renfermait la preuve matérielle de son innocence.

Or, en révélant à Benito que lui, Torrès, possédait

cette preuve, il l'eût à l'instant désarmé. Mais, outre qu'il voulait attendre au dernier moment, sans doute afin de tirer un meilleur prix de ce document, le souvenir des insultantes paroles du jeune homme, la haine qu'il portait à tous les siens, lui fit oublier même son intérêt.

D'ailleurs, très accoutumé au maniement de la manchetta, dont il avait souvent eu l'occasion de se servir, l'aventurier était robuste, souple, adroit. Donc, contre un adversaire, âgé de vingt ans à peine, qui ne pouvait avoir ni sa force ni son adresse, les chances étaient pour lui.

Aussi Manoel, dans un dernier effort, voulut-il insister pour se battre à la place de Benito.

« Non, Manoel, répondit froidement le jeune homme, c'est à moi seul de venger mon père, et, comme il faut que tout ici se passe dans les règles, tu seras mon témoin !

— Benito !...

— Quant à vous, Fragoso, vous ne me refuserez pas si je vous prie de servir de témoin à cet homme?

— Soit, répondit Fragoso, quoiqu'il n'y ait aucun honneur à cela ! — Moi, sans tant de cérémonies, ajouta-t-il, je l'aurais tout bonnement tué comme une bête fauve ! »

L'endroit où le combat allait avoir lieu était une

berge plate, qui mesurait environ quarante pas de largeur et dominait l'Amazone d'une quinzaine de pieds. Elle était coupée à pic, par conséquent très accore. A sa partie inférieure, le fleuve coulait lentement, en baignant les paquets de roseaux qui hérissaient sa base.

Il n'y avait donc que peu de marge dans le sens de la largeur de cette berge, et celui des deux adversaires qui céderait serait bien vite acculé à l'abîme.

Le signal donné par Manoel, Torrès et Benito marchèrent l'un sur l'autre.

Benito se possédait alors entièrement. Défenseur d'un sainte cause, son sang-froid l'emportait, et de beaucoup, sur celui de Torrès, dont la conscience, si insensible, si endurcie qu'elle fût, devait en ce moment troubler le regard.

Lorsque tous deux se furent rejoints, le premier coup fut porté par Benito. Torrès le para. Les deux adversaires reculèrent alors; mais, presque aussitôt, ils revenaient l'un sur l'autre, ils se saisissaient de la main gauche à l'épaule... Ils ne devaient plus se lâcher.

Torrès, plus vigoureux, lança latéralement un coup de sa manchetta que Benito ne put entièrement esquiver. Son flanc droit fut atteint, et l'étoffe de son poncho se rougit de sang. Mais il riposta vivement et blessa légèrement Torrès à la main.

Divers coups furent alors échangés sans qu'aucun fût décisif. Le regard de Benito, toujours silencieux, plongeait dans les yeux de Torrès, comme une lame qui s'enfonce jusqu'au cœur. Visiblement, le misérable commençait à se démonter. Il recula donc peu à peu, poussé par cet implacable justicier, qui était plus décidé à prendre la vie du dénonciateur de son père qu'à défendre la sienne. Frapper, c'était tout ce que voulait Benito, lorsque l'autre ne cherchait déjà plus qu'à parer ses coups.

Bientôt Torrès se vit acculé à la lisière même de la berge, en un endroit où, légèrement évidée, elle surplombait le fleuve. Il comprit le danger, il voulut reprendre l'offensive et regagner le terrain perdu... Son trouble s'accroissait, son regard livide s'éteignait sous ses paupières... Il dut enfin se courber sous le bras qui le menaçait.

« Meurs donc ! » cria Benito.

Le coup fut porté en pleine poitrine, mais la pointe de la manchetta s'émoussa sur un corps dur, caché sous le poncho de Torrès.

Benito redoubla son attaque. Torrès, dont la riposte n'avait pas atteint son adversaire, se sentit perdu. Il fut encore obligé de reculer. Alors il voulut crier... crier que la vie de Joam Dacosta était attachée à la sienne!... Il n'en eut pas le temps.

Un second coup de la manchetta s'enfonça, cette fois, jusqu'au cœur de l'aventurier. Il tomba en arrière, et, le sol lui manquant soudain, il fut précipité en dehors de la berge. Une dernière fois ses mains se raccrochèrent convulsivement à une touffe de roseaux, mais elles ne purent l'y retenir... il disparut sous les eaux du fleuve.

Benito était appuyé sur l'épaule de Manoel. Fragoso lui serrait les mains. Il ne voulut même pas donner à ses compagnons le temps de panser sa blessure, qui était légère.

« A la jangada! dit-il, à la jangada! »

Manoel et Fragoso, sous l'empire d'une émotion profonde, le suivirent sans ajouter une parole.

Un quart d'heure après, tous trois arrivaient près de la berge à laquelle la jangada était amarrée. Benito et Manoel se précipitaient dans la chambre de Yaquita et de Minha, et ils les mettaient toutes deux au courant de ce qui venait de se passer.

« Mon fils! mon frère! »

Ces cris étaient partis à la fois.

— A la prison!... dit Benito.

— Oui!... viens!... viens!... » répondit Yaquita.

Benito, suivi de Manoel, entraîna sa mère. Tous

trois débarquèrent, se dirigèrent vers Manao, et, une demi-heure plus tard, ils arrivaient devant la prison de la ville.

Sur l'ordre qui avait été préalablement donné par le juge Jarriquez, on les introduisit immédiatement et ils furent conduits à la chambre occupée par le prisonnier.

La porte s'ouvrit.

Joam Dacosta vit entrer sa femme, son fils et Manoel.

« Ah ! Joam, mon Joam ! s'écria Yaquita.

— Yaquita ! ma femme ! mes enfants ! répondit le prisonnier, qui leur ouvrit ses bras et les pressa sur son cœur.

— Mon Joam innocent.

— Innocent et vengé !... s'écria Benito.

— Vengé ! Que veux-tu dire ?

— Torrès est mort, mon père, et mort de ma main !

— Mort !... Torrès !... mort !... s'écria Joam Dacosta. Ah ! mon fils !... tu m'as perdu ! »

VII

RÉSOLUTIONS

Quelques heures plus tard, toute la famille, revenue à la jangada, était réunie dans la salle commune. Tous étaient là, — moins ce juste, qu'un dernier coup venait de frapper!

Benito, atterré, s'accusait d'avoir perdu son père. Sans les supplications de Yaquita, de sa sœur, du padre Passanha, de Manoel, le malheureux jeune homme se serait peut-être porté, dans les premiers moments de son désespoir, à quelque extrémité sur lui-même. Mais on ne l'avait pas perdu de vue, on ne l'avait pas laissé seul. Et pourtant, quelle plus noble conduite que la sienne! N'était-ce pas une légitime vengeance qu'il avait exercée contre le dénonciateur de son père!

Ah! pourquoi Joam Dacosta n'avait-il pas tout dit

avant de quitter la jangada ! Pourquoi avait-il voulu se réserver de ne parler qu'au juge de cette preuve matérielle de sa non-culpabilité ! Pourquoi, dans son entretien avec Manoel, après l'expulsion de Torrès, s'était-il tu sur ce document que l'aventurier prétendait avoir entre les mains ! Mais, après tout, quelle foi devait-il ajouter à ce que lui avait dit Torrès? Pouvait-il être certain qu'un tel document fût en la possession de ce misérable ?

Quoi qu'il en soit, la famille savait tout maintenant, et de la bouche même de Joam Dacosta. Elle savait qu'au dire de Torrès la preuve de l'innocence du condamné de Tijuco existait réellement ; que ce document avait été écrit de la main même de l'auteur de l'attentat ; que ce criminel, pris de remords, au moment de mourir, l'avait remis à son compagnon Torrès, et que celui-ci, au lieu de remplir les volontés du mourant, avait fait de la remise de ce document une affaire de chantage !... Mais elle savait aussi que Torrès venait de succomber dans ce duel, que son corps s'était englouti dans les eaux de l'Amazone, et qu'il était mort, sans même avoir prononcé le nom du vrai coupable !

A moins d'un miracle, Joam Dacosta, maintenant, devait être considéré comme irrémissiblement perdu. La mort du juge Ribeiro, d'une part, la mort de

Torrès de l'autre, c'était là un double coup dont il ne pourrait se relever !

Il convient de dire ici que l'opinion publique à Manao, injustement passionnée comme toujours, était toute contre le prisonnier. L'arrestation si inattendue de Joam Dacosta remettait en mémoire cet horrible attentat de Tijuco, oublié depuis vingt-trois ans. Le procès du jeune employé des mines de l'arrayal diamantin, sa condamnation à la peine capitale, son évasion, quelques heures avant le supplice, tout fut donc repris, fouillé, commenté. Un article, qui venait de paraître dans l'*O Diario d'o Grand Para,* le plus répandu des journaux de cette région, après avoir relaté toutes les circonstances du crime, était manifestement hostile au prisonnier. Pourquoi aurait-on cru à l'innocence de Joam Dacosta, lorsqu'on ignorait tout ce que savaient les siens, — ce qu'ils étaient seuls à savoir !

Aussi la population de Manao fut-elle instantanément surexcitée. La tourbe des Indiens et des noirs, aveuglée follement, ne tarda pas à affluer autour de la prison, en poussant des cris de mort. Dans ce pays des deux Amériques, dont l'une voit trop souvent s'appliquer les odieuses exécutions de la loi de Lynch, la foule a vite fait de se livrer à ses instincts cruels, et l'on pouvait craindre qu'en cette occasion elle ne voulût faire justice de ses propres mains!

Quelle triste nuit pour les passagers de la fazenda! Maîtres et serviteurs avaient été frappés de ce coup! Ce personnel de la fazenda, n'était-ce pas les membres d'une même famille? Tous, d'ailleurs, voulurent veiller pour la sûreté de Yaquita et des siens. Il y avait sur la rive du rio Negro une incessante allée et venue d'indigènes, évidemment surexcités par l'arrestation de Joam Dacosta, et qui sait à quels excès ces gens, à demi barbares, auraient pu se porter!

La nuit se passa, cependant, sans qu'aucune démonstration fût faite contre la jangada.

Le lendemain, 26 août, dès le lever du soleil, Manoel et Fragoso, qui n'avaient pas quitté Benito d'un instant pendant cette nuit d'angoisses, tentèrent de l'arracher à son désespoir. Après l'avoir emmené à l'écart, ils lui firent comprendre qu'il n'y avait plus un moment à perdre, qu'il fallait se décider à agir.

« Benito, dit Manoel, reprends possession de toi-même, redeviens un homme, redeviens un fils!

— Mon père! s'écria Benito, je l'ai tué!...

— Non, répondit Manoel, et avec l'aide du ciel, il est possible que tout ne soit pas perdu!

— Écoutez-nous, monsieur Benito, » dit Fragoso.

Le jeune homme, passant la main sur ses yeux, fit un violent effort sur lui-même.

« Benito, reprit Manoel, Torrès n'a jamais rien dit qui puisse nous mettre sur la trace de son passé. Nous ne pouvons donc savoir quel est l'auteur du crime de Tijuco, ni dans quelles conditions il l'a commis. Chercher de ce côté, ce serait perdre notre temps !

— Et le temps nous presse ! ajouta Fragoso.

— D'ailleurs, dit Manoel, lors même que nous parviendrions à découvrir quel a été ce compagnon de Torrès, il est mort, et il ne pourrait témoigner de l'innocence de Joam Dacosta. Mais il n'en est pas moins certain que la preuve de cette innocence existe, et il n'y a pas lieu de douter de l'existence d'un document, puisque Torrès venait en faire l'objet d'un marché. Il l'a dit lui-même. Ce document, c'est un aveu entièrement écrit de la main du coupable, qui rapporte l'attentat jusque dans ses plus petits détails, et qui réhabilite notre père ! Oui, cent fois oui ! ce document existe !

— Mais Torrès n'existe plus, lui ! s'écria Benito, et le document a péri avec ce misérable !...

— Attends et ne désespère pas encore ! répondit Manoel. Tu te rappelles dans quelles conditions nous avons fait la connaissance de Torrès ? C'était au milieu des forêts d'Iquitos. Il poursuivait un singe, qui lui avait volé un étui de métal, auquel il tenait singulièrement, et sa poursuite durait déjà depuis deux heures lorsque ce singe est tombé sous nos balles. Eh bien, peux-tu croire que ce soit pour les quelques pièces d'or enfermées dans cet étui que Torrès avait mis un tel acharnement à le ravoir, et ne te souviens-tu pas de l'extraordinaire satisfaction qu'il laissa paraître lorsque tu lui remis cet étui, arraché à la main du singe?

— Oui !... oui !... répondit Benito. Cet étui que j'ai tenu, que je lui ai rendu !... Peut-être renfermait-il... !

— Il y a là plus qu'une probabilité !... Il y a une certitude !... répondit Manoel.

— Et j'ajoute ceci, dit Fragoso, — car ce fait me revient maintenant à la mémoire. Pendant la visite que vous avez faite à Ega, je suis resté à bord, sur le conseil de Lina, afin de surveiller Torrès, et je l'ai vu... oui... je l'ai vu lire et relire un vieux papier tout jauni... en murmurant des mots que je ne pouvais comprendre !

— C'était le document ! s'écria Benito, qui se raccrochait à cet espoir, — le seul qui lui restât ! — Mais, ce document, n'a-t-il pas dû le déposer en lieu sûr?

— Non, répondit Manoel, non !... Il était trop précieux pour que Torrès pût songer à s'en séparer ! Il devait le porter toujours sur lui et, sans doute, dans cet étui !...

— Attends... attends... Manoel ! s'écria Benito. Je me souviens! Oui! je me souviens !... Pendant le duel, au premier coup que j'ai porté à Torrès en pleine poitrine, ma manchetta a rencontré sous son poncho un corps dur... comme une plaque de métal...

— C'était l'étui ! s'écria Fragoso.

— Oui ! répondit Manoel. Plus de doute possible ! Cet étui, il était dans une poche de sa vareuse !

— Mais le cadavre de Torrès ?...

— Nous le retrouverons !

— Mais ce papier! L'eau l'aura atteint, peut-être détruit, rendu indéchiffrable !

— Pourquoi, répondit Manoel, si cet étui de métal qui le contient était hermétiquement fermé !

— Manoel, répondit Benito, qui se raccrochait à ce dernier espoir, tu as raison ! Il faut retrouver le cadavre de Torrès ! Nous fouillerons toute cette partie du fleuve, si cela est nécessaire, mais nous le retrouverons ! »

Le pilote Araujo fut aussitôt appelé et mis au courant de ce qu'on allait entreprendre.

« Bien! répondit Araujo. Je connais les remous et les courants au confluent du rio Negro et de l'Amazone, et nous pouvons réussir à retrouver le corps de Torrès. Prenons les deux pirogues, les deux ubas, une douzaine de nos Indiens, et embarquons. »

Le padre Passanha sortait alors de la chambre de Yaquita. Benito alla à lui et il lui apprit, en quelques mots, ce qu'ils allaient tenter pour rentrer en possession du document.

« N'en dites rien encore ni à ma mère ni à ma sœur! ajouta-t-il. Ce dernier espoir, s'il était déçu, les tuerait!

— Va, mon enfant, va, répondit le padre Passanha, et que Dieu vous assiste dans vos recherches! »

Cinq minutes après, les quatre embarcations débordaient la jangada; puis, après avoir descendu le rio Negro, elles arrivaient près de la berge de l'Amazone, sur la place même où Torrès, mortellement frappé, avait disparu dans les eaux du fleuve.

VIII

PREMIÈRES RECHERCHES

Les recherches devaient être opérées sans retard, et cela pour deux raisons graves :

La première, — question de vie ou de mort, — c'est que cette preuve de l'innocence de Joam Dacosta, il importait qu'elle fût produite avant qu'un ordre arrivât de Rio-de-Janeiro. En effet, cet ordre, l'identité du condamné étant établie, ne pouvait être qu'un ordre d'exécution.

La seconde, c'est qu'il fallait ne laisser le corps de Torrès séjourner dans l'eau que le moins de temps possible, afin de retrouver intact l'étui et ce qu'il pouvait contenir.

Araujo fit preuve, en cette conjoncture, non seulement de zèle et d'intelligence, mais aussi d'une parfaite connaissance de l'état du fleuve, à son confluent avec le rio Negro.

« Si Torrès, dit-il aux deux jeunes gens, a été tout d'abord entraîné par le courant, il faudra draguer le fleuve sur un bien long espace, car d'attendre que son corps reparaisse à la surface par l'effet de la décomposition, cela demanderait plusieurs jours.

— Nous ne le pouvons pas, répondit Manoel, et il faut qu'aujourd'hui même nous ayons réussi !

— Si, au contraire, reprit le pilote, ce corps est resté pris dans les herbes et les roseaux, au bas de la berge, nous ne serons pas une heure sans l'avoir retrouvé.

— A l'œuvre donc ! » répondit Benito.

Il n'y avait pas d'autre manière d'opérer. Les embarcations s'approchèrent de la berge, et les Indiens, munis de longues gaffes, commencèrent à sonder toutes les parties du fleuve, à l'aplomb de cette rive, dont le plateau avait servi de lieu de combat.

L'endroit, d'ailleurs, avait pu être facilement reconnu. Une traînée de sang tachait le talus dans sa partie crayeuse, qui s'abaissait perpendiculairement jusqu'à la surface du fleuve. Là, de nombreuses gouttelettes, éparses sur les roseaux, indiquaient la place même où le cadavre avait disparu.

Une pointe de la rive, se dessinant à une cinquantaine de pieds en aval, retenait les eaux immobiles dans une sorte de remous, comme dans une large cuvette. Nul courant ne se propageait au pied de la grève, et les roseaux s'y maintenaient normalement dans une rigidité absolue. On pouvait donc espérer que le corps de Torrès n'avait pas été entraîné en pleine eau. D'ailleurs, au cas où le lit du fleuve aurait accusé une déclivité suffisante, tout au plus aurait-il pu glisser à quelques toises du talus, et là encore aucun fil de courant ne se faisait sentir.

Les ubas et les pirogues, se divisant la besogne, limitèrent donc le champ des recherches à l'extrême périmètre du remous, et, de la circonférence au centre, les longues gaffes de l'équipe n'en laissèrent pas un seul point inexploré.

Mais aucun sondage ne permit de retrouver le corps de l'aventurier, ni dans le fouillis des roseaux ni sur le fond du lit, dont la pente fut alors étudiée avec soin.

Deux heures après le commencement de ce travail, on fut amené à reconnaître que le corps, ayant sans doute heurté le talus, avait dû tomber obliquement, et rouler hors des limites de ce remous, où l'action du courant commençait à se faire sentir.

« Mais il n'y a pas lieu de désespérer, dit Manoel, encore moins de renoncer à nos recherches !

— Faudra-t-il donc, s'écria Benito, fouiller le fleuve dans toute sa largeur et dans toute sa longueur ?

— Dans toute sa largeur, peut-être, répondit Araujo. Dans toute sa longueur, non !... heureusement !

— Et pourquoi ? demanda Manoel.

— Parce que l'Amazone, à un mille en aval de son confluent avec le rio Negro, fait un coude très prononcé, en même temps que le fond de son lit remonte brusquement. Il y a donc là comme une sorte de barrage naturel, bien connu des mariniers sous le nom de barrage de Frias, que les objets flottant à sa surface peuvent seuls franchir. Mais, s'il s'agit de ceux que le courant roule entre deux eaux, il leur est impossible de dépasser le talus de cette dépression ! »

C'était là, on en conviendra, une circonstance heureuse, si Araujo ne se trompait pas. Mais, en somme, on devait se fier à ce vieux pratique de l'Amazone. Depuis trente ans qu'il faisait le métier de pilote, la passe du barrage de Frias, où le courant s'accentuait en raison de son resserrement, lui avait souvent donné bien du mal. L'étroitesse du chenal, la hauteur du fond, rendaient cette passe fort difficile, et plus d'un train de bois s'y était trouvé en détresse.

Donc, Araujo avait raison de dire que, si le corps de Torrès était encore maintenu par sa pesanteur spécifique sur le fond sablonneux du lit, il ne pouvait avoir été entraîné au delà du barrage. Il est vrai que plus tard, lorsque, par suite de l'expansion des gaz, il remonterait à la surface, nul doute qu'il ne prît alors le fil du courant et n'allât irrémédiablement se perdre, en aval, hors de la passe. Mais cet effet purement physique ne devait pas se produire avant quelques jours.

On ne pouvait s'en rapporter à un homme plus habile et connaissant mieux ces parages que le pilote Araujo. Or, puisqu'il affirmait que le corps de Torrès ne pouvait avoir été entraîné au delà de l'étroit chenal, sur l'espace d'un mille au plus, en fouillant toute cette portion du fleuve, on devait nécessairement le retrouver.

Aucune île, d'ailleurs, aucun îlot, ne rompait en cet endroit le cours de l'Amazone. De là cette conséquence que, lorsque la base des deux berges du fleuve aurait été visitée jusqu'au barrage, ce serait dans le lit même, large de cinq cents pieds, qu'il conviendrait de procéder aux plus minutieuses investigations.

C'est ainsi que l'on opéra. Les embarcations, prenant la droite et la gauche de l'Amazone, longèrent les deux berges. Les roseaux et les herbes furent fouillés à coups de gaffe. Des moindres saillies des rives, auxquelles un corps aurait pu s'accrocher, pas un point n'échappa aux recherches d'Araujo et de ses Indiens.

Mais tout ce travail ne produisit aucun résultat, et la moitié de la journée s'était déjà écoulée, sans que l'introuvable corps eût pu être ramené à la surface du fleuve.

Une heure de repos fut accordée aux Indiens. Pendant ce temps, ils prirent quelque nourriture, puis se remirent à la besogne.

Cette fois, les quatre embarcations, dirigées chacune par le pilote, par Benito, par Fragoso, par Manoel, se partagèrent en quatre zones tout l'espace compris entre l'embouchure du rio Negro et le barrage de Frias. Il s'agissait maintenant d'explorer le lit du fleuve. Or, en de certains endroits, la manœuvre des gaffes ne parut pas devoir être suffisante pour bien fouiller le fond lui-même. C'est pourquoi des sortes de dragues, ou plutôt de herses, faites de pierres et de ferraille, enfermées dans un solide filet, furent installées à bord, et, tandis que les embarcations étaient poussées perpendiculairement aux rives, on immergea ces râteaux qui devaient racler le fond en tous sens.

Ce fut à cette besogne difficile que Benito et ses compagnons s'employèrent jusqu'au soir. Les ubas et les pirogues, manœuvrées à la pagaie, se promenèrent à la surface du fleuve dans tout le bassin que terminait en aval le barrage de Frias.

Il y eut bien des instants d'émotion, pendant cette période des travaux, lorsque les herses, accrochées à quelque objet du fond, faisaient résistance. On les halait alors, mais, au lieu du corps si avidement recherché, elles ne ramenaient que quelques lourdes pierres ou des paquets d'herbages qu'elles arrachaient de la couche de sable.

Cependant personne ne songeait à abandonner l'exploration entreprise. Tous s'oubliaient pour cette œuvre de salut. Benito, Manoel, Araujo n'avaient point à exciter les Indiens ni à les encourager. Ces braves gens savaient qu'ils travaillaient pour le fazender d'Iquitos, pour l'homme qu'ils aimaient, pour le chef de cette grande famille, qui comprenait dans une même égalité les maîtres et les serviteurs!

Oui! s'il le fallait, sans songer à la fatigue, on passerait la nuit à sonder le fond de ce bassin. Ce que valait chaque minute perdue, tous ne le savaient que trop.

Et pourtant, un peu avant que le soleil eût disparu, Araujo, trouvant inutile de continuer cette opération dans l'obscurité, donna le signal de ralliement aux embarcations, et elles revinrent au confluent du rio Negro, de manière à regagner la jangada.

L'œuvre, si minutieusement et si intelligemment qu'elle eût été conduite, n'avait pas abouti !

Manoel et Fragoso, en revenant, n'osaient causer de cet insuccès devant Benito. Ne devaient-ils pas craindre que le découragement ne le poussât à quelque acte de désespoir !

Mais ni le courage, ni le sang-froid ne devaient plus abandonner ce jeune homme. Il était résolu à aller jusqu'au bout dans cette suprême lutte pour sauver l'honneur et la vie de son père, et ce fut lui qui interpella ses compagnons en disant :

« A demain ! Nous recommencerons, et dans de meilleures conditions, si cela est possible !

— Oui, répondit Manoel, tu as raison, Benito. Il y a mieux à faire ! Nous ne pouvons avoir la prétention d'avoir entièrement exploré ce bassin au bas des rives et sur toute l'étendue du fond !

— Non ! nous ne le pouvons pas, répondit Araujo, et je maintiens ce que j'ai dit, c'est que le corps de Torrès est là, c'est qu'il est là, parce qu'il n'a pu être entraîné, parce qu'il n'a pu passer le barrage de Frias, parce qu'il faut plusieurs jours pour qu'il remonte à la surface et puisse être emporté en aval ! Oui ! il y est, et que jamais dame-jeanne de tafia ne s'approche de mes lèvres si je ne le retrouve pas ! »

Cette affirmation, dans la bouche du pilote, avait une grande valeur, et elle était de nature à rendre l'espoir.

Cependant Benito, qui ne voulait plus se payer de mots et préférait voir les choses telles qu'elles étaient, crut devoir répondre :

« Oui, Araujo, le corps de Torrès est encore dans ce bassin, et nous le retrouverons, si...

— Si?... fit le pilote.

— S'il n'est pas devenu la proie des caïmans! »

Manoel et Fragoso attendaient, non sans émotion la réponse qu'Araujo allait faire.

Le pilote se tut pendant quelques instants. On sentait qu'il voulait réfléchir avant de répondre.

« Monsieur Benito, dit-il enfin, je n'ai pas l'habitude de parler à la légère. Moi aussi j'ai eu la même pensée que vous, mais écoutez bien. Pendant ces dix heures de recherches qui viennent de s'écouler, avez-vous aperçu un seul caïman dans les eaux du fleuve?

— Pas un seul, répondit Fragoso.

— Si vous n'en avez pas vu, reprit le pilote, c'est qu'il n'y en a pas, et s'il n'y en a pas, c'est que ces animaux n'ont aucun intérêt à s'aventurer dans des eaux blanches, quand, à un quart de mille d'ici, se trouvent de larges étendues de ces eaux noires qu'ils recherchent de préférence ! Lorsque la jangada a été attaquée par quelques-uns de ces animaux, c'est qu'en cet endroit il n'y avait aucun affluent de l'Amazone où ils pussent se réfugier. Ici, c'est tout autre chose. Allez sur le rio Negro, et là, vous trouverez des caïmans par vingtaines ! Si le corps de Torrès était tombé dans cet affluent, peut-être n'y aurait-il plus aucun espoir de jamais le retrouver ! Mais c'est dans l'Amazone qu'il s'est perdu, et l'Amazone nous le rendra ! »

Benito, soulagé de cette crainte, prit la main du pilote, il la serra et se contenta de répondre :

« A demain ! mes amis. »

Dix minutes plus tard, tout le monde était à bord de la jangada.

Pendant cette journée, Yaquita avait passé quelques heures près de son mari. Mais, avant de partir, lorsqu'elle ne vit plus ni le pilote, ni Manoel, ni Benito, ni les embarcations, elle comprit à quelles sortes de recherches on allait se livrer. Toutefois elle n'en voulut rien dire à Joam Dacosta, espérant que le lendemain elle pourrait lui en apprendre le succès.

Mais, dès que Benito eut mis le pied sur la jangada, elle comprit que ces recherches avaient échoué.

Cependant elle s'avança vers lui.

« Rien? dit-elle.

— Rien, répondit Benito, mais demain est à nous! »

Chacun des membres de la famille se retira dans sa chambre, et il ne fut plus question de ce qui s'était passé.

Manoel voulut obliger Benito à se coucher, afin de prendre au moins une ou deux heures de repos.

« A quoi bon? répondit Benito. Est-ce que je pourrais dormir! »

IX

SECONDES RECHERCHES

Le lendemain, 27 août, avant le lever du soleil, Benito prit Manoel à part et lui dit :

« Les recherches que nous avons faites hier ont été vaines. A recommencer aujourd'hui dans les mêmes conditions, nous ne serons peut-être pas plus heureux!

— Il le faut cependant, répondit Manoel.

— Oui, reprit Benito ; mais, au cas où le corps de Torrès ne sera pas retrouvé, peux-tu me dire quel temps est nécessaire pour qu'il revienne à la surface du fleuve ?

— Si Torrès, répondit Manoel, était tombé vivant dans l'eau, et non à la suite d'une mort violente, il faudrait compter de cinq à six jours. Mais comme il n'a disparu qu'après avoir été frappé mortellement, peut-être deux ou trois jours suffiront-ils à le faire reparaître? »

Cette réponse de Manoel, qui est absolument juste, demande quelque explication.

Tout être humain qui tombe à l'eau est apte à flotter, à la condition que l'équilibre puisse s'établir entre la densité de son corps et celle de la couche liquide. Il s'agit, bien entendu, d'une personne qui ne sait pas nager. Dans ces conditions, si elle se laisse submerger tout entière, en ne tenant que la bouche et le nez hors de l'eau, elle flottera. Mais, le plus généralement, il n'en est pas ainsi. Le premier mouvement d'un homme qui se noie est de chercher à tenir le plus de lui-même hors de l'eau ; il redresse la tête, il lève les bras, et ces parties de son corps, n'étant plus supportées par le liquide, ne perdent pas la quantité de poids qu'elles perdraient si elles étaient complètement immergées. De là un excès de pesanteur, et finalement une immersion complète. En effet l'eau pénètre, par la bouche, dans les poumons, prend la place de l'air qui les remplissait, et le corps coule par le fond.

Dans le cas, au contraire, où l'homme qui tombe à l'eau est déjà mort, il est dans des conditions très différentes et plus favorables pour flotter.

puisque les mouvements dont il est parlé plus haut lui sont interdits, et s'il s'enfonce, comme le liquide n'a pas pénétré aussi abondamment dans ses poumons, puisqu'il n'a pas cherché à respirer, il est plus apte à reparaître promptement.

Manoel avait donc raison d'établir une distinction entre le cas d'un homme encore vivant et le cas d'un homme déjà mort qui tombe à l'eau. Dans le premier cas, le retour à la surface est nécessairement plus long que dans le second.

Quant à la réapparition d'un corps, après une immersion plus ou moins prolongée, elle est uniquement déterminée par la décomposition qui engendre des gaz, lesquels amènent la distension de ses tissus cellulaires; son volume s'augmente sans que son poids s'accroisse, et, moins pesant alors que l'eau qu'il déplace, il remonte et se retrouve dans les conditions voulues de flottabilité.

« Ainsi, reprit Manoel, bien que les circonstances soient favorables, puisque Torrès ne vivait plus lorsqu'il est tombé dans le fleuve, à moins que la décomposition ne soit modifiée par des circonstances que l'on ne peut prévoir, il ne peut reparaître avant trois jours.

— Nous n'avons pas trois jours à nous! répondit Benito. Nous ne pouvons attendre, tu le sais! Il faut donc procéder à de nouvelles recherches, mais autrement.

— Que prétends-tu faire? demanda Manoel.

— Plonger moi-même jusqu'au fond du fleuve, répondit Benito. Chercher de mes yeux, chercher de mes mains...

— Plonger cent fois, mille fois! s'écria Manoel. Soit! Je pense comme toi qu'il faut aujourd'hui procéder par une recherche directe, et ne plus agir en aveugle, avec des dragues ou des gaffes, qui ne travaillent que par tâtonnements! Je pense aussi que nous ne pouvons attendre même trois jours! Mais plonger, remonter, redescendre, tout cela ne donne que de courtes périodes d'exploration. Non! c'est insuffisant, ce serait inutile, et nous risquerions d'échouer une seconde fois!

— As-tu donc d'autre moyen à me proposer, Manoel? demanda Benito, qui dévorait son ami du regard.

— Écoute-moi. Il est une circonstance, pour ainsi dire providentielle, qui peut nous venir en aide!

— Parle donc! parle donc!

— Hier, en traversant Manao, j'ai vu que l'on travaillait à la réparation de l'un de ses quais, sur la rive du rio Negro. Or, ces travaux sous-marins se faisaient au moyen d'un scaphandre. Empruntons, louons, achetons à tout prix cet appareil, et il sera possible de reprendre nos recherches dans des conditions plus favorables !

— Préviens Araujo, Fragoso, nos hommes et partons ! » répondit immédiatement Benito.

Le pilote et le barbier furent mis au courant des résolutions prises, conformément au projet de Manoel. Il fut convenu que tous deux se rendraient avec les Indiens et les quatre embarcations au bassin de Frias, et qu'ils attendraient là les deux jeunes gens.

Manoel et Benito débarquèrent sans perdre un instant, et ils se rendirent au quai de Manao. Là, ils offrirent une telle somme à l'entrepreneur des travaux du quai, que celui-ci s'empressa de mettre son appareil à leur disposition pour toute la journée.

« Voulez-vous un de mes hommes, demanda-t-il, qui puisse vous aider ?

— Donnez-nous votre contremaître et quelques-uns de ses camarades pour manœuvrer la pompe à air, répondit Manoel.

— Mais qui revêtira le scaphandre ?

— Moi, répondit Benito.

— Benito, toi ! s'écria Manoel.

— Je le veux ! »

Il eût été inutile d'insister.

Une heure après, le radeau, portant la pompe

et tous les instruments nécessaires à la manœuvre, avait dérivé jusqu'au bas de la berge où l'attendaient les embarcations.

On sait en quoi consiste cet appareil du scaphandre, qui permet de descendre sous les eaux, d'y rester un certain temps, sans que le fonctionnement des poumons soit gêné en aucune façon. Le plongeur revêt un imperméable vêtement de caoutchouc, dont les pieds sont terminés par des semelles de plomb, qui assurent la verticalité de sa position dans le milieu liquide. Au collet du vêtement, à la hauteur du cou, est adapté un collier de cuivre, sur lequel vient se visser une boule en métal, dont la paroi antérieure est formée d'une vitre. C'est dans cette boule qu'est enfermée la tête du plongeur, et elle peut s'y mouvoir à l'aise. A cette boule se rattachent deux tuyaux : l'un sert à la sortie de l'air expiré, qui est devenu impropre au jeu des poumons; l'autre est en communication avec une pompe manœuvrée sur le radeau, qui envoie un air nouveau pour les besoins de la respiration. Lorsque le plongeur doit travailler sur place, le radeau demeure immobile au-dessus de lui ; lorsque le plongeur doit aller et venir sur le fond du lit, le radeau suit ses mouvements ou il suit ceux du radeau, suivant ce qui est convenu entre lui et l'équipe.

Ces scaphandres, très perfectionnés, offrent moins de danger qu'autrefois. L'homme, plongé dans le milieu liquide, se fait assez facilement à cet excès de pression qu'il supporte. Si, dans l'espèce, une éventualité redoutable eût été à craindre, elle aurait été due à la rencontre de quelque caïman dans les profondeurs du fleuve. Mais, ainsi que l'avait fait observer Araujo, pas un de ces amphibies n'avait été signalé la veille, et l'on sait qu'ils recherchent de préférence les eaux noires des affluents de l'Amazone. D'ailleurs, au cas d'un danger quelconque, le plongeur a toujours à sa disposition le cordon d'un timbre placé sur le radeau, et au moindre tintement on peut le haler rapidement à la surface.

Benito, toujours très calme, lorsque, sa résolution prise, il allait la mettre à exécution, revêtit le scaphandre; sa tête disparut dans la sphère métallique; sa main saisit une sorte d'épieu ferré, propre à fouiller les herbes ou les détritus accumulés dans le lit de ce bassin, et, sur un signe de lui, il fut affalé par le fond.

Les hommes du radeau, habitués à ce travail, commencèrent aussitôt à manœuvrer la pompe à air, pendant que quatre des Indiens de la jangada, sous les ordres d'Araujo, le poussaient lentement avec leurs longues gaffes dans la direction convenue.

Les deux pirogues, montées, l'une par Fragoso, l'autre par Manoel, plus deux pagayeurs, escortaient le radeau, et elles se tenaient prêtes à se porter rapidement en avant, en arrière, si Benito, retrouvant enfin le corps de Torrès, le ramenait à la surface de l'Amazone.

X

UN COUP DE CANON

Benito était donc descendu sous cette vaste nappe qui lui dérobait encore le cadavre de l'aventurier. Ah ! s'il avait eu le pouvoir de les détourner, de les vaporiser, de les tarir, ces eaux du grand fleuve, s'il avait pu mettre à sec tout ce bassin de Frias, depuis le barrage d'aval jusqu'au confluent du rio Negro, déjà, sans doute, cet étui, caché dans les vêtements de Torrès, aurait été entre ses mains! L'innocence de son père eût été reconnue! Joam Dacosta, rendu à la liberté, aurait repris avec les siens la descente du fleuve, et que de terribles épreuves eussent pu être évitées !

Benito avait pris pied sur le fond. Ses lourdes semelles faisaient craquer le gravier du lit. Il se trouvait alors par dix à quinze pieds d'eau environ, à l'aplomb de la berge, qui était très accore à l'endroit même où Torrès avait disparu.

Là se massait un inextricable lacis de roseaux, de souches et de plantes aquatiques, et certainement, pendant les recherches de la veille, aucune des gaffes n'avait pu en fouiller tout 'entrelacement. Il était donc possible que le corps, retenu dans ces broussailles sous-marines, fût encore à la place même où il était tombé.

En cet endroit, grâce au remous produit par l'allongement d'une des pointes de la rive, le courant était absolument nul. Benito obéissait donc uniquement aux mouvements du radeau que les gaffes des Indiens déplaçaient au-dessus de sa tête.

La lumière pénétrait assez profondément alors ces eaux claires, sur lesquelles un magnifique soleil, éclatant dans un ciel sans nuages, dardait presque normalement ses rayons. Dans les conditions ordinaires de visibilité sous une couche liquide, une profondeur de vingt pieds suffit pour que la vûe soit extrêmement bornée; mais ici les eaux semblaient être comme imprégnées du fluide lumineux, et Benito pouvait descendre plus bas encore, sans que les ténèbres lui dérobassent le fond du fleuve.

Le jeune homme suivit doucement la berge. Son bâton ferré en fouillait les herbes et les détritus accumulés à sa base. Des « volées » de poissons, si l'on peut s'exprimer ainsi, s'échappaient comme des bandes d'oiseaux hors d'un épais buisson. On eût dit des milliers de morceaux d'un miroir brisé, qui frétillaient à travers les eaux. En même temps, quelques centaines de crustacés couraient sur le sable jaunâtre, semblables à de grosses fourmis chassées de leur fourmilière.

Cependant, bien que Benito ne laissât pas un seul point de la rive inexploré, l'objet de ses recherches lui faisait toujours défaut. Il observa alors que la déclivité du lit était assez prononcée, et il en conclut que le corps de Torrès avait pu rouler au delà du remous, vers le milieu du fleuve. S'il en était ainsi, peut-être s'y trouverait-il encore, puisque le courant n'avait pu le saisir à une profondeur déjà grande et qui devait sensiblement s'accroître.

Benito résolut donc de porter ses investigations de ce côté, dès qu'il aurait achevé de sonder le fouillis des herbages. C'est pourquoi il continua de s'avancer dans cette direction, que le radeau allait suivre pendant un quart d'heure, selon ce qui avait été préalablement arrêté.

Le quart d'heure écoulé, Benito n'avait rien trouvé encore. Il sentit alors le besoin de remonter à la surface, afin de se retrouver dans des conditions physiologiques où il pût reprendre de nouvelles forces. En de certains endroits, où la profondeur du fleuve s'accusait davantage, il avait dû descendre jusqu'à trente pieds environ. Il avait donc eu à supporter une pression presque équivalente à celle d'une atmosphère, — cause de fatigue physique et de trouble moral pour qui n'est pas habitué à ce genre d'exercice.

Benito tira donc le cordon du timbre, et les hommes du radeau commencèrent à le haler; mais ils opéraient lentement, mettant une minute à le relever de deux ou trois pieds, afin de ne point produire dans ses organes internes les funestes effets de la décompression.

Dès que le jeune homme eut pris pied sur le radeau, la sphère métallique du scaphandre lui fut enlevée, il respira longuement et s'assit, afin de prendre un peu de repos.

Les pirogues s'étaient aussitôt rapprochées. Manoel, Fragoso, Araujo étaient là, près de lui, attendant qu'il pût parler.

« Eh bien? demanda Manoel.

— Rien encore!... rien!

— Tu n'as aperçu aucune trace?

— Aucune.

— Veux-tu que je cherche à mon tour?

— Non, Manoel, répondit Benito, j'ai commencé... je sais où je veux aller... laisse-moi faire ! »

Benito expliqua alors au pilote que son intention était bien de visiter la partie inférieure de la berge jusqu'au barrage de Frias, là où le relèvement du sol avait pu arrêter le corps de Torrès, surtout si ce corps, flottant entre deux eaux, avait subi, si peu que ce fût, l'action du courant; mais, auparavant, il voulait s'écarter latéralement de la berge et explorer avec soin cette sorte de dépression, formée par la déclivité du lit, jusqu'au fond de laquelle les gaffes n'avaient pu évidemment pénétrer.

Araujo approuva ce projet et se disposa à prendre des mesures en conséquence.

Manoel crut devoir alors donner quelques conseils à Benito.

« Puisque tu veux poursuivre tes recherches de ce côté, dit-il, le radeau va obliquer vers cette direction, mais sois prudent, Benito. Il s'agit d'aller plus profondément que tu ne l'as fait, peut-être à cinquante ou soixante pieds, et là, tu auras à supporter une pression de deux atmosphères. Ne t'aventure donc qu'avec une extrême lenteur, ou la présence d'esprit pourrait t'abandonner. Tu ne saurais plus où tu es, ni ce que tu es allé faire. Si ta tête se serre comme dans un étau, si tes oreilles bourdonnent avec continuité, n'hésite pas à donner le signal, et nous te remonterons à la surface ; puis, tu recommenceras, s'il le faut ; mais, du moins, tu seras quelque peu habitué à te mouvoir dans ces profondes couches du fleuve. »

Benito promit à Manoel de tenir compte de ses recommandations, dont il comprenait l'importance. Il était frappé surtout de ce que la présence d'esprit pouvait lui manquer, au moment où elle lui serait peut-être le plus nécessaire.

Benito serra la main de Manoel ; la sphère du scaphandre fut de nouveau vissée à son cou, puis la pompe recommença à fonctionner, et le plongeur eut bientôt disparu sous les eaux.

Le radeau s'était alors écarté d'une quarantaine de pieds de la rive gauche ; mais, à mesure qu'il s'avançait vers le milieu du fleuve, comme le courant pouvait le faire dériver plus vite qu'il n'aurait fallu, les ubas s'y amarrèrent, et les pagayeurs le soutinrent contre la dérive, de manière à ne le laisser se déplacer qu'avec une extrême lenteur.

Benito fut descendu très doucement et retrouva le sol ferme. Lorsque ses semelles foulèrent le sable du lit, on put juger, à la longueur de la corde de halage, qu'il se trouvait par une profondeur de soixante-cinq à soixante-dix pieds. Il y avait donc là une excavation considérable, creusée bien au-dessous du niveau normal.

Le milieu liquide était plus obscur alors, mais la limpidité de ces eaux transparentes laissait pénétrer encore assez de lumière pour que Benito pût distinguer suffisamment les objets épars sur le fond du fleuve et se diriger avec quelque sûreté. D'ailleurs le sable, semé de mica, semblait former une sorte de réflecteur, et l'on aurait pu en compter les grains, qui miroitaient comme une poussière lumineuse.

Benito allait, regardait, sondait les moindres cávités avec son épieu. Il continuait à s'enfoncer lentement. On lui filait de la corde à la demande, et comme les tuyaux qui servaient à l'aspiration et à l'expiration de l'air n'étaient jamais raidis, le fonctionnement de la pompe s'opérait dans de bonnes conditions.

Benito s'écarta ainsi, de manière à atteindre le milieu du lit de l'Amazone, là où se trouvait la plus forte dépression.

Quelquefois une profonde obscurité s'épaississait autour de lui, et il ne pouvait plus rien voir alors, même dans un rayon très restreint. Phénomène purement passager : c'était le radeau qui, se déplaçant au-dessus de sa tête, interceptait complètement les rayons solaires et faisait la nuit à la place du jour. Mais, un instant après, la grande ombre s'était dissipée et la réflexion du sable reprenait toute sa valeur.

Benito descendait toujours. Il le sentait surtout à l'accroissement de la pression qu'imposait à son corps la masse liquide. Sa respiration était moins facile, la rétractibilité de ses organes ne s'opérait plus, à sa volonté, avec autant d'aisance que dans un milieu atmosphérique convenablement équilibré. Dans ces conditions, il se trouvait sous l'action d'effets physiologiques dont il n'avait pas l'habitude. Le bourdonnement s'accentuait dans ses oreilles; mais, comme sa pensée était toujours lucide, comme il sentait le raisonnement se faire dans son cerveau avec une netteté parfaite, — même un peu extra-naturelle, — il ne voulut point donner le signal de halage et continua à descendre plus profondément.

Un instant, dans la pénombre où il se trouvait, une masse confuse attira son attention. Cela lui paraissait avoir la forme d'un corps engagé sous un paquet d'herbes aquatiques.

Une vive émotion le prit. Il s'avança dans cette direction. De son bâton il remua cette masse.

Ce n'était que le cadavre d'un énorme caïman, déjà réduit à l'état de squelette, et que le courant du rio

Negro avait entraîné jusque dans le lit de l'Amazone.

Benito recula, et, en dépit des assertions du pilote, la pensée lui vint que quelque caïman vivant pourrait bien s'être engagé dans les profondes couches du bassin de Frias!...

Mais il repoussa cette idée et continua sa marche, de manière à atteindre le fond même de la dépression.

Il devait être alors parvenu à une profondeur de quatre-vingt-dix à cent pieds, et, conséquemment, il était soumis à une pression de trois atmosphères. Si donc cette cavité s'accusait encore davantage, il serait bientôt obligé d'arrêter ses recherches.

Les expériences ont démontré en effet que, dans les profondeurs inférieures à cent vingt ou cent trente pieds, se trouve l'extrême limite qu'il est dangereux de franchir en excursion sous-marine : non seulement l'organisme humain ne se prête pas à fonctionner convenablement sous de telles pressions, mais les appareils ne fournissent plus l'air respirable avec une régularité suffisante.

Et cependant Benito était résolu à aller tant que la force morale et l'énergie physique ne lui feraient pas défaut. Par un inexplicable pressentiment, il se sentait attiré vers cet abîme ; il lui semblait que le corps avait dû rouler jusqu'au fond de cette cavité, que peut-être Torrès, s'il était chargé d'objets pesants, tels qu'une ceinture contenant de l'argent, de l'or ou des armes, avait pu se maintenir à ces grandes profondeurs.

Tout d'un coup, dans une sombre excavation, il aperçut un cadavre! oui! un cadavre, habillé encore, étendu comme eût été un homme endormi, les bras repliés sous la tête!

Était-ce Torrès? Dans l'obscurité, très opaque alors, il était malaisé de le reconnaître; mais c'était bien un corps humain qui gisait là, à moins de dix pas, dans une immobilité absolue!

Une poignante émotion saisit Benito. Son cœur cessa de battre un instant. Il crut qu'il allait perdre connaissance. Un suprême effort de volonté le remit. Il marcha vers le cadavre.

Soudain une secousse, aussi violente qu'inattendue, fit vibrer tout son être! Une longue lanière lui cinglait le corps, et, malgré l'épais vêtement du scaphandre, il se sentit fouetté à coups redoublés.

« Un gymnote! » se dit-il.

Ce fut le seul mot qui put s'échapper de ses lèvres.

Et en effet, c'était un « puraqué », nom que les Brésiliens donnent au gymnote ou couleuvre électrique, qui venait de s'élancer sur lui.

Personne n'ignore ce que sont ces sortes d'anguilles à peau noirâtre et gluante, munies le long du dos et de la queue d'un appareil qui, composé de lames jointes par de petites lamelles verticales, est actionné par des nerfs d'une très grande puissance. Cet appareil, doué de singulières propriétés électriques, est apte à produire des commotions redoutables. De ces gymnotes, les uns ont à peine la taille d'une couleuvre, les autres mesurent jusqu'à dix pieds de longueur; d'autres, plus rares, en dépassent quinze et vingt sur une largeur de huit à dix pouces.

Les gymnotes sont assez nombreux, aussi bien dans l'Amazone que dans ses affluents, et c'était une de ces « bobines » vivantes, longue de dix pieds environ, qui, après s'être détendue comme un arc, venait de se précipiter sur le plongeur.

Benito comprit tout ce qu'il avait à craindre de l'attaque de ce redoutable animal. Son vêtement était impuissant à le protéger. Les décharges du gymnote, d'abord peu fortes, devinrent de plus en plus violentes, et il allait en être ainsi jusqu'au moment où, épuisé par la dépense du fluide, il serait réduit à l'impuissance.

Benito, ne pouvant résister à de telles commotions, était tombé à demi sur le sable. Ses membres se paralysaient peu à peu sous les effluences électriques du gymnote, qui se frottait lentement sur son corps et l'enlaçait de ses replis. Ses bras mêmes ne pouvaient plus se soulever. Bientôt son bâton lui échappa, et sa main n'eut pas la force de saisir le cordon du timbre pour donner le signal.

Benito se sentit perdu. Ni Manoël ni ses compagnons ne pouvaient imaginer que horrible combat se livrait au-dessous d'eux entre un redoutable puraqué et le malheureux plongeur, qui ne se débattait plus qu'à peine, sans pouvoir se défendre.

Et cela, au moment où un corps — le corps de Torrès sans doute! — venait de lui apparaître!

Par un suprême instinct de conservation, Benito voulait appeler!... Sa voix expirait dans cette boîte métallique, qui ne pouvait laisser échapper aucun son!

En ce moment, le puraqué redoubla ses attaques; il lançait des décharges qui faisaient tressauter Benito sur le sable comme les tronçons d'un ver coupé, et dont les muscles se tordaient sous le fouet de l'animal.

Benito sentit la pensée l'abandonner tout à fait. Ses yeux s'obscurcirent peu à peu, ses membres se raidirent!...

Mais, avant d'avoir perdu la puissance de voir,

la puissance de raisonner, un phénomène inattendu, inexplicable, étrange, se produisit devant ses regards.

Une détonation sourde venait de se propager à travers les couches liquides. Ce fut comme un coup de tonnerre, dont les roulements coururent dans les couches sous-marines, troublées par les secousses du gymnote. Benito se sentit baigné en une sorte de bruit formidable, qui trouvait un écho jusque dans les dernières profondeurs du fleuve.

Et, tout d'un coup, un cri suprême lui échappa!...

C'est qu'une effrayante vision spectrale apparaissait à ses yeux.

Le corps du noyé, jusqu'alors étendu sur le sol, venait de se redresser!... Les ondulations des eaux remuaient ses bras, comme s'il les eût agités dans une vie singulière!... Des soubresauts convulsifs rendaient le mouvement à ce cadavre terrifiant!

C'était bien celui de Torrès! Un rayon de soleil avait percé jusqu'à ce corps à travers la masse liquide, et Benito reconnut la figure bouffie et verdâtre du misérable, frappé de sa main, dont le dernier soupir s'était étouffé sous ces eaux!

Et pendant que Benito ne pouvait plus imprimer un seul mouvement à ses membres paralysés, tandis que ses lourdes semelles le retenaient comme s'il eût été cloué au lit de sable, le cadavre se redressa, sa tête s'agita de haut en bas, et, se dégageant du trou dans lequel il était retenu par un fouillis d'herbes aquatiques, il s'enleva tout droit, effrayant à voir, jusque dans les hautes nappes de l'Amazone!

XI

CE QUI EST DANS L'ÉTUI

Que s'était-il passé? Un phénomène purement physique, dont voici l'explication.

La canonnière de l'État, *Santa-Ana*, à destination de Manao, qui remontait le cours de l'Amazone. venait de franchir la passe de Frias. Un peu avant d'arriver à l'embouchure du rio Negro, elle avait hissé ses couleurs et salué d'un coup de canon le pavillon brésilien. A cette détonation, un effet de vibration s'était produit à la surface des eaux, et ces vibrations, se propageant jusqu'au fond du fleuve, avaient suffi à relever le corps de Torrès, déjà allégé par un commencement de décomposition, en facilitant la distension de son système cellulaire. Le corps du noyé venait de remonter tout naturellement à la surface de l'Amazone.

Ce phénomène, bien connu, expliquait la réapparition du cadavre ; mais, il faut en convenir, il y avait eu coïncidence heureuse dans cette arrivée de la *Santa-Ana* sur le théâtre des recherches.

A un cri de Manoel, répété par tous ses compagnons, l'une des pirogues s'était dirigée immédiatement vers le corps, pendant que l'on ramenait le plongeur au radeau.

Mais, en même temps, quelle fut l'indescriptible émotion de Manoel, lorsque Benito, halé jusqu'à la plate-forme, y fut déposé dans un état de complète inertie, et sans que la vie se trahît encore en lui par un seul mouvement extérieur.

N'était-ce pas un second cadavre que venaient de rendre là les eaux de 'Amazone?

Le plongeur fut, aussi rapidement que possible, dépouillé de son vêtement de scaphandre.

Benito avait entièrement perdu connaissance sous la violence des décharges du gymnote.

Manoel, éperdu, l'appelant, lui insufflant sa propre respiration, chercha à retrou.er les battements de son cœur.

« Il bat! il bat! s'écria-t-il. »

Oui! le cœur de Benito battait encore, et, en quelques minutes, les soins de Manoel l'eurent rappelé à la vie.

« Le corps! le corps! »

Tels furent les premiers mots, les seuls qui s'échappèrent de la bouche de Benito.

« Le voilà! répondit Fragoso, en montrant la pirogue qui revenait au radeau avec le cadavre de Torrès.

— Mais toi, Benito, que t'est-il arrivé? demanda Manoel. Est-ce le manque d'air?...

— Non! dit Benito. Un puraqué qui s'est jeté sur moi!... Mais ce bruit?... cette détonation?...

— Un coup de canon! répondit Manoel. C'est un coup de canon qui a ramené le cadavre à la surface du fleuve! »

En ce moment, la pirogue venait d'accoster le radeau. Le corps de Torrès, recueilli par les Indiens, reposait au fond. Son séjour dans l'eau ne l'avait pas encore défiguré. Il était facilement reconnaissable. A cet égard, pas de doute possible.

Fragoso, agenouillé dans la pirogue, avait déjà commencé à déchirer les vêtements du noyé, qui s'en allaient en lambeaux.

En cet instant, le bras droit de Torrès, mis à nu, attira l'attention de Fragoso. En effet, sur ce bras apparaissait distinctement la cicatrice d'une ancienne blessure, qui avait dû être produite par un coup de couteau.

« Cette cicatrice! s'écria Fragoso. Mais... c'est bien cela!... Je me rappelle maintenant...

— Quoi? demanda Manoel.

— Une querelle!... oui! une querelle dont j'ai été témoin dans la province de la Madeira... il y a trois ans! Comment ai-je pu l'oublier!... Ce Torrès appartenait alors à la milice des capitaines des bois! Ah! je savais bien que je l'avais déjà vu, ce misérable!

— Que nous importe à présent! s'écria Benito. L'étui! l'étui!... L'a-t-il encore? »

Et Benito allait déchirer les derniers vêtements du cadavre pour les fouiller...

Manoel l'arrêta.

« Un instant, Benito, » dit-il.

Puis, se retournant vers les hommes du radeau qui n'appartenaient pas au personnel de la jangada, et dont le témoignage ne pourrait être suspecté plus tard :

« Prenez acte, mes amis, leur dit-il, de tout ce que nous faisons ici, afin que vous puissiez redire devant les magistrats comment les choses se sont passées. »

Les hommes s'approchèrent de la pirogue.

Fragoso déroula alors la ceinture qui étreignait le corps de Torrès sous le poncho déchiré, et tâtant la poche de la vareuse :

« L'étui! » s'écria-t-il.

Un cri de joie échappa à Benito. Il allait saisir l'étui pour l'ouvrir, pour vérifier ce qu'il contenait...

« Non, dit encore Manoel, que son sang-froid n'abandonnait pas. Il ne faut pas qu'il y ait de doute possible dans l'esprit des magistrats ! Il convient que des témoins désintéressés puissent affirmer que cet étui se trouvait bien sur le corps de Torrès !

— Tu as raison, répondit Benito.

— Mon ami, reprit Manoel en s'adressant au contremaître du radeau, fouillez vous-même dans la poche de cette vareuse. »

Le contremaître obéit. Il retira un étui de métal, dont le couvercle était hermétiquement vissé et qui ne semblait pas avoir souffert de son séjour dans l'eau.

« Le papier... le papier est-il encore dedans? s'écria Benito, qui ne pouvait se contenir.

— C'est au magistrat d'ouvrir cet étui ! répondit Manoel. A lui seul appartient de vérifier s'il s'y trouve un document !

— Oui... oui... tu as encore raison, Manoel ! répondit Benito. A Manao ! mes amis, à Manao ! »

Benito, Manoel, Fragoso et le contremaître qui tenait l'étui s'embarquèrent aussitôt dans l'une des pirogues, et ils allaient s'éloigner, lorsque Fragoso de dire :

« Et le corps de Torrès? »

La pirogue s'arrêta.

En effet, les Indiens avaient déjà rejeté à l'eau le cadavre de l'aventurier, qui dérivait à la surface du fleuve.

« Torrès n'était qu'un misérable, dit Benito. Si j'ai loyalement risqué ma vie contre la sienne, Dieu l'a frappé par ma main, mais il ne faut pas que son corps reste sans sépulture ! »

Ordre fut donc donné à la seconde pirogue d'aller rechercher le cadavre de Torrès, afin de le transporter sur la rive où il serait enterré.

Mais, en ce moment, une bande d'oiseaux de proie, qui planaient au-dessus du fleuve, se précipita sur ce corps flottant. C'étaient de ces urubus, sortes de petits vautours, au cou pelé, aux longues pattes, noirs comme des corbeaux, appelés « gallinazos » dans l'Amérique du Sud, et qui sont d'une voracité sans pareille. Le corps, déchiqueté par leur becs laissa fuir les gaz qui le gonflaient; sa densité s'accroissant, il s'enfonça peu à peu, et, pour la dernière fois, ce qui restait de Torrès disparut sous les eaux de l'Amazone.

Dix minutes après, la pirogue, rapidement conduite, arrivait au port de Manao. Benito et ses compagnons mirent pied à terre et s'élancèrent à travers es rues de la ville.

En quelques instants, ils étaient arrivés à la demeure du juge Jarriquez, et ils lui faisaient demander par l'un de ses serviteurs de vouloir bien les recevoir immédiatement.

Le magistrat donna ordre de les introduire dans son cabinet.

Là, Manoel fit le récit de tout ce qui s'était passé, depuis le moment où Torrès avait été mortellement frappé par Benito dans une rencontre loyale, jusqu'au moment où l'étui avait été retrouvé sur son cadavre et pris dans la poche de sa vareuse par le contremaître.

Bien que ce récit fût de nature à corroborer tout ce que lui avait dit Joam Dacosta au sujet de Torrès et du marché que celui-ci lui avait offert, le juge Jarriquez ne put retenir un sourire d'incrédulité.

« Voici l'étui, monsieur, dit Manoel. Pas un seul instant il n'a été entre nos mains, et l'homme qui vous le présente est celui-là même qui l'a trouvé sur le corps de Torrès! »

Le magistrat saisit l'étui, il l'examina avec soin, le tournant et le retournant comme il eût fait d'un objet précieux. Puis il l'agita, et quelques pièces, qui se trouvaient à l'intérieur, rendirent un son métallique.

Cet étui ne contenait-il donc pas le document

tant cherché, ce papier écrit de la main du véritable auteur du crime, et que Torrès avait voulu vendre à un prix indigne à Joam Dacosta? Cette preuve matérielle de l'innocence du condamné était-elle irrémédiablement perdue?

On devine aisément à quelle violente émotion étaient en proie les spectateurs de cette scène. Benito pouvait à peine proférer une parole, il sentait son cœur prêt à se briser.

« Ouvrez donc, monsieur, ouvrez donc cet étui! » s'écria-t-il enfin d'une voix brisée.

Le juge Jarriquez commença à dévisser le couvercle; puis, quand ce couvercle eut été enlevé, il renversa l'étui d'où s'échappèrent, en roulant sur la table, quelques pièces d'or.

« Mais le papier!... le papier!... » s'écria encore une fois Benito, qui se retenait à la table pour ne pas tomber.

Le magistrat introduisit ses doigts dans l'étui, et en retira, non sans quelque difficulté, un papier jauni, plié avec soin, et que l'eau paraissait avoir respecté.

« Le document! c'est le document! s'écria Fragoso. Oui! c'est bien là le papier que j'ai vu entre les mains de Torrès! »

Le juge Jarriquez déploya ce papier, il y jeta les

yeux, puis il le retourna de manière à en examiner le recto et le verso, qui étaient couverts d'une assez grosse écriture.

« Un document, en effet, dit-il. Il n'y a pas à en douter. C'est bien un document!

— Oui, répondit Benito, et ce document, c'est celui qui atteste l'innocence de mon père!

— Je n'en sais rien, répondit le juge Jarriquez, et je crains que ce ne soit peut-être difficile à savoir!

— Pourquoi?... s'écria Benito, qui devint pâle comme un mort.

— Parce que ce document est écrit dans un langage cryptologique, répondit le juge Jarriquez, et que ce langage...

— Eh bien?

— Nous n'en avons pas la clef! »

XII

LE DOCUMENT

C'était là, en effet, une très grave éventualité, que ni Joam Dacosta ni les siens n'avaient pu prévoir. En effet, — ceux qui n'ont pas perdu le souvenir de la première scène de cette histoire le savent, — le document était écrit sous une forme indéchiffrable, empruntée à l'un des nombreux systèmes en usage dans la cryptologie.

Mais lequel ?

C'est à le découvrir que toute l'ingéniosité dont peut faire preuve un cerveau humain allait être employée.

Avant de congédier Benito et ses compagnons, le juge Jarriquez fit faire une copie exacte du document dont il voulait garder l'original, et il remit cette copie dûment collationnée aux deux jeunes gens, afin qu'ils pussent la communiquer au prisonnier.

Puis, rendez-vous pris pour le lendemain, ceux-ci se retirèrent, et, ne voulant pas tarder d'un instant à revoir Joam Dacosta, ils se rendirent aussitôt à la prison.

Là, dans une rapide entrevue qu'ils eurent avec le prisonnier, ils lui firent connaître tout ce qui s'était passé.

Joam Dacosta prit le document, l'examina avec attention; puis, secouant la tête, il le rendit à son fils.

« Peut-être, dit-il, y a-t-il dans cet écrit la preuve que je n'ai jamais pu produire! Mais si cette preuve m'échappe, si toute l'honnêteté de ma vie passée ne plaide pas pour moi, je n'ai plus rien à attendre de la justice des hommes, et mon sort est entre les mains de Dieu! »

Tous le sentaient bien! Si ce document demeurait indéchiffrable, la situation du condamné était au pire!

« Nous trouverons, mon père! s'écria Benito. Il n'y a pas de document de cette espèce qui puisse résister à l'examen! Ayez confiance... oui! confiance! Le ciel nous a, miraculeusement pour ainsi dire, rendu ce document qui vous justifie, et, après avoir guidé notre main pour le retrouver, il ne se refusera pas à guider notre esprit pour le lire! »

Joam Dacosta serra la main de Benito et de Manoel; puis les trois jeunes gens, très émus, se retirèrent pour retourner directement à la jangada, où Yaquita les attendait.

Là, Yaquita fut aussitôt mise au courant des nouveaux incidents qui s'étaient produits depuis la veille, la réapparition du corps de Torrès, la découverte du document et l'étrange forme sous laquelle le vrai coupable de l'attentat, le compagnon de l'aventurier, avait cru devoir l'écrire, — sans doute pour qu'il ne le compromît pas, au cas où il serait tombé entre des mains étrangères.

Naturellement Lina fut également instruite de cette inattendue complication et de la découverte qu'avait faite Fragoso, que Torrès était un ancien capitaine des bois, appartenant à cette milice qui opérait aux environs des bouches de la Madeira.

« Mais dans quelles circonstances l'avez-vous donc rencontré? demanda la jeune mulâtresse.

— C'était pendant une de mes courses à travers la province des Amazones, répondit Fragoso, lorsque j'allais de village en village pour exercer mon métier.

— Et cette cicatrice?...

— Voici ce qui s'était passé : Un jour, j'arrivais à

la mission des Aranas, au moment où ce Torrès, que je n'avais jamais vu, s'était pris de querelle avec un de ses camarades, — du vilain monde que tout cela ! — et ladite querelle se termina par un coup de couteau, qui traversa le bras du capitaine des bois. Or, c'est moi qui fus chargé de le panser, faute de médecin, et voilà comment j'ai fait sa connaissance !

— Qu'importe, après tout, répliqua la jeune fille, que l'on sache ce qu'a été Torrès ! Ce n'est pas lui l'auteur du crime, et cela n'avancera pas beaucoup les choses !

— Non, sans doute, répondit Fragoso, mais on finira bien par lire ce document, que diable ! et l'innocence de Joam Dacosta éclatera alors aux yeux de tous ! »

C'était aussi l'espoir de Yaquita, de Benito, de Manoel, de Minha. Aussi tous trois, enfermés dans la salle commune de l'habitation, passèrent-ils de longues heures à essayer de déchiffrer cette notice.

Mais si c'était leur espoir, — il importe d'insister sur ce point, — c'était aussi, à tout le moins, celui du juge Jarriquez.

Après avoir rédigé le rapport qui, à la suite de son interrogatoire, établissait l'identité de Joam Dacosta, le magistrat avait expédié ce rapport à la chancellerie, et il avait lieu de penser qu'il en avait fini, pour son compte, avec cette affaire. Il ne devait pas en être ainsi.

En effet, il faut dire que, depuis la découverte du document, le juge Jarriquez se trouvait tout à coup transporté dans sa spécialité. Lui, le chercheur de combinaisons numériques, le résolveur de problèmes amusants, le déchiffreur de charades, rébus, logogryphes et autres, il était évidemment là dans son véritable élément.

Or, à la pensée que ce document renfermait peut-être la justification de Joam Dacosta, il sentit se réveiller tous ses instincts d'analyste. Voilà donc qu'il avait devant les yeux un cryptogramme! Aussi ne pensa-t-il plus qu'à en chercher le sens. Il n'aurait pas fallu le connaître pour douter qu'il y travaillerait jusqu'à en perdre le manger et le boire.

Après le départ des jeunes gens, le juge Jarriquez s'était installé dans son cabinet. Sa porte, défendue à tous, lui assurait quelques heures de parfaite solitude. Ses lunettes étaient sur son nez, sa tabatière sur sa table. Il prit une bonne prise, afin de mieux développer les finesses et les sagacités de son cerveau, il saisit le document, et s'absorba dans une méditation qui devait bientôt se matérialiser sous la forme du monologue. Le digne magistrat était un de ces hommes en dehors, qui pensent plus volontiers tout haut que tout bas.

« Procédons avec méthode, se dit-il. Sans méthode, pas de logique. Sans logique, pas de succès possible. »

Puis, prenant le document, il le parcourut, sans y rien comprendre, d'un bout à l'autre.

Ce document comprenait une centaine de lignes, qui étaient divisées en six paragraphes.

« Hum! fit le juge Jarriquez, après avoir réfléchi, vouloir m'exercer sur chaque paragraphe, l'un après l'autre, ce serait perdre inutilement un temps précieux. Il faut choisir, au contraire, un seul de ces alinéas, et choisir celui qui doit présenter le plus d'intérêt. Or, lequel se trouve dans ces conditions, si ce n'est le dernier, où doit nécessairement se résumer le récit de toute l'affaire? Des noms propres peuvent me mettre sur la voie, entre autres celui de Joam Dacosta, et, s'il est quelque part dans ce document, il ne peut évidemment manquer au dernier paragraphe. »

Le raisonnement du magistrat était logique. Très certainement il avait raison de vouloir d'abord exercer toutes les ressources de son esprit de cryptologue sur le dernier paragraphe.

Le voici, ce paragraphe, — car il est nécessaire

de le remettre sous les yeux du lecteur, afin de montrer comment un analyste allait employer ses facultés à la découverte de la vérité.

« *Phyjslyddqfdzxgasgzzqqehxgkfndrx*
ujugiocytdxvksbxhhuypohdvyrymhuhpuydk
joxphetozsletnpmvffovpdpajxhyynojyggaym
eqynfuqlnmvlyfgsuzmqiztlbqgyugsqeubvnr
credgruzblrmxyuhqhpzdrrgcrohepqxufivvr
plphonthvddqfhqsntzhhhnfepmqkyuuexktog
zgkyuumfvijdqdpzjqsykrplxhxqrymvklohhh
otozvdksppsuvjhd. »

Tout d'abord, le juge Jarriquez observa que les lignes du document n'avaient été divisées ni par mots, ni même par phrases, et que la ponctuation y manquait. Cette circonstance ne pouvait qu'en rendre la lecture beaucoup plus difficile.

« Voyons, cependant, se dit-il, si quelque assemblage de lettres semble former des mots, — j'entends de ces mots dont le nombre des consonnes par rapport aux voyelles permet la prononciation !... Et d'abord, au début, je vois le mot *phy*... plus loin, le mot *gas*... Tiens !... *ujugi*... Ne dirait-on pas le nom de cette ville africaine sur les bords du Tanganaika ? Que vient faire cette cité dans tout cela ?... Plus loin, voilà le mot *ypo*. Est-ce donc du grec ?

Ensuite, c'est *rym... puy... jox... phetoz... jyggay... suz... gruz...* Et, auparavant, *red... let...* Bon! voilà deux mots anglais!... Puis, *ohe... syk...* Allons! encore une fois le mot *rym...* puis, le mot *oto!...* »

Le juge Jarriquez laissa retomber la notice et se prit à réfléchir pendant quelques instants.

« Tous les mots que je remarque dans cette lecture sommairement faite sont bizarres! se dit-il. En vérité, rien n'indique leur provenance! Les uns ont un air grec, les autres un aspect hollandais, ceux-ci une tournure anglaise, ceux-là n'ont aucun air, — sans compter qu'il y a des séries de consonnes qui échappent à toute prononciation humaine! Décidément il ne sera pas facile d'établir la clef de ce cryptogramme! »

Les doigts du magistrat commencèrent à battre sur son bureau une sorte de diane, comme s'il eût voulu réveiller ses facultés endormies.

« Voyons donc d'abord, dit-il, combien il se trouve de lettres dans ce paragraphe. »

Il compta, le crayon à la main.

« Deux cent soixante-seize! dit-il. Eh bien, il s'agit de déterminer maintenant dans quelle proportion ces diverses lettres se trouvent assemblées les unes par rapport aux autres. »

Ce compte fut un peu plus long à établir. Le juge

Jarriquez avait repris le document; puis, son crayon à la main, il notait successivement chaque lettre suivant l'ordre alphabétique. Un quart d'heure après, il avait obtenu le tableau suivant :

a	=	3	fois.
b	=	4	—
c	=	3	—
d	=	16	—
e	=	9	—
f	=	10	—
g	=	13	—
h	=	23	—
i	=	4	—
j	=	8	—
k	=	9	—
l	=	9	—
m	=	9	—
n	=	9	—
o	=	12	—
p	=	16	—
q	=	16	—
r	=	12	—
s	=	10	—
t	=	8	—
A reporter...		203	fois.

Report......	203	fois.
u =	17	—
v =	13	—
x =	12	—
y =	19	—
z =	12	—
Total......	276	fois.

« Ah ! ah ! fit le juge Jarriquez, une première observation me frappe : c'est que, rien que dans ce paragraphe, toutes les lettres de l'alphabet ont été employées ! C'est assez étrange ! En effet, que l'on prenne, au hasard, dans un livre, ce qu'il faut de lignes pour contenir deux cent soixante-seize lettres, et ce sera bien rare si chacun des signes de l'alphabet y figure ! Après tout, ce peut être un simple effet du hasard. »

Puis, passant à un autre ordre d'idées :

« Une question plus importante, se dit-il, c'est de voir si les voyelles sont aux consonnes dans la proportion normale. »

Le magistrat reprit son crayon, fit le décompte des voyelles et obtint le calcul suivant :

a =	3	fois
e =	9	—
i =	4	—
o =	12	—
u =	17	—
y =	19	—
TOTAL.....	64	voyelles.

« Ainsi, dit-il, il y a dans cet alinéa, soustraction faite, soixante-quatre voyelles contre deux cent douze consonnes! Eh bien! mais c'est la proportion normale, c'est-à-dire un cinquième environ, comme dans l'alphabet, où l'on compte six voyelles sur vingt-cinq lettres. Il est donc possible que ce document ait été écrit dans la langue de notre pays, mais que la signification de chaque lettre ait été seulement changée. Or, si elle a été modifiée régulièrement, si un *b* a toujours été représenté par un *l*, par exemple, un *o* par un *v*, un *g* par un *k*, un *u* par un *r*, etc., je veux perdre ma place de juge à Manao, si je n'arrive pas à lire ce document! Eh! qu'ai-je donc à faire, si ce n'est à procéder suivant la méthode de ce grand génie analytique, qui s'est nommé Edgard Poë! »

Le juge Jarriquez, en parlant ainsi, faisait allusion à une nouvelle du célèbre romancier américain, qui est un chef-d'œuvre. Qui n'a pas lu le *Scarabée d'or?*

Dans cette nouvelle, un cryptogramme, composé à la fois de chiffres, de lettres, de signes algébriques, d'astérisques, de points et virgules, est soumis à une méthode véritablement mathématique, et il parvient à être déchiffré dans des conditions extraordinaires, que les admirateurs de cet étrange esprit ne peuvent avoir oubliées.

Il est vrai, de la lecture du document américain ne dépend que la découverte d'un trésor, tandis qu'ici il s'agissait de la vie et de l'honneur d'un homme! Cette question d'en deviner le chiffre devait donc être bien autrement intéressante.

Le magistrat, qui avait souvent lu et relu « son » *Scarabée d'or*, connaissait bien les procédés d'analyse minutieusement employés par Edgard Poë, et il résolut de s'en servir dans cette occasion. En les utilisant, il était certain, comme il l'avait dit, que si la valeur ou la signification de chaque lettre demeurait constante, il arriverait, dans un temps plus ou moins long, à lire le document relatif à Joam Dacosta.

« Qu'a fait Edgard Poë? se répétait-il. Avant tout, il a commencé par rechercher quel était le signe, — ici il n'y a que des lettres, — disons donc la lettre, qui est reproduite le plus souvent dans le cryptogramme.

Or, je vois, en l'espèce, que c'est la lettre *h*, puisqu'on l'y rencontre vingt-trois fois. Rien que cette proportion énorme suffit pour faire comprendre *a priori* que *h* ne signifie pas *h*, mais, au contraire, que *h* doit représenter la lettre qui se rencontre le plus fréquemment dans notre langue, puisque je dois supposer que le document est écrit en portugais. En anglais, en français, ce serait *e*, sans doute; en italien ce serait *i* ou *a*; en portugais ce sera *a* ou *o*. Ainsi donc, admettons, sauf modification ultérieure, que *h* signifie *a* ou *o*. »

Cela fait, le juge Jarriquez rechercha quelle était la lettre qui, après l'*h*, figurait le plus grand nombre de fois dans la notice. Il fut amené ainsi à former le tableau suivant :

h	=	23	fois
y	=	19	—
u	=	17	—
d p q	=	16	—
g v	=	13	—
o r x z	=	12	—
f s	=	10	—
e k l m n	=	9	—
j t	=	8	—
b i	=	4	—
a c	=	3	—

« Ainsi donc, la lettre *a* s'y trouve trois fois seulement, s'écria le magistrat, elle qui devrait s'y rencontrer le plus souvent ! Ah ! voilà bien qui prouve surabondamment que sa signification a été changée ! Et maintenant, après l'*a* ou l'*o*, quelles sont les lettres qui figurent le plus fréquemment dans notre langue ? Cherchons. »

Et le juge Jarriquez, avec une sagacité vraiment remarquable, qui dénotait chez lui un esprit très observateur, se lança dans cette nouvelle recherche. En cela, il ne faisait qu'imiter le romancier américain, qui, par simple induction ou rapprochement, en grand analyste qu'il était, avait pu se reconstituer un alphabet, correspondant aux signes du cryptogramme, et arriver, par suite, à le lire couramment.

Ainsi fit le magistrat, et l'on peut affirmer qu'il ne fut point inférieur à son illustre maître. A force d'avoir « travaillé » les logogriphes, les mots carrés, les mots rectangulaires et autres énigmes, qui ne reposent que sur une disposition arbitraire des lettres, et s'être habitué, soit de tête, soit la plume à la main, à en tirer la solution, il était déjà d'une certaine force à ces jeux d'esprit.

En cette occasion, il n'eut donc pas de peine à établir l'ordre dans lequel les lettres se reproduisaient le plus souvent, voyelles d'abord, consonnes ensuite. Trois heures après avoir commencé son travail, il avait sous les yeux un alphabet qui, si son procédé était juste, devait lui donner la signification véritable des lettres employées dans le document.

Il n'y avait donc plus qu'à appliquer successivement les lettres de cet alphabet à celles de la notice.

Mais, avant de faire cette application, un peu d'émotion prit le juge Jarriquez. Il était tout entier, alors, à cette jouissance intellectuelle, — beaucoup plus grande qu'on ne le pense, — de l'homme qui, après plusieurs heures d'un travail opiniâtre, va voir apparaître le sens si impatiemment cherché d'un logogriphe.

« Essayons donc, dit-il. En vérité, je serais bien surpris si je ne tenais pas le mot de l'énigme ! »

Le juge Jarriquez retira ses lunettes, il en essuya les verres, troublés par la vapeur de ses yeux, il les remit sur son nez ; puis, il se courba de nouveau sur sa table.

Son alphabet spécial d'une main, son document de l'autre, il commença à écrire, sous la première ligne du paragraphe, les lettres vraies, qui, d'après lui, devaient correspondre exactement à chaque lettre cryptographique.

Après la première ligne, il en fit autant pour la

deuxième, puis pour la troisième, puis pour la quatrième, et il arriva ainsi jusqu'à la fin de l'alinéa.

L'original ! Il n'avait même pas voulu se permettre de voir, en écrivant, si cet assemblage de lettres faisait des mots compréhensibles. Non ! pendant ce premier travail, son esprit s'était refusé à toute vérification de ce genre. Ce qu'il voulait, c'était se donner cette jouissance de lire tout d'un coup et tout d'une haleine.

Cela fait :

« Lisons ! » s'écria-t-il.

Et il lut.

Quelle cacophonie, grand Dieu ! Les lignes qu'il avait formées avec les lettres de son alphabet n'avaient pas plus de sens que celles du document ! C'était une autre série de lettres, voilà tout, mais elles ne formaient aucun mot, elles n'avaient aucune valeur ! En somme, c'était tout aussi hiéroglyphique !

« Diables de diables ! » s'écria le juge Jarriquez.

XIII

OU IL EST QUESTION DE CHIFFRES

Il était sept heures du soir. Le juge Jarriquez, toujours absorbé dans ce travail de casse-tête, — sans en être plus avancé, — avait absolument oublié l'heure du repas et l'heure du repos, lorsque l'on frappa à la porte de son cabinet.

Il était temps. Une heure de plus, et toute la substance cérébrale du dépité magistrat se serait certainement fondue sous la chaleur intense qui se dégageait de sa tête !

Sur l'ordre d'entrer, qui fut donné d'une voix impatiente, la porte s'ouvrit, et Manoel se présenta.

Le jeune médecin avait laissé ses amis, à bord de la jangada, aux prises avec cet indéchiffrable document, et il était venu revoir le juge Jarriquez. Il voulait savoir s'il avait été plus heureux dans ses recherches. Il venait lui demander s'il avait enfin découvert le système sur lequel reposait le cryptogramme.

Le magistrat ne fut pas fâché de voir arriver Manoel. Il en était à ce degré de surexcitation du cerveau que la solitude exaspère. Quelqu'un à qui parler, voilà ce qu'il lui fallait, surtout si son interlocuteur se montrait aussi désireux que lui de pénétrer ce mystère. Manoel était donc bien son homme.

« Monsieur, lui dit en entrant Manoel, une première question? Avez-vous mieux réussi que nous?...

— Asseyez-vous d'abord, s'écria le juge Jarriquez, qui, lui, se leva et se mit à arpenter la chambre. Asseyez-vous! Si nous étions debout tous les deux, vous marcheriez dans un sens, moi dans l'autre, et mon cabinet serait trop étroit pour nous contenir! »

Manoel s'assit et répéta sa question.

« Non!... je n'ai pas été plus heureux! répondit le magistrat. Je n'en sais pas davantage. Je ne peux rien vous dire, sinon que j'ai acquis une certitude!

— Laquelle, monsieur, laquelle?

— C'est que le document est basé, non sur des signes conventionnels, mais sur ce qu'on appelle « un chiffre » en cryptologie, ou, pour mieux dire, sur un nombre!

— Eh bien, monsieur, répondit Manoel, ne peut-on toujours arriver à lire un document de ce genre?

— Oui, dit le juge Jarriquez, oui, lorsqu'une lettre est invariablement représentée par la même lettre, quand un *a*, par exemple, est toujours un *p*, quand un *p* est toujours un *x*... sinon... non!

— Et dans ce document?...

— Dans ce document, la valeur de la lettre change suivant le chiffre, pris arbitrairement, qui la commande! Ainsi, un *b*, qui aura été représenté par un *k*, deviendra plus tard un *z*, plus tard un *m*, ou un *n*, ou un *f*, ou toute autre lettre!

— Et dans ce cas?...

— Dans ce cas, j'ai le regret de vous dire que le cryptogramme est absolument indéchiffrable!

— Indéchiffrable! s'écria Manoel. Non! monsieur, nous finirons par trouver la clef de ce document, duquel dépend la vie d'un homme! »

Manoel s'était levé, en proie à une surexcitation qu'il ne pouvait maîtriser. La réponse qu'il venait de recevoir était si désespérante qu'il se refusait à l'accepter pour définitive.

Sur un geste du magistrat, cependant, il se rassit, et d'une voix plus calme :

« Et d'abord, monsieur, demanda-t-il, qui peut vous donner à penser que la loi de ce document est un chiffre, ou, comme vous le disiez, que c'est un nombre?

— Écoutez-moi, jeune homme, répondit le juge Jarriquez, et vous serez bien obligé de vous rendre à l'évidence! »

Le magistrat prit le document et le mit sous les yeux de Manoel, en regard du travail qu'il avait fait.

« J'ai commencé, dit-il, par traiter ce document comme je devais le faire, c'est-à-dire logiquement, en ne donnant rien au hasard, c'est-à-dire que, par l'application d'un alphabet basé sur la proportionnalité des lettres les plus usuelles de notre langue, j'ai cherché à en obtenir la lecture, en suivant les préceptes de notre immortel analyste Edgard Poë!... Eh bien, ce qui lui avait réussi, a échoué!...

— Échoué! s'écria Manoel.

— Oui, jeune homme, et j'aurais dû m'apercevoir tout d'abord que le succès, cherché de cette façon, n'était pas possible! En vérité, un plus fort que moi ne s'y serait pas trompé!

— Mais, pour Dieu! s'écria Manoel, je voudrais comprendre, et je ne puis...

— Prenez le document, reprit le juge Jarriquez, en ne vous attachant qu'à observer la disposition des lettres, et relisez-le tout entier. »

Manoel obéit.

« Ne voyez-vous donc rien dans l'assemblage de certaines lettres qui soit bizarre? demanda le magistrat.

— Je ne vois rien, répondit Manoel, après avoir, pour la centième fois peut-être, parcouru les lignes du document.

— Eh bien, bornez-vous à étudier le dernier paragraphe. Là, vous le comprenez, doit être le résumé de la notice tout entière. — Vous n'y voyez rien d'anormal?

— Rien.

— Il y a, cependant, un détail qui prouve de la façon la plus absolue que le document est soumis à la loi d'un nombre.

— Et c'est?... demanda Manoel.

— C'est, ou plutôt ce sont trois *h* que nous voyons juxtaposés à deux places différentes! »

Ce que disait le juge Jarriquez était vrai et de nature à attirer l'attention. D'une part, les deux cent quatrième, deux cent cinquième et deux cent sixième lettres de l'alinéa; de l'autre, les deux cent cinquante-huitième, deux cent cinquante-neuvième et deux cent soixantième lettres étaient des *h* placés consécutivement. De là, cette particularité qui n'avait pas d'abord frappé le magistrat.

« Et cela prouve?... demanda Manoel, sans deviner quelle déduction il devait tirer de cet assemblage.

— Cela prouve tout simplement, jeune homme, que le document repose sur la loi d'un nombre! Cela démontre *a priori* que chaque lettre est modifiée en vertu des chiffres de ce nombre et suivant la place qu'ils occupent!

— Et pourquoi donc?

— Parce que dans aucune langue il n'y a de mots qui comportent le triplement de la même lettre! »

Manoel fut frappé de l'argument, il y réfléchit et, en somme, n'y trouva rien à répondre.

« Et si j'avais fait plus tôt cette observation, reprit le magistrat, je me serais épargné bien du mal, et un commencement de migraine qui me tient depuis le sinciput jusqu'à l'occiput!

— Mais enfin, monsieur, demanda Manoel, qui sentait lui échapper le peu d'espoir auquel il avait tenté de se rattacher encore, qu'entendez-vous par un chiffre?

— Disons un nombre!

— Un nombre, si vous le voulez.

— Le voici, et un exemple vous le fera comprendre mieux que toute explication! »

Le juge Jarriquez s'assit à la table, prit une feuille de papier, un crayon, et dit :

« Monsieur Manoel, choisissons une phrase, au hasard, la première venue, celle-ci, par exemple :

Le juge Jarriquez est doué d'un esprit très ingénieux.

« J'écris cette phrase de manière à en espacer les lettres et j'obtiens cette ligne :

L e j u g e J a r r i q u e z e s t d o u é d' u n e s p r i t
t r è s i n g é n i e u x

Cela fait, le magistrat, — à qui sans doute cette phrase semblait contenir une de ces propositions qui sont hors de conteste, — regarda Manoel bien en face, en disant :

« Supposons maintenant que je prenne un nombre au hasard, afin de donner à cette succession naturelle de mots une forme cryptographique. Supposons aussi que ce nombre soit composé de trois chiffres, et que ces chiffres soient 4, 2 et 3. Je dispose ledit nombre 423 sous la ligne ci-dessus, en le répétant autant de fois qu'il sera nécessaire pour atteindre la fin de la phrase, et de manière que chaque chiffre vienne se placer sous chaque lettre. Voici ce que cela donne :

L e j u g e J a r r i q u e z e s t d o u é d' u n
4 2 3 4 2 3 4 2 3 4 2 3 4 2 3 4 2 3 4 2 3 4 2 3 4
e s p r i t t r è s i n g é n i e u x
2 3 4 2 3 4 2 3 4 2 3 4 2 3 4 2 3 4 2

« Eh bien, monsieur Manoel, en remplaçant chaque lettre par la lettre qu'elle occupe dans l'ordre alphabétique en le descendant suivant la valeur du chiffre, j'obtiens ceci :

l moins 4 égale *p*
e — 2 = *g*
j — 3 = *m*
u — 4 = *z*
g — 2 = *i*
e — 3 = *h*

et ainsi de suite.

« Si, par la valeur des chiffres qui composent le nombre en question, j'arrive à la fin de l'alphabet, sans avoir assez de lettres complémentaires à déduire, je le reprends par le commencement. C'est ce qui se passe pour la dernière lettre de mon nom, ce *z*, au-dessous duquel est placé le chiffre 3. Or, comme après le *z*, l'alphabet ne me fournit plus de lettres, je recommence à compter en reprenant par l'*a*, et dans ce cas :

z moins 3 égale *c*.

« Cela dit, lorsque j'ai mené jusqu'à la fin ce système cryptographique, commandé par le nombre 423, — qui a été arbitrairement choisi, ne l'oubliez pas! — la phrase que vous connaissez est alors remplacée par celle-ci :

Pg mzih ncuvktzgc iux hqyi fyr gvttly
vuiu lrihrkhzz.

« Or, jeune homme, examinez bien cette phrase, n'a-t-elle pas tout à fait l'aspect de celles du document en question? Eh bien, qu'en ressort-il? C'est que la signification de la lettre étant donnée par le chiffre que le hasard place au-dessous, la lettre cryptographique qui se rapporte à la lettre vraie ne peut pas toujours être la même. Ainsi, dans cette phrase, le premier *e* est représenté par un *g*, mais le deuxième l'est par un *h*, le troisième par un *g*, le quatrième par un *i*; un *m* correspond au premier *j* et un *n* au second; des deux *r* de mon nom, l'un est représenté par un *u*, le second par un *v*; le *t* du mot *est* devient un *x* et le *t* du mot *esprit* devient un *y*, tandis que celui du mot *très* est un *v*. Vous voyez donc bien que si vous ne connaissez pas le nombre 423, vous n'arriverez jamais à lire ces lignes, et que, par conséquent, puisque le nombre qui fait la loi du document nous échappe, il restera indéchiffrable! »

En entendant le magistrat raisonner avec une logique si serrée, Manoel fut accablé d'abord; mais, relevant la tête :

« Non, s'écria-t-il, non, monsieur! Je ne renoncerai pas à l'espoir de découvrir ce nombre!

— On le pourrait peut-être, répondit le juge Jarriquez, si les lignes du document avaient été divisées par mots!

— Et pourquoi?

— Voici mon raisonnement, jeune homme. Il est permis d'affirmer en toute assurance, n'est-ce pas, que ce dernier paragraphe du document doit résumer tout ce qui a été écrit dans les paragraphes précédents. Donc, il est certain pour moi que le nom de Joam Dacosta s'y trouve. Eh bien, si les lignes eussent été divisées par mots, en essayant chaque mot l'un après l'autre, — j'entends les mots composés de sept lettres comme l'est le nom de Dacosta, — il n'aurait pas été impossible de reconstituer le nombre qui est la clef du document.

— Veuillez m'expliquer comment il faudrait procéder, monsieur, demanda Manoel, qui voyait peut-être luire là un dernier espoir.

— Rien n'est plus simple, répondit le juge Jarriquez. Prenons, par exemple, un des mots de la phrase que je viens d'écrire, — mon nom, si vous le voulez. Il est représenté dans le cryptogramme par cette bizarre succession de lettres : *ncuvktzgc*. Eh bien, en disposant ces lettres sur une colonne verticale, puis, en plaçant en regard les lettres de mon nom, et en remontant de l'une à l'autre dans l'ordre alphabétique, j'aurai la formule suivante :

« Entre *n* et *j* on compte 4 lettres.
— *c* - *a* — 2 —
— *u* - *r* — 3 —
— *v* - *r* — 4 —
— *k* - *i* — 2 —
— *t* - *q* — 3 —
— *z* - *u* — 4 —
— *g* - *e* — 2 —
— *c* - *z* — 3 —

« Or, comment est composée la colonne des chiffres produits par cette opération très simple ? Vous le voyez ! des chiffres 423423423, etc., c'est-à-dire du nombre 423 plusieurs fois répété.

— Oui ! cela est ! répondit Manoel.

— Vous comprenez donc que par ce moyen, en remontant dans l'ordre alphabétique de la fausse lettre à la lettre vraie, au lieu de le descendre de la vraie à la fausse, j'ai pu arriver aisément à reconstituer le nombre, et que ce nombre cherché est effectivement 423 que j'avais choisi comme clef de mon cryptogramme !

— Eh bien ! monsieur, s'écria Manoel, si, comme cela doit être, le nom de Dacosta se trouve dans ce dernier paragraphe, en prenant successivement chaque lettre de ces lignes pour la première des six lettres qui doivent composer ce nom, nous devons arriver...

— Cela serait possible, en effet, répondit le juge Jarriquez, mais à une condition cependant !

— Laquelle ?

— Ce serait que le premier chiffre du nombre vînt précisément tomber sous la première lettre du mot *Dacosta*, et vous m'accorderez bien que cela n'est aucunement probable !

— En effet ! répondit Manoel, qui, devant cette improbabilité, sentait la dernière chance lui échapper.

— Il faudrait donc s'en remettre au hasard seul, reprit le juge Jarriquez qui secoua la tête, et le hasard ne doit pas intervenir dans des recherches de ce genre !

— Mais enfin, reprit Manoel, le hasard ne pourrait-il pas nous livrer ce nombre ?

— Ce nombre ! s'écria le magistrat, ce nombre ! Mais de combien de chiffres se compose-t-il ? Est-ce de deux, de trois, de quatre, de neuf, de dix ? Est-il fait de chiffres différents, ce nombre, ou de chiffres plusieurs fois répétés? Savez-vous bien, jeune homme, qu'avec les dix chiffres de la numération, en les employant tous, sans répétition aucune, on peut faire trois millions deux cent soixante-huit mille huit cents nombres différents, et que si plusieurs mêmes chiffres s'y trouvaient, ces millions de combinaisons s'accroîtraient encore? Et savez-vous qu'en n'employant qu'une seule des cinq cent vingt-cinq mille six cents minutes dont se compose l'année à essayer chacun de ces nombres, il vous faudrait plus de six ans, et que vous y mettriez plus de trois siècles, si chaque opération exigeait une heure! Non! vous demandez là l'impossible!

— L'impossible, monsieur, répondit Manoel, c'est qu'un juste soit condamné, c'est que Joam Dacosta perde la vie et l'honneur, quand vous avez entre les mains la preuve matérielle de son innocence! Voilà ce qui est impossible!

— Ah! jeune homme, s'écria le juge Jarriquez, qui vous dit, après tout, que ce Torrès n'ait pas menti, qu'il ait réellement eu entre les mains un document écrit par l'auteur du crime, que ce papier soit ce document et qu'il s'applique à Joam Dacosta?

— Qui le dit!... » répéta Manoel.

Et sa tête retomba dans ses mains.

En effet, rien ne prouvait d'une façon certaine que le document concernât l'affaire de l'arrayal diamantin. Rien même ne disait qu'il ne fût pas vide de tout sens, et qu'il n'eût pas été imaginé par Torrès lui-même, aussi capable de vouloir vendre une pièce fausse qu'une vraie !

« N'importe, monsieur Manoel, reprit le juge Jarriquez en se levant, n'importe ! Quelle que soit l'affaire à laquelle se rattache ce document, je ne renonce pas à en découvrir le chiffre ! Après tout, cela vaut bien un logogriphe ou un rébus ! »

Sur ces mots, Manoel se leva, salua le magistrat, et revint à la jangada, plus désespéré au retour qu'il ne l'était au départ.

XIV

A TOUT HASARD!

Cependant, un revirement complet s'était fait dans l'opinion publique au sujet du condamné Joam Dacosta. A la colère avait succédé la commisération. La population ne se portait plus à la prison de Manao pour proférer des cris de mort contre le prisonnier. Au contraire! les plus acharnés à l'accuser d'être l'auteur principal du crime de Tijuco proclamaient maintenant que ce n'était pas lui le coupable et réclamaient sa mise en liberté immédiate : ainsi vont les foules, — d'un excès à l'autre.

Ce revirement se comprenait.

En effet, les événements qui venaient de se produire pendant ces deux derniers jours, duel de Benito et de Torrès, recherche de ce cadavre réapparu dans des circonstances si extraordinaires trouvaille du document, « indéchiffrabilité », si l'on peut s'exprimer ainsi, des lignes qu'il contenait, assurance où l'on était, où l'on voulait être, que cette notice renfermait la preuve matérielle de la non-culpabilité de Joam Dacosta, puisqu'elle émanait du vrai coupable, tout avait contribué à opérer ce changement dans l'opinion publique. Ce que l'on désirait, ce que l'on demandait impatiemment depuis quarante-huit heures, on le craignait maintenant : c'était l'arrivée des instructions qui devaient être expédiées de Rio-de-Janeiro.

Cela ne pouvait tarder, cependant.

En effet, Joam Dacosta avait été arrêté le 24 août et interrogé le lendemain. Le rapport du juge était parti le 26. On était au 28. Dans trois ou quatre jours au plus le ministre aurait pris une décision à l'égard du condamné, et il était trop certain que la « justice suivrait son cours ! »

Oui ! personne ne doutait qu'il n'en fût ainsi ! Et, cependant, que la certitude de l'innocence de Joam Dacosta ressortît du document, cela ne faisait question pour personne, ni pour sa famille, ni même pour toute la mobile population de Manao, qui suivait avec passion les phases de cette dramatique affaire.

Mais, au dehors, aux yeux d'observateurs désintéressés ou indifférents, qui n'étaient pas sous la pression des événements, quelle valeur pouvait avoir ce document, et comment affirmer même qu'il se rapportait à l'attentat de l'arrayal diamantin? Il existait, c'était incontestable. On l'avait trouvé sur le cadavre de Torrès. Rien de plus certain. On pouvait même s'assurer, en le comparant à la lettre de Torrès qui dénonçait Joam Dacosta, que ce document n'avait point été écrit de la main de l'aventurier. Et cependant, ainsi que l'avait dit le juge Jarriquez, pourquoi ce misérable ne l'aurait-il pas fait fabriquer dans un but de chantage ? Et il pouvait d'autant plus en être ainsi que Torrès ne prétendait s'en dessaisir qu'après son mariage avec la fille de Joam Dacosta, c'est-à-dire lorsqu'il ne serait plus possible de revenir sur le fait accompli.

Toutes ces thèses pouvaient donc se soutenir de part et d'autre, et l'on comprend que cette affaire devait passionner au plus haut point. En tout cas, bien certainement, la situation de Joam Dacosta était des plus compromises. Tant que le document ne serait pas déchiffré, c'était comme s'il n'existait pas, et si son secret cryptographique n'était pas miraculeusement deviné ou révélé avant trois jours, avant trois jours l'expiation suprême aurait irréparablement frappé le condamné de Tijuco.

Eh bien, ce miracle, un homme prétendait l'accomplir! Cet homme, c'était le juge Jarriquez, et maintenant il y travaillait plus encore dans l'intérêt de Joam Dacosta que pour la satisfaction de ses facultés analytiques. Oui! un revirement s'était absolument fait dans son esprit. Cet homme qui avait volontairement abandonné sa retraite d'Iquitos, qui était venu, au risque de la vie, demander sa réhabilitation à la justice brésilienne, n'y avait-il pas là une énigme morale qui en valait bien d'autres! Aussi ce document, le magistrat ne l'abandonnerait pas tant qu'il n'en aurait pas découvert le chiffre. Il s'y acharnait donc! Il ne mangeait plus, il ne dormait plus. Tout son temps se passait à combiner des nombres, à forger une clef pour forcer cette serrure!

A la fin de la première journée cette idée était arrivée dans le cerveau du juge Jarriquez à l'état d'obsession. Une colère, très peu contenue, bouillonnait en lui et s'y maintenait à l'état permanent. Toute sa maison en tremblait. Ses domestiques, noirs ou blancs, n'osaient plus l'aborder. Il était garçon, heureusement, sans quoi madame Jarriquez aurait eu quelques vilaines heures à passer. Jamais problème n'avait passionné à ce point cet original, et il était bien résolu à en poursuivre la solution, tant que sa tête n'éclaterait pas, comme une chaudière trop chauffée, sous la tension des vapeurs.

Il était parfaitement acquis maintenant à l'esprit du digne magistrat que la clef du document était un nombre, composé de deux ou plusieurs chiffres, mais que ce nombre, toute déduction semblait être impuissante à le faire connaître.

Ce fut cependant ce qu'entreprit, avec une véritable rage, le juge Jarriquez, et c'est à ce travail surhumain que, pendant cette journée du 28 août, il appliqua toutes ses facultés.

Chercher ce nombre au hasard, c'était, il l'avait dit, vouloir se perdre dans des millions de combinaisons, qui auraient absorbé plus que la vie d'un calculateur de premier ordre. Mais, si l'on ne devait aucunement compter sur le hasard, était-il donc impossible de procéder par le raisonnement ? Non, sans doute, et c'est à « raisonner jusqu'à la déraison », que le juge Jarriquez se donna tout entier, après avoir vainement cherché le repos dans quelques heures de sommeil.

Qui eût pu pénétrer jusqu'à lui en ce moment, après avoir bravé les défenses formelles qui devaient protéger sa solitude, l'aurait trouvé, comme la veille, dans son cabinet de travail, devant son bureau, ayant sous les yeux le document, dont les milliers de lettres embrouillées lui semblaient voltiger autour de sa tête.

« Ah! s'écriait-il, pourquoi ce misérable qui l'a écrit, quel qu'il soit, n'a-t-il pas séparé les mots de ce paragraphe! On pourrait... on essayerait... Mais non! Et cependant, s'il est réellement question dans ce document de cette affaire d'assassinat et de vol, il n'est pas possible que certains mots ne s'y trouvent, des mots tels qu'*arrayal*, *diamants*, *Tijuco*, *Dacosta*, d'autres, que sais-je! et en les mettant en face de leurs équivalents cryptologiques, on pourrait arriver à reconstituer le nombre! Mais rien! Pas une seule séparation! Un mot, rien qu'un seul!... Un mot de deux cent soixante-seize lettres!... Ah! soit-il deux cent soixante-seize fois maudit, le gueux qui a si malencontreusement compliqué son système! Rien que pour cela il mériterait deux cent soixante-seize mille fois la potence! »

Et un violent coup de poing, porté sur le document, vint accentuer ce peu charitable souhait.

« Mais enfin, reprit le magistrat, s'il m'est interdit d'aller chercher un de ces mots dans tout le corps du document, ne puis-je, à tout le moins, essayer de le découvrir soit au commencement soit à la fin de chaque paragraphe? Peut-être y a-t-il là une chance qu'il ne faut pas négliger? »

Et s'emportant sur cette voie de déduction, le juge Jarriquez essaya successivement si les lettres qui commençaient ou finissaient les divers alinéas du document pouvaient correspondre à celles qui formaient le mot le plus important, celui qui devait nécessairement se trouver quelque part, — le mot *Dacosta*.

Il n'en était rien.

En effet, pour ne parler que du dernier alinéa et des sept lettres par lesquelles il débutait, la formule fut :

$$
\begin{aligned}
P &= D \\
h &= a \\
y &= c \\
j &= o \\
s &= s \\
l &= t \\
y &= a.
\end{aligned}
$$

Or, dès la première lettre, le juge Jarriquez fut arrêté dans ses calculs, puisque l'écart entre *p* et *d* dans l'ordre alphabétique donnait non pas un chiffre, mais deux, soit 12, et que, dans ces sortes de cryptogrammes, une lettre ne peut évidemment être modifiée que par un seul.

Il en était de même pour les sept dernières lettres du paragraphe *psuvjhb*, dont la série commençait également par un *p*, qui ne pouvait en aucun cas représenter le *d* de *Dacosta*, puisqu'il en était séparé également par douze lettres.

Donc, ce nom ne figurait pas à cette place.

Même observation pour les mots *arrayal* et *Tijuco*, qui furent successivement essayés, et dont la construction ne correspondait pas davantage à la série des lettres cryptographiques.

Après ce travail, le juge Jarriquez, la tête brisée, se leva, arpenta son cabinet, prit l'air à la fenêtre, poussa une sorte de rugissement dont le bruit fit partir toute une volée d'oiseaux-mouches qui bourdonnaient dans le feuillage d'un mimosa, et il revint au document.

Il le prit, il le tourna et le retourna.

« Le coquin! le gueux! grommelait le juge Jarriquez. Il finira par me rendre fou! Mais, halte-là! Du calme! Ne perdons pas l'esprit! Ce n'est pas le moment! »

Puis, après avoir été se rafraîchir la tête dans une bonne ablution d'eau froide :

« Essayons autre chose, dit-il, et, puisque je ne puis déduire un nombre de l'arrangement de ces damnées lettres, voyons quel nombre a bien pu choisir l'auteur de ce document, en admettant qu'il soit aussi l'auteur du crime de Tijuco! »

C'était une autre méthode de déductions, dans

laquelle le magistrat allait se jeter, et peut-être avait-il raison, car cette méthode ne manquait pas d'une certaine logique.

« Et d'abord, dit-il, essayons un millésime! Pourquoi ce malfaiteur n'aurait-il pas choisi le millésime de l'année qui a vu naître Joam Dacosta, cet innocent qu'il laissait condamner à sa place, — ne fût-ce que pour ne pas oublier ce nombre si important pour lui? Or, Joam Dacosta est né en 1804. Voyons ce que donne 1804, pris comme nombre cryptologique! »

Et le juge Jarriquez, écrivant les premières lettres du paragraphe, et les surmontant du nombre 1804, qu'il répéta trois fois, obtint cette nouvelle formule :

1804 1804 1804
phyj slyd dqfd

Puis, en remontant dans l'ordre alphabétique d'autant de lettres que comportait la valeur du chiffre, il obtint la série suivante :

O.yf rdy. cif.

ce qui ne signifiait rien! Et encore lui manquait-il trois lettres qu'il avait dû remplacer par des points, parce que les chiffres 8, 4 et 4, qui commandaient les trois lettres *h*, *d* et *d*, ne donnaient pas de lettres correspondantes en remontant la série alphabétique.

« Ce n'est pas encore cela! s'écria le juge Jarriquez. Essayons d'un autre nombre! »

Et il se demanda si, à défaut de ce premier millésime, l'auteur du document n'aurait pas plutôt choisi le millésime de l'année dans laquelle le crime avait été commis.

Or, c'était en 1826.

Donc, procédant comme dessus, il obtint la formule :

1826 1826 1826
phyj slyd dqfd

ce qui lui donna :

o.vd rdv. cid.

Même série insignifiante, ne présentant aucun sens, plusieurs lettres manquant toujours comme dans la formule précédente, et pour des raisons semblables.

« Damné nombre! s'écria le magistrat. Il faut encore renoncer à celui-ci! A un autre! Ce gueux aurait-il donc choisi le nombre de contos représentant le produit du vol? »

Or, la valeur des diamants volés avait été estimée à la somme de huit cent trente-quatre contos [1].

1. Environ 2,500,000 francs.

La formule fut donc ainsi établie :

834 834 834 834
phy jsl ydd qfd

ce qui donna ce résultat aussi peu satisfaisant que les autres :

het bph pa. ic.

« Au diable le document et celui qui l'imagina! s'écria le juge Jarriquez en rejetant le papier, qui s'envola à l'autre bout de la chambre. Un saint y perdrait la patience et se ferait damner! »

Mais, ce moment de colère passé, le magistrat, qui ne voulait point en avoir le démenti, reprit le document. Ce qu'il avait fait pour les premières lettres des divers paragraphes, il le refit pour les dernières, — inutilement. Puis, tout ce que lui fournit son imagination surexcitée, il le tenta. Successivement furent essayés les nombres qui représentaient l'âge de Joam Dacosta, que devait bien connaître l'auteur du crime, la date de l'arrestation, la date de la condamnation prononcée par la cour d'assises de Villa-Rica, la date fixée pour l'exécution, etc., etc., jusqu'au nombre même des victimes de l'attentat de Tijuco!

Rien! toujours rien!

Le juge Jarriquez était dans un état d'exaspération qui pouvait réellement faire craindre pour l'équilibre de ses facultés mentales. Il se démenait, il se débattait, il luttait comme s'il eût tenu un adversaire corps à corps! Puis tout à coup :

« Au hasard, s'écria-t-il, et que le ciel me seconde, puisque la logique est impuissante! »

Sa main saisit le cordon d'une sonnette pendue près de sa table de travail. Le timbre résonna violemment, et le magistrat s'avança jusqu'à la porte qu'il ouvrit :

« Bobo ! » cria-t-il.

Quelques instants se passèrent.

Bobo, un noir affranchi qui était le domestique privilégié du juge Jarriquez, ne paraissait pas. Il était évident que Bobo n'osait pas entrer dans la chambre de son maître.

Nouveau coup de sonnette! Nouvel appel de Bobo qui, dans son intérêt, croyait devoir faire le sourd en cette occasion!

Enfin, troisième coup de sonnette, qui démonta l'appareil et brisa le cordon. Cette fois, Bobo parut.

« Que me veut mon maître? demanda Bobo en se tenant prudemment sur le seuil de la porte.

— Avance, sans prononcer un seul mot! » répondit le magistrat, dont le regard enflammé fit trembler le noir.

Bobo avança.

« Bobo, dit le juge Jarriquez, fais bien attention à la demande que je vais te poser, et réponds immédiatement, sans prendre même le temps de réfléchir, ou je... »

Bobo, interloqué, les yeux fixes, la bouche ouverte, assembla ses pieds dans la position du soldat sans armes et attendit.

« Y es-tu? lui demanda son maître

— J'y suis.

— Attention! Dis-moi, sans chercher, entends-tu bien, le premier nombre qui te passera par la tête!

— Soixante-seize mille deux cent vingt-trois, » répondit Bobo tout d'une haleine.

Bobo, sans doute, avait pensé complaire à son maître en lui répondant par un nombre aussi élevé.

Le juge Jarriquez avait couru à sa table, et, le crayon à la main, il avait établi sa formule sur le nombre indiqué par Bobo, — lequel Bobo n'était que l'interprète du hasard en cette circonstance.

On le comprend, il eût été par trop invraisemblable que ce nombre, 76223 eût été précisément celui qui servait de clef au document.

Il ne produisit donc d'autre résultat que d'amener à la bouche du juge Jarriquez un juron tellement accentué que Bobo s'empressa de détaler au plus vite.

XV

DERNIERS EFFORTS

Cependant le magistrat n'avait pas été seul à se consumer en stériles efforts. Benito, Manoel, Minha s'étaient réunis dans un travail commun pour tenter d'arracher au document ce secret, duquel dépendaient la vie et l'honneur de leur père. De son côté, Fragoso, aidé par Lina, n'avait pas voulu être en reste; mais toute leur ingéniosité n'y avait pas réussi et le nombre leur échappait toujours!

« Trouvez donc, Fragoso! lui répétait sans cesse la jeune mulâtresse, trouvez donc!

— Je trouverai! » répondait Fragoso.

Et il ne trouvait pas!

Il faut dire ici, cependant, que Fragoso avait l'idée de mettre à exécution certain projet dont il ne voulait pas parler, même à Lina, projet qui était aussi passé dans son cerveau à l'état d'obsession : c'était d'aller à la recherche de cette milice à laquelle avait appartenu l'ex-capitaine des bois, et de découvrir quel avait pu être cet auteur du document chiffré, qui s'était avoué coupable de l'attentat de Tijuco. Or, la partie de la province des Amazones dans laquelle opérait cette milice, l'endroit même où Fragoso l'avait rencontrée quelques années auparavant, la circonscription à laquelle elle appartenait, n'étaient pas très éloignés de Manao. Il suffisait de descendre le fleuve pendant une cinquantaine de milles, vers l'embouchure de la Madeira, affluent de sa rive droite, et là, sans doute, se rencontrerait le chef de ces « capitaës do mato », qui avait compté Torrès parmi ses compagnons. En deux jours, en trois jours au plus, Fragoso pouvait s'être mis en rapport avec les anciens camarades de l'aventurier.

« Oui, sans doute, je puis faire cela, se répétait-il, mais après? Que résultera-t-il de ma démarche, en admettant qu'elle réussisse? Quand nous aurons la certitude qu'un des compagnons de Torrès est mort récemment, cela prouvera-t-il qu'il est l'auteur du crime? Cela démontrera-t-il qu'il a remis à Torrès un document dans lequel il avoue son crime et en décharge Joam Dacosta? Cela donnera-t-il enfin la clef du document? Non! Deux hommes seuls en connaissaient le chiffre! Le coupable et Torrès! Et ces deux hommes ne sont plus! »

Ainsi raisonnait Fragoso. Il était trop évident que sa démarche ne pourrait aboutir à rien. Et pourtant cette pensée, c'était plus fort que lui. Une puissance irrésistible le poussait à partir, bien qu'il ne fût pas même assuré de retrouver la milice de la Madeira! En effet, elle pouvait être en chasse, dans quelque autre partie de la province, et alors, pour la rejoindre, il faudrait plus de temps à Fragoso que celui dont il pouvait disposer! Puis, enfin, pour arriver à quoi, à quel résultat?

Il n'en est pas moins vrai que, le lendemain 29 août, avant le lever du soleil, Fragoso, sans prévenir personne, quittait furtivement la jangada, arrivait à Manao et s'embarquait sur une de ces nombreuses égaritéas qui descendent journellement l'Amazone.

Et lorsqu'on ne le revit plus à bord, quand il ne reparut pas de toute cette journée, ce fut un étonnement. Personne, pas même la jeune mulâtresse, ne pouvait s'expliquer l'absence de ce serviteur si dévoué dans des circonstances aussi graves!

Quelques-uns purent même se demander, non sans quelque raison, si le pauvre garçon, désespéré d'avoir personnellement contribué, lorsqu'il le rencontra à la frontière, à attirer Torrès sur la jangada, ne s'était pas abandonné à quelque parti extrême!

Mais, si Fragoso pouvait s'adresser un pareil reproche, que devait donc se dire Benito? Une première fois, à Iquitos, il avait engagé Torrès à visiter la fazenda. Une deuxième fois, à Tabatinga, il l'avait conduit à bord de la jangada pour y prendre passage. Une troisième fois, en le provoquant, en le tuant, il avait anéanti le seul témoin dont le témoignage pût intervenir en faveur du condamné!

Et alors Benito s'accusait de tout, de l'arrestation de son père, des terribles éventualités qui en seraient la conséquence!

En effet, si Torrès eût encore vécu, Benito ne pouvait-il se dire que, d'une façon ou d'une autre, par commisération ou par intérêt, l'aventurier eût fini par livrer le document? A force d'argent, Torrès, que rien ne pouvait compromettre, ne se serait-il pas décidé à parler? La preuve tant cherchée n'aurait-elle pas été enfin mise sous les yeux des magistrats? Oui! sans doute!... Et le seul homme qui eût pu fournir ce témoignage, cet homme était mort de la main de Benito!

Voilà ce que le malheureux jeune homme répétait à sa mère, à Manoel, à lui-même! Voilà quelles étaient les cruelles responsabilités dont sa conscience lui imposait la charge!

Cependant, entre son mari, près duquel elle passait toutes les heures qui lui étaient accordées, et son fils en proie à un désespoir qui faisait trembler pour sa raison, la courageuse Yaquita ne perdait rien de son énergie morale.

On retrouvait en elle la vaillante fille de Magalhaës, la digne compagne du fazender d'Iquitos.

L'attitude de Joam Dacosta, d'ailleurs, était faite pour la soutenir dans cette épreuve. Cet homme de cœur, ce puritain rigide, cet austère travailleur, dont toute la vie n'avait été qu'une lutte, en était encore à montrer un instant de faiblesse.

Le coup le plus terrible qui l'eût frappé sans l'abattre avait été la mort du juge Ribeiro, dans l'esprit duquel son innocence ne laissait pas un doute. N'était-ce pas avec l'aide de son ancien défenseur qu'il avait eu l'espoir de lutter pour sa réhabilitation? L'intervention de Torrès dans toute cette affaire, il ne la regardait que comme secondaire pour lui. Et d'ailleurs ce document, il n'en connaissait pas l'existence, lorsqu'il s'était décidé à quitter Iquitos pour venir se remettre à la justice de son pays. Il n'apportait pour tout bagage que des preuves morales. Qu'une preuve matérielle se fût inopinément produite au cours de l'affaire, avant ou après son arrestation, il n'était certainement pas homme à la dédaigner; mais si, par suite de circonstances regrettables, cette preuve avait disparu, il se retrouvait dans la situation où il était en passant la frontière du Brésil, cette situation d'un homme qui venait dire : « Voilà mon passé, voilà mon présent, voilà toute une honnête existence de travail et de dévouement que je vous apporte! Vous avez rendu un premier jugement inique! Après vingt-trois ans d'exil, je viens me livrer! Me voici! Jugez-moi! »

La mort de Torrès, l'impossibilité de lire le document retrouvé sur lui, n'avaient donc pu produire sur Joam Dacosta une impression aussi vive que sur ses enfants, ses amis, ses serviteurs, sur tous ceux qui s'intéressaient à lui.

« J'ai foi dans mon innocence, répétait-il à Yaquita, comme j'ai foi en Dieu! S'il trouve que ma vie est encore utile aux miens et qu'il faille un miracle pour la sauver, il le fera, ce miracle, sinon je mourrai! Lui seul, il est le juge! »

Cependant l'émotion s'accentuait dans la ville de Manao avec le temps qui s'écoulait. Cette affaire était commentée avec une passion sans égale. Au milieu de cet entraînement de l'opinion publique que provoque tout ce qui est mystérieux, le document faisait l'unique objet des conversations. Personne, à la fin de ce quatrième jour, ne doutait plus qu'il ne renfermât la justification du condamné.

Il faut dire, d'ailleurs, que chacun avait été mis à même d'en déchiffrer l'incompréhensible contenu. En effet, le *Diario d'o Grand Para* l'avait reproduit en fac-similé. Des exemplaires autographiés venaient d'être répandus en grand nombre, et cela sur les instances de Manoel, qui ne voulait rien négliger de ce qui pourrait amener la pénétration de ce mystère, même le hasard, ce « nom de guerre », a-t-on dit, que prend quelquefois la Providence.

En outre, une récompense montant à la somme de cent contos[1] fut promise à quiconque découvrirait le chiffre vainement cherché et permettrait de lire le document. C'était là une fortune. Aussi que de gens de toutes classes perdirent le boire, le manger, le sommeil, à s'acharner sur l'inintelligible cryptogramme.

Jusqu'alors, cependant, tout cela avait été inutile, et il est probable que les plus ingénieux analystes du monde y auraient vainement consumé leurs veilles.

Le public avait été avisé, d'ailleurs, que toute solution devait être adressée sans retard au juge Jarriquez, en sa maison de la rue de Dieu-le-Fils ; mais,

1. 300,000 francs.

le 29 août, au soir, rien n'était encore arrivé et rien ne devait arriver sans doute !

En vérité, de tous ceux qui se livraient à l'étude de ce casse-tête, le juge Jarriquez était un des plus à plaindre. Par suite d'une association d'idées toute naturelle, lui aussi partageait maintenant l'opinion générale que le document se rapportait à l'affaire de Tijuco, qu'il avait été écrit de la main même du coupable et qu'il déchargeait Joam Dacosta. Aussi ne mettait-il que plus d'ardeur à en chercher la clef. Ce n'était plus uniquement l'art pour l'art qui le guidait, c'était un sentiment de justice, de pitié envers un homme frappé d'une injuste condamnation. S'il est vrai qu'il se fait une dépense d'un certain phosphore organique dans le travail du cerveau humain, on ne saurait dire combien le magistrat en avait dépensé de milligrammes pour échauffer les réseaux de son « sensorium », et, en fin de compte, ne rien trouver, non, rien !

Et cependant le juge Jarriquez ne songeait pas à abandonner sa tâche. S'il ne comptait plus maintenant que sur le hasard, il fallait, il voulait que ce hasard lui vînt en aide ! Il cherchait à le provoquer par tous les moyens possibles et impossibles ! Chez lui, c'était devenu de la frénésie, de la rage, et, ce qui est pis, de la rage impuissante !

Ce qu'il essaya de nombres différents pendant cette dernière partie de la journée, — nombres toujours pris arbitrairement, — ne saurait se concevoir! Ah! s'il avait eu le temps, il n'aurait pas hésité à se lancer dans les millions de combinaisons que les dix signes de la numération peuvent former! Il y eût consacré sa vie tout entière, au risque de devenir fou avant l'année révolue! Fou! Eh! ne l'était-il pas déjà!

Il eut alors la pensée que le document devait, peut-être, être lu à l'envers. C'est pourquoi, le retournant et l'exposant à la lumière, il le reprit de cette façon.

Rien! Les nombres déjà imaginés et qu'il essaya sous cette nouvelle forme ne donnèrent aucun résultat!

Peut-être fallait-il prendre le document à rebours, et le rétablir en allant de la dernière lettre à la première, — ce que son auteur pouvait avoir combiné pour en rendre la lecture plus difficile encore!

Rien! Cette nouvelle combinaison ne fournit qu'une série de lettres complètement énigmatiques!

A huit heures du soir, le juge Jarriquez, la tête entre les mains, brisé, épuisé moralement et physiquement, n'avait plus la force de remuer, de parler, de penser, d'associer une idée à une autre!

Soudain, un bruit se fit entendre en dehors. Presque aussitôt, malgré ses ordres formels, la porte de son cabinet s'ouvrit brusquement.

Benito et Manoel étaient devant lui, Benito, effrayant à voir, Manoel le soutenant, car l'infortuné jeune homme n'avait plus la force de se soutenir lui-même.

Le magistrat s'était vivement relevé.

« Qu'y a-t-il, messieurs, que voulez-vous? demanda-t-il.

— Le chiffre!... le chiffre!... s'écria Benito, fou de douleur. Le chiffre du document!...

— Le connaissez-vous donc? s'écria le juge Jarriquez.

— Non, monsieur, reprit Manoel. Mais vous?...

— Rien!... rien!

— Rien! » s'écria Benito.

Et, au paroxysme du désespoir, tirant une arme de sa ceinture, il voulut s'en frapper la poitrine.

Le magistrat et Manoel, se jetant sur lui, parvinrent, non sans peine, à le désarmer.

« Benito, dit le juge Jarriquez d'une voix qu'il voulait rendre calme, puisque votre père ne peut plus maintenant échapper à l'expiation d'un crime qui n'est pas le sien, vous avez mieux à faire qu'à vous tuer!

— Quoi donc?... s'écria Benito.

— Vous avez à tenter de lui sauver la vie!

— Et comment?...

— C'est à vous de le deviner, répondit le magistrat, ce n'est pas à moi de vous le dire! »

XVI

DISPOSITIONS PRISES

Le lendemain, 30 août, Benito et Manoel se concertaient. Ils avaient compris la pensée que le juge n'avait pas voulu formuler en leur présence. Ils cherchaient maintenant les moyens de faire évader le condamné que menaçait le dernier supplice.

Il n'y avait pas autre chose à faire.

En effet, il n'était que trop certain que, pour les autorités de Rio-de-Janeiro, le document, indéchiffré, n'offrirait aucune valeur, qu'il serait lettre morte, que le premier jugement qui avait déclaré Joam Dacosta coupable de l'attentat de Tijuco ne serait pas réformé, et que l'ordre d'exécution arriverait inévitablement, puisque, dans l'espèce, aucune commutation de peine n'était possible.

Donc, encore une fois, Joam Dacosta ne devait

pas hésiter à se soustraire par la fuite à l'arrêt qui le frappait injustement.

Entre les deux jeunes gens, il fut d'abord convenu que le secret de ce qu'ils allaient faire serait absolument gardé ; que ni Yaquita, ni Minha ne seraient mises au courant de leurs tentatives. Ce serait peut-être leur donner un dernier espoir qui ne se réaliserait pas ! Qui sait si, par suite de circonstances imprévues, cet essai d'évasion n'échouerait pas misérablement !

La présence de Fragoso eût été précieuse, sans doute, en cette occasion. Ce garçon, avisé et dévoué, serait venu bien utilement en aide aux deux jeunes gens ; mais Fragoso n'avait pas reparu. Lina, interrogée à son sujet, n'avait pu dire ce qu'il était devenu, ni pourquoi il avait quitté la jangada, sans même l'en prévenir.

Et certainement, si Fragoso avait pu prévoir que les choses en viendraient à ce point, il n'aurait pas abandonné la famille Dacosta pour tenter une démarche qui ne paraissait pouvoir donner aucun résultat sérieux. Oui ! mieux eût valu aider à l'évasion du condamné que de se mettre à la recherche des anciens compagnons de Torrès !

Mais Fragoso n'était pas là, et il fallait forcément se passer de son concours.

Benito et Manoel, dès l'aube, quittèrent donc la jangada et se dirigèrent vers Manao. Ils arrivèrent rapidement à la ville et s'enfoncèrent dans les étroites rues, encore désertes à cette heure. En quelques minutes, tous deux se trouvaient devant la prison, et ils parcouraient en tous sens ces terrains vagues, sur lesquels se dressait l'ancien couvent qui servait de maison d'arrêt.

C'était la disposition des lieux qu'il convenait d'étudier avec le plus grand soin.

Dans un angle du bâtiment s'ouvrait, à vingt-cinq pieds au-dessus du sol, la fenêtre de la cellule dans laquelle Joam Dacosta était enfermé. Cette fenêtre était défendue par une grille de fer en assez mauvais état, qu'il serait facile de desceller ou de scier, si l'on pouvait s'élever à sa hauteur. Les pierres du mur mal jointes, effritées en maints endroits, offraient de nombreuses saillies qui devaient assurer au pied un appui solide, s'il était possible de se hisser au moyen d'une corde. Or, cette corde, en la lançant adroitement, peut-être parviendrait-on à la tourner à l'un des barreaux de la grille, dégagé de son alvéole, qui formait crochet à l'extérieur. Cela fait, un ou deux barreaux étant enlevés de manière à pouvoir livrer passage à un homme, Benito et Manoel n'auraient plus qu'à s'introduire dans la chambre du prisonnier, et l'évasion s'opérerait sans grandes difficultés, au moyen de la corde attachée à l'armature de fer.

Pendant la nuit que l'état du ciel devait rendre très obscure, aucune de ces manœuvres ne serait aperçue, et Joam Dacosta, avant le jour, pourrait être en sûreté.

Durant une heure, Manoel et Benito, allant et venant, de manière à ne pas attirer l'attention, prirent leurs relèvements avec une précision extrême, tant sur la situation de la fenêtre et la disposition de l'armature que sur l'endroit qui serait le mieux choisi pour lancer la corde.

« Cela est convenu ainsi, dit alors Manoel. Mais Joam Dacosta devra-t-il être prévenu ?

— Non, Manoel ! Ne lui donnons pas plus que nous ne l'avons donné à ma mère le secret d'une tentative qui peut échouer !

— Nous réussirons, Benito ! répondit Manoel. Cependant il faut tout prévoir, et au cas où l'attention du gardien-chef de la prison serait attirée au moment de l'évasion...

— Nous aurons tout l'or qu'il faudra pour acheter cet homme ! répondit Benito.

— Bien, répondit Manoel. Mais, une fois notre père hors de la prison, il ne peut rester caché ni dans la ville ni sur la jangada. Où devra-t-il chercher refuge? »

C'était la seconde question à résoudre, question très grave, et voici comment elle le fut.

A cent pas de la prison, le terrain vague était traversé par un de ces canaux qui se déversent au-dessous de la ville dans le rio Negro. Ce canal offrait donc une voie facile pour gagner le fleuve, à la condition qu'une pirogue vînt y attendre le fugitif. Du pied de la muraille au canal, il aurait à peine cent pas à parcourir.

Benito et Manoel décidèrent donc que l'une des pirogues de la jangada déborderait vers huit heures du soir sous la conduite du pilote Araujo et de deux robustes pagayeurs. Elle remonterait le rio Negro, s'engagerait dans le canal, se glisserait à travers le terrain vague, et là, cachée sous les hautes herbes des berges, elle se tiendrait pendant toute la nuit à la disposition du prisonnier.

Mais, une fois embarqué, où conviendrait-il que Joam Dacosta cherchât refuge?

Ce fut là l'objet d'une dernière résolution qui fut prise par les deux jeunes gens, après que le pour et le contre de la question eurent été minutieusement pesés.

Retourner à Iquitos, c'était suivre une route difficile, pleine de périls. Ce serait long en tout cas, soit que le fugitif se jetât à travers la campagne, soit qu'il remontât ou descendît le cours de l'Amazone. Ni cheval, ni pirogue ne pouvaient le mettre assez rapidement hors d'atteinte. La fazenda, d'ailleurs, ne lui offrirait plus une retraite sûre. En y rentrant, il ne serait pas le fazender Joam Garral, il serait le condamné Joam Dacosta, toujours sous une menace d'extradition, et il ne devait plus songer à y reprendre sa vie d'autrefois.

S'enfuir par le rio Negro jusque dans le nord de la province, ou même en dehors des possessions brésiliennes, ce plan exigeait plus de temps que celui dont pouvait disposer Joam Dacosta, et son premier soin devait être de se soustraire à des poursuites immédiates.

Redescendre l'Amazone, mais les postes, les villages, les villes abondaient sur les deux rives du fleuve. Le signalement du condamné serait envoyé à tous les chefs de police. Il courrait donc le risque d'être arrêté, bien avant d'avoir atteint le littoral de l'Atlantique. L'eût-il atteint, où et comment se cacher, en attendant une occasion de s'embarquer pour mettre toute une mer entre la justice et lui?

Ces divers projets examinés, Benito et Manoel reconnurent que ni les uns ni les autres n'étaient praticables. Un seul offrait quelque chance de salut.

C'était celui-ci : au sortir de la prison, s'embarquer dans la pirogue, suivre le canal jusqu'au rio Negro, descendre cet affluent sous la conduite du pilote, atteindre le confluent des deux cours d'eau, puis se laisser aller au courant de l'Amazone en longeant sa rive droite, pendant une soixantaine de milles, naviguant la nuit, faisant halte le jour, et gagner ainsi l'embouchure de la Madeira.

Ce tributaire, qui descend du versant de la Cordillère, grossi d'une centaine de sous-affluents, est une véritable voie fluviale ouverte jusqu'au cœur même de la Bolivie. Une pirogue pouvait donc s'y aventurer, sans laisser aucune trace de son passage, et se réfugier en quelque localité, bourgade ou hameau, situé au delà de la frontière brésilienne.

Là, Joam Dacosta serait relativement en sûreté; là, il pourrait, pendant plusieurs mois, s'il le fallait, attendre une occasion de rallier le littoral du Pacifique et de prendre passage sur un navire en partance dans l'un des ports de la côte. Que ce navire le conduisît dans un des États de l'Amérique du Nord, il était sauvé. Il verrait ensuite s'il lui conviendrait de réaliser toute sa fortune, de s'expatrier définitivement et d'aller chercher au delà des mers, dans l'ancien monde, une dernière retraite pour y finir cette existence si cruellement et si injustement agitée.

Partout où il irait, sa famille le suivrait sans une hésitation, sans un regret, et, dans sa famille, il fallait comprendre Manoel, qui serait lié à lui par d'indissolubles liens. C'était là une question qui n'avait même plus à être discutée.

« Partons, dit Benito. Il faut que tout soit prêt avant la nuit, et nous n'avons pas un instant à perdre. »

Les deux jeunes gens revinrent à bord en suivant la berge du canal jusqu'au rio Negro. Ils s'assurèrent ainsi que le passage de la pirogue y serait parfaitement libre, qu'aucun obstacle, barrage d'écluse ou navire en réparation, ne pouvait l'arrêter. Puis, descendant la rive gauche de l'affluent, en évitant les rues déjà fréquentées de la ville, ils arrivèrent au mouillage de la jangada.

Le premier soin de Benito fut de voir sa mère. Il se sentait assez maître de lui-même pour ne rien laisser paraître des inquiétudes qui le dévoraient. Il voulait la rassurer, lui dire que tout espoir n'était pas perdu, que le mystère du document allait être éclairci, qu'en tout cas l'opinion publique était pour Joam Dacosta, et que, devant ce soulèvement qui se faisait en sa faveur, la justice accorderait tout le temps nécessaire pour que la preuve matérielle de son innocence fût enfin produite.

« Oui ! mère, oui ! ajouta-t-il, avant demain, sans doute, nous n'aurons plus rien à craindre pour notre père !

— Dieu t'entende ! mon fils, » répondit Yaquita, dont les yeux étaient si interrogateurs, que Benito put à peine en soutenir le regard.

De son côté, et comme par un commun accord, Manoel avait tenté de rassurer Minha, en lui répétant que le juge Jarriquez, convaincu de la non-culpabilité de Joam Dacosta, tenterait de le sauver par tous les moyens en son pouvoir.

« Je veux vous croire, Manoel ! » avait répondu la jeune fille, qui ne put retenir ses pleurs.

Et Manoel avait brusquement quitté Minha. Des larmes allaient aussi remplir ses yeux et protester contre ces paroles d'espérance qu'il venait de faire entendre !

D'ailleurs, le moment était venu d'aller faire au prisonnier sa visite quotidienne, et Yaquita, accompagnée de sa fille, se dirigea rapidement vers Manao.

Pendant une heure, les deux jeunes gens s'entretinrent avec le pilote Araujo. Ils lui firent connaître dans tous ses détails le plan qu'ils avaient arrêté, et ils le consultèrent aussi bien au sujet de l'évasion projetée que sur les mesures qu'il conviendrait de prendre ensuite pour assurer la sécurité du fugitif.

Araujo approuva tout. Il se chargea, la nuit venue, sans exciter aucune défiance, de conduire la pirogue à travers le canal, dont il connaissait parfaitement le tracé jusqu'à l'endroit où il devait attendre l'arrivée de Joam Dacosta. Regagner ensuite l'embouchure du rio Negro n'offrirait aucune difficulté, et la pirogue passerait inaperçue au milieu des épaves qui en descendaient incessamment le cours.

Sur la question de suivre l'Amazone jusqu'au confluent de la Madeira, Araujo ne souleva, non plus, aucune objection. C'était aussi son opinion, qu'on ne pouvait prendre un meilleur parti. Le cours de la Madeira lui était connu sur un espace de plus de cent milles. Au milieu de ces provinces peu fréquentées, si, par impossible, les poursuites étaient dirigées dans cette direction, on pourrait les déjouer facilement, dût-on s'enfoncer jusqu'au centre de la Bolivie, et, pour peu que Joam Dacosta persistât à vouloir s'expatrier, son embarquement s'opérerait avec moins de danger sur le littoral du Pacifique que sur celui de l'Atlantique.

L'approbation d'Araujo était bien faite pour rassurer les deux jeunes gens. Ils avaient confiance dans le bon sens pratique du pilote, et ce n'était pas sans raison. Quant au dévouement de ce brave homme, à cet égard, pas de doute possible. Il eût certainement risqué sa liberté ou sa vie pour sauver le fazender d'Iquitos.

Araujo s'occupa immédiatement, mais dans le plus grand secret, des préparatifs qui lui incombaient en cette tentative d'évasion. Une forte somme en or lui fut remise par Benito, afin de parer à toutes les éventualités pendant le voyage sur la Madeira. Il fit ensuite préparer la pirogue, en annonçant son intention d'aller à la recherche de Fragoso, qui n'avait pas reparu, et sur le sort duquel tous ses compagnons avaient lieu d'être très inquiets.

Puis, lui-même, il disposa dans l'embarcation des provisions pour plusieurs jours, et, en outre, les cordes et outils que les deux jeunes gens y devaient venir prendre, lorsqu'elle serait arrivée à l'extrémité du canal, à l'heure et à l'endroit convenus.

Ces préparatifs n'éveillèrent pas autrement l'attention du personnel de la jangada. Les deux robustes noirs que le pilote choisit pour pagayeurs ne furent même pas mis dans le secret de la tentative. Cependant on pouvait absolument compter sur eux. Lorsqu'ils apprendraient à quelle œuvre de salut ils allaient coopérer, lorsque Joam Dacosta, libre enfin, serait confié à leurs soins, Araujo savait bien qu'ils étaient gens à tout oser, même à risquer leur vie pour sauver la vie de leur maître.

Dans l'après-midi, tout était prêt pour le départ. Il n'y avait plus qu'à attendre la nuit.

Mais, avant d'agir, Manoel voulut revoir une dernière fois le juge Jarriquez. Peut-être le magistrat aurait-il quelque chose de nouveau à lui apprendre sur le document.

Benito, lui, préféra rester sur la jangada, afin d'y attendre le retour de sa mère et de sa sœur.

Manoel se rendit donc seul à la maison du juge Jarriquez, et il fut reçu immédiatement.

Le magistrat, dans ce cabinet qu'il ne quittait plus, était toujours en proie à la même surexcitation. Le document, froissé par ses doigts impatients, était toujours là, sur sa table, sous ses yeux.

« Monsieur, lui dit Manoel, dont la voix tremblait en formulant cette question, avez-vous reçu de Rio-de-Janeiro?...

— Non... répondit le juge Jarriquez, l'ordre n'est pas arrivé... mais d'un moment à l'autre!...

— Et le document?

— Rien! s'écria le juge Jarriquez. Tout ce que mon imagination a pu me suggérer... je l'ai essayé... et rien!

— Rien !

— Si, cependant ! j'y ai clairement vu un mot dans ce document... un seul !...

— Et ce mot? s'écria Manoel. Monsieur... quel est ce mot?

— Fuir ! »

Manoel, sans répondre, pressa la main que lui tendait le juge Jarriquez, et revint à la jangada pour y attendre le moment d'agir.

XVII

LA DERNIÈRE NUIT

La visite de Yaquita, accompagnée de sa fille, avait été ce qu'elle était toujours, pendant ces quelques heures que les deux époux passaient chaque jour l'un près de l'autre. En présence de ces deux êtres si tendrement aimés, le cœur de Joam Dacosta avait peine à ne pas déborder. Mais le mari, le père, se contenait. C'était lui qui relevait ces deux pauvres femmes, qui leur rendait un peu de cet espoir, dont il lui restait cependant si peu. Toutes deux arrivaient avec l'intention de ranimer le moral du prisonnier. Hélas! plus que lui, elles avaient besoin d'être soutenues; mais, en le voyant si ferme, la tête si haute au milieu de tant d'épreuves, elles se reprenaient à espérer.

Ce jour-là encore, Joam leur avait fait entendre

d'encourageantes paroles. Cette indomptable énergie, il la puisait non seulement dans le sentiment de son innocence, mais aussi dans la foi en ce Dieu qui a mis une part de sa justice au cœur des hommes. Non! Joam Dacosta ne pouvait être frappé pour le crime de Tijuco!

Presque jamais, d'ailleurs, il ne parlait du document. Qu'il fût apocryphe ou non, qu'il fût de la main de Torrès ou écrit par l'auteur réel de l'attentat, qu'il contînt ou ne contînt pas la justification tant cherchée, ce n'était pas sur cette douteuse hypothèse que Joam Dacosta prétendait s'appuyer. Non! il se regardait comme le meilleur argument de sa cause, et c'était à toute sa vie de travail et d'honnêteté qu'il avait voulu donner la tâche de plaider pour lui!

Ce soir-là donc, la mère et la fille, relevées par ces viriles paroles qui les pénétraient jusqu'au plus profond de leur être, s'étaient retirées plus confiantes qu'elles ne l'avaient été depuis l'arrestation. Le prisonnier les avait une dernière fois pressées sur son cœur avec un redoublement de tendresse. Il semblait qu'il eût ce pressentiment que le dénouement de cette affaire, quel qu'il fût, était prochain.

Joam Dacosta, demeuré seul, resta longtemps immobile. Ses bras reposaient sur une petite table et soutenaient sa tête.

Que se passait-il en lui? Était-il arrivé à cette conviction que la justice humaine, après avoir failli une première fois, prononcerait enfin son acquittement?

Oui! il espérait encore! Avec le rapport du juge Jarriquez établissant son identité, il savait que ce mémoire justificatif, qu'il avait écrit avec tant de conviction, devait être à Rio-de-Janeiro entre les mains du chef suprême de la justice.

On le sait, ce mémoire, c'était l'histoire de sa vie depuis son entrée dans les bureaux de l'arrayal diamantin jusqu'au moment où la jangada s'était arrêtée aux portes de Manao.

Joam Dacosta repassait alors en son esprit toute son existence. Il revivait dans son passé, depuis l'époque à laquelle, orphelin, il était arrivé à Tijuco. Là, par son zèle, il s'était élevé dans la hiérarchie des bureaux du gouverneur général, où il avait été admis bien jeune encore. L'avenir lui souriait; il devait arriver à quelque haute position!... Puis, tout à coup, cette catastrophe : le pillage du convoi de diamants, le massacre des soldats de l'escorte, les soupçons se portant sur lui, comme sur le seul employé qui eût pu divulguer le secret du départ, son arrestation, sa comparution devant le jury, sa condamnation, malgré tous les efforts de son avocat, les dernières heures écoulées dans la cellule des condamnés à mort de la prison de Villa-Rica, son évasion accomplie dans des conditions qui dénotaient un courage surhumain, sa fuite à travers les provinces du Nord, son arrivée à la frontière péruvienne, puis l'accueil qu'avait fait au fugitif, dénué de ressources et mourant de faim, l'hospitalier fazender Magalhaës!

Le prisonnier revoyait tous ces événements, qui avaient si brutalement brisé sa vie! Et alors, abstrait dans ses pensées, perdu dans ses souvenirs, il n'entendait pas un bruit particulier qui se produisait sur le mur extérieur du vieux couvent, ni les secousses d'une corde accrochée aux barreaux de sa fenêtre, ni le grincement de l'acier mordant le fer, qui eussent attiré l'attention d'un homme moins absorbé.

Non, Joam Dacosta continuait à revivre au milieu des années de sa jeunesse, après son arrivée dans la province péruvienne. Il se revoyait à la fazenda, le commis, puis l'associé du vieux Portugais, travaillant à la prospérité de l'établissement d'Iquitos.

Ah! pourquoi, dès le début, n'avait-il pas tout dit à son bienfaiteur! Celui-là n'aurait pas douté de lui! C'était la seule faute qu'il eût à se reprocher! Pourquoi n'avait-il pas avoué ni d'où il venait, ni qui il était, — surtout au moment où Magalhaës avait mis dans sa main la main de sa fille, qui n'eût jamais voulu voir en lui l'auteur de cet épouvantable crime !

En ce moment, le bruit, à l'extérieur, fut assez fort pour attirer l'attention du prisonnier.

Joam Dacosta releva un instant la tête. Ses yeux se dirigèrent vers la fenêtre, mais avec ce regard vague qui est comme inconscient, et, un instant après, son front retomba dans ses mains. Sa pensée l'avait encore ramené à Iquitos.

Là, le vieux fazender était mourant. Avant de mourir, il voulait que l'avenir de sa fille fût assuré, que son associé fût l'unique maître de cet établissement, devenu si prospère sous sa direction. Joam Dacosta devait-il parler alors ?... Peut-être !... Il ne l'osa pas !... Il revit cet heureux passé près de Yaquita, la naissance de ses enfants, tout le bonheur de cette existence que troublaient seuls les souvenirs de Tijuco et les remords de n'avoir pas avoué son terrible secret !

L'enchaînement de ces faits se reproduisait ainsi dans le cerveau de Joam Dacosta avec une netteté, une vivacité surprenantes.

Il se retrouvait, maintenant, au moment où le mariage de sa fille Minha avec Manoel allait être décidé! Pouvait-il laisser s'accomplir cette union sous un faux nom, sans faire connaître à ce jeune homme les mystères de sa vie? Non! Aussi s'était-il résolu, sur l'avis du juge Ribeiro, à venir réclamer la révision de son procès, à provoquer la réhabilitation qui lui était due. Il était parti avec tous les siens, et alors venait l'intervention de Torrès, l'odieux marché proposé par ce misérable, le refus indigné du père de livrer sa fille pour sauver son honneur et sa vie, puis la dénonciation, puis l'arrestation!...

En ce moment, la fenêtre, violemment repoussée du dehors, s'ouvrit brusquement.

Joam Dacosta se redressa; les souvenirs de son passé s'évanouirent comme une ombre.

Benito avait sauté dans la chambre, il était devant son père, et, un instant après, Manoel, franchissant la baie qui avait été dégagée de ses barreaux, apparaissait près de lui.

Joam Dacosta allait jeter un cri de surprise; Benito ne lui en laissa pas le temps.

« Mon père, dit-il, voici cette fenêtre dont la grille est brisée!... Une corde pend jusqu'au sol!... Une pirogue attend dans le canal, à cent pas d'ici!... Araujo est là pour la conduire loin de Manao, sur l'autre rive de l'Amazone, où vos traces ne pourront être retrouvées !... Mon père, il faut fuir à l'instant !... Le juge lui-même nous en a donné le conseil !

— Il le faut ! ajouta Manoel.

— Fuir ! moi !... Fuir une seconde fois !... Fuir encore !... »

Et, les bras croisés, la tête haute, Joam Dacosta recula lentement jusqu'au fond de la chambre.

« Jamais ! » dit-il d'une voix si ferme que Benito et Manoel restèrent interdits.

Les deux jeunes gens ne s'attendaient pas à cette résistance. Jamais ils n'auraient pu penser que les obstacles à cette évasion viendraient du prisonnier lui-même.

Benito s'avança vers son père, et, le regardant bien en face, il lui prit les deux mains, non pour l'entraîner, mais pour qu'il l'entendît et se laissât convaincre.

« Jamais, avez-vous dit, mon père ?

— Jamais.

— Mon père, dit alors Manoel, — moi aussi j'ai le droit de vous donner ce nom, — mon père, écoutez-nous ! Si nous vous disons qu'il faut fuir sans perdre un seul instant, c'est que, si vous restiez, vous seriez coupable envers les autres, envers vous-même !

— Rester, reprit Benito, c'est attendre la mort, mon père ! L'ordre d'exécution peut arriver d'un moment à l'autre! Si vous croyez que la justice des hommes reviendra sur un jugement inique, si vous pensez qu'elle réhabilitera celui qu'elle a condamné il y a vingt ans, vous vous trompez! Il n'y a plus d'espoir! Il faut fuir!... Fuyez! »

Par un mouvement irrésistible, Benito avait saisi son père, et il l'entraîna vers la fenêtre.

Joam Dacosta se dégagea de l'étreinte de son fils, et recula une seconde fois.

« Fuir! répondit-il, du ton d'un homme dont la résolution est inébranlable, mais c'est me déshonorer et vous déshonorer avec moi! Ce serait comme un aveu de ma culpabilité! Puisque je suis librement venu me remettre à la disposition des juges de mon pays, je dois attendre leur décision, quelle qu'elle soit, et je l'attendrai!

— Mais les présomptions sur lesquelles vous vous appuyez ne peuvent suffire, reprit Manoel, et la preuve matérielle de votre innocence nous manque jusqu'ici! Si nous vous répétons qu'il faut fuir, c'est que le juge Jarriquez lui-même nous l'a dit! Vous n'avez plus maintenant que cette chance d'échapper à la mort!

— Je mourrai donc! répondit Joam Dacosta d'une voix calme. Je mourrai en protestant contre le jugement qui me condamne! Une première fois, quelques heures avant l'exécution, j'ai fui ! Oui ! j'étais jeune alors, j'avais toute une vie devant moi pour combattre l'injustice des hommes ! Mais me sauver maintenant, recommencer cette misérable existence d'un coupable qui se cache sous un faux nom, dont tous les efforts sont employés à dépister les poursuites de la police ; reprendre cette vie d'anxiété que j'ai menée depuis vingt-trois ans, en vous obligeant à la partager avec moi ; attendre chaque jour une dénonciation qui arriverait tôt ou tard, et une demande d'extradition qui viendrait m'atteindre jusqu'en pays étranger ! est-ce que ce serait vivre ! Non ! jamais !

— Mon père, reprit Benito, dont la tête menaçait de s'égarer devant cette obstination, vous fuirez ! Je le veux !... »

Et il avait saisi Joam Dacosta, et il cherchait, par force, à l'entraîner vers la fenêtre.

« Non !... non !...

— Vous voulez donc me rendre fou !

— Mon fils, s'écria Joam Dacosta, laisse-moi !... Une fois déjà, je me suis échappé de la prison de Villa-Rica, et l'on a dû croire que je fuyais une condamnation justement méritée ! Oui ! on a dû le croire ! Eh bien, pour l'honneur du nom que vous portez, je ne recommencerai pas ! »

Benito était tombé aux genoux de son père! Il lui tendait les mains... Il le suppliait...

« Mais cet ordre, mon père, répétait-il, cet ordre peut arriver aujourd'hui... à l'instant... et il contiendra la sentence de mort!

— L'ordre serait arrivé, que ma détermination ne changerait pas! Non, mon fils! Joam Dacosta coupable pourrait fuir! Joam Dacosta innocent ne fuira pas! »

La scène qui suivit ces paroles fut déchirante. Benito luttait contre son père. Manoel, éperdu, se tenait près de la fenêtre, prêt à enlever le prisonnier, lorsque la porte de la cellule s'ouvrit.

Sur le seuil apparut le chef de police, accompagné du gardien-chef de la prison et de quelques soldats.

Le chef de police comprit qu'une tentative d'évasion venait d'être faite, mais il comprit aussi, à l'attitude du prisonnier, que c'était lui qui n'avait pas voulu fuir! Il ne dit rien. La plus profonde pitié se peignit sur sa figure. Sans doute, lui aussi, comme le juge Jarriquez, il aurait voulu que Joam Dacosta se fût échappé de cette prison?

Il était trop tard!

Le chef de police, qui tenait un papier à la main, s'avança vers le prisonnier.

« Avant tout, lui dit Joam Dacosta, laissez-moi vous affirmer, monsieur, qu'il n'a tenu qu'à moi de fuir, mais que je ne l'ai pas voulu ! »

Le chef de police baissa un instant la tête; puis, d'une voix qu'il essayait en vain de raffermir :

« Joam Dacosta, dit-il, l'ordre vient d'arriver à l'instant du chef suprême de la justice de Rio-de-Janeiro.

— Ah ! mon père ! s'écrièrent Manoel et Benito.

— Cet ordre, demanda Joam Dacosta, qui venait de croiser les bras sur sa poitrine, cet ordre porte l'exécution de la sentence ?

— Oui !

— Et ce sera ?...

— Pour demain ! »

Benito s'était jeté sur son père. Il voulait encore une fois l'entraîner hors de cette cellule... Il fallut que des soldats vinssent arracher le prisonnier à cette dernière étreinte.

Puis, sur un signe du chef de police, Benito et Manoel furent emmenés au dehors. Il fallait mettre un terme à cette lamentable scène, qui avait déjà trop duré.

« Monsieur, dit alors le condamné, demain matin, avant l'heure de l'exécution, pourrai-je passer quelques instants avec le padre Passanha que je vous prie de faire prévenir ?

— Il sera prévenu.

— Me sera-t-il permis de voir ma famille, d'embrasser une dernière fois ma femme et mes enfants ?

— Vous les verrez.

— Je vous remercie, monsieur, répondit Joam Dacosta. Et maintenant, faites garder cette fenêtre ! Il ne faut pas qu'on m'arrache d'ici malgré moi ! »

Cela dit, le chef de police, après s'être incliné, se retira avec le gardien et les soldats.

Le condamné, qui n'avait plus maintenant que quelques heures à vivre, resta seul.

XVIII

FRAGOSO

Ainsi donc l'ordre était arrivé, et, comme le juge Jarriquez le prévoyait, c'était un ordre qui portait exécution immédiate de la sentence prononcée contre Joam Dacosta. Aucune preuve n'avait pu être produite. La justice devait avoir son cours.

C'était le lendemain même, 31 août, à neuf heures du matin, que le condamné devait périr par le gibet.

La peine de mort, au Brésil, est le plus généralement commuée, à moins qu'il s'agisse de l'appliquer aux noirs ; mais, cette fois, elle allait frapper un blanc.

Telles sont les dispositions pénales en matière de crimes relatifs à l'arrayal diamantin, pour lesquels, dans un intérêt public, la loi n'a voulu admettre aucun recours en grâce.

Rien ne pouvait donc plus sauver Joam Dacosta. C'était non seulement la vie, mais l'honneur qu'il allait perdre.

Or, ce 31 août, dès le matin, un homme accourait vers Manao de toute la vitesse de son cheval, et telle avait été la rapidité de sa course, qu'à un demi-mille de la ville la courageuse bête tombait, incapable de se porter plus avant.

Le cavalier n'essaya même pas de relever sa monture. Évidemment il lui avait demandé et il avait obtenu d'elle plus que le possible, et, malgré l'état d'épuisement où il se trouvait lui-même, il s'élança dans la direction de la ville.

Cet homme venait des provinces de l'est en suivant la rive gauche du fleuve. Toutes ses économies avaient été employées à l'achat de ce cheval, qui, plus rapide que ne l'eût été une pirogue obligée de remonter le courant de l'Amazone, venait de le ramener à Manao.

C'était Fragoso.

Le courageux garçon avait-il donc réussi dans cette entreprise dont il n'avait parlé à personne? Avait-il retrouvé la milice à laquelle appartenait Torrès? Avait-il découvert quelque secret qui pouvait encore sauver Joam Dacosta?

Il ne savait pas au juste; mais, en tout cas, il

avait une extrême hâte de communiquer au juge Jarriquez ce qu'il venait d'apprendre pendant cette courte excursion.

Voici ce qui s'était passé :

Fragoso ne s'était point trompé, lorsqu'il avait reconnu en Torrès un des capitaines de cette milice qui opérait dans les provinces riveraines de la Madeira.

Il partit donc, et, en arrivant à l'embouchure de cet affluent, il apprit que le chef de ces « capitaës do mato » se trouvait alors aux environs.

Fragoso, sans perdre une heure, se mit à sa recherche, et, non sans peine, il parvint à le rejoindre.

Aux questions que Fragoso lui posa, le chef de la milice n'hésita pas à répondre. A propos de la demande très simple qui lui fut faite, il n'avait, d'ailleurs, aucun intérêt à se taire.

Et en effet, les trois seules questions que lui adressa Fragoso furent celles-ci :

« Le capitaine des bois Torrès n'appartenait-il pas, il y a quelques mois, à votre milice ?

— Oui.

— A cette époque, n'avait-il pas pour camarade intime un de vos compagnons qui est mort récemment?

— En effet.

— Et cet homme se nommait?...

— Ortega. »

Voilà tout ce qu'avait appris Fragoso. Ces renseignements étaient-ils de nature à modifier la situation de Joam Dacosta? Ce n'était vraiment pas supposable.

Fragoso, le comprenant bien, insista donc près du chef de la milice pour savoir s'il connaissait cet Ortega, s'il pouvait lui apprendre d'où il venait, et lui donner quelques renseignements sur son passé. Cela ne laissait pas d'avoir une véritable importance, puisque cet Ortega, au dire de Torrès, était le véritable auteur du crime de Tijuco.

Mais, malheureusement, le chef de la milice ne put donner aucun renseignement à cet égard.

Ce qui était certain, c'est que cet Ortega appartenait depuis bien des années à la milice; qu'une étroite camaraderie s'était nouée entre Torrès et lui, qu'on les voyait toujours ensemble, et que Torrès le veillait à son chevet lorsqu'il rendit le dernier soupir.

Voilà tout ce que savait à ce sujet le chef de la milice, et il ne pouvait en dire davantage.

Fragoso dut donc se contenter de ces insignifiants détails, et il repartit aussitôt.

Mais, si le dévoué garçon n'apportait pas la preuve

que cet Ortega fût l'auteur du crime de Tijuco, de la démarche qu'il venait de faire il résultait du moins ceci : c'est que Torrès avait dit la vérité, lorsqu'il affirmait qu'un de ses camarades de la milice était mort, et qu'il l'avait assisté à ses derniers moments.

Quant à cette hypothèse qu'Ortega lui eût remis le document en question, elle devenait maintenant très admissible. Rien de plus probable aussi que ce document eût rapport à l'attentat, dont Ortega était réellement l'auteur, et qu'il renfermât l'aveu de sa culpabilité, accompagné de circonstances qui ne permettraient pas de la mettre en doute.

Ainsi donc, si ce document avait pu être lu, si la clef en avait été trouvée, si le chiffre sur lequel reposait son système avait été connu, nul doute que la vérité se fût enfin fait jour !

Mais ce chiffre, Fragoso ne le savait pas ! Quelques présomptions de plus, la quasi-certitude que l'aventurier n'avait rien inventé, certaines circonstances tendant à prouver que le secret de cette affaire était renfermé dans le document, voilà tout ce que le brave garçon rapportait de sa visite au chef de cette milice à laquelle avait appartenu Torrès.

Et pourtant, si peu que ce fût, il avait hâte de tout raconter au juge Jarriquez. Il savait qu'il n'y avait pas une heure à perdre, et voilà pourquoi, ce matin-là, vers huit heures, il arrivait, brisé de fatigue, à un demi-mille de Manao.

Cette distance qui le séparait encore de la ville, Fragoso la franchit en quelques minutes. Une sorte de pressentiment irrésistible le poussait en avant, et il en était presque arrivé à croire que le salut de Joam Dacosta se trouvait maintenant entre ses mains.

Soudain Fragoso s'arrêta, comme si ses pieds eussent irrésistiblement pris racine dans le sol.

Il se trouvait à l'entrée de la petite place, sur laquelle s'ouvrait une des portes de la ville.

Là, au milieu d'une foule déjà compacte, la dominant d'une vingtaine de pieds, se dressait le poteau du gibet, auquel pendait une corde.

Fragoso sentit ses dernières forces l'abandonner. Il tomba. Ses yeux s'étaient involontairement fermés. Il ne voulait pas voir, et ces mots s'échappèrent de ses lèvres :

« Trop tard ! trop tard !... »

Mais, par un effort surhumain, il se releva. Non ! il n'était pas trop tard ! Le corps de Joam Dacosta ne se balançait pas au bout de cette corde !

« Le juge Jarriquez ! le juge Jarriquez ! » cria Fragoso.

Et, haletant, éperdu, il se jetait vers la porte de

la ville, il remontait la principale rue de Manao, et tombait, à demi mort, sur le seuil de la maison du magistrat.

La porte était fermée. Fragoso eut encore la force de frapper à cette porte.

Un des serviteurs du magistrat vint ouvrir. Son maître ne voulait recevoir personne.

Malgré cette défense, Fragoso repoussa l'homme qui lui défendait l'entrée de la maison, et d'un bond il s'élança jusqu'au cabinet du juge.

« Je reviens de la province où Torrès a fait son métier de capitaine des bois! s'écria-t-il. Monsieur le juge, Torrès a dit vrai!... Suspendez... suspendez l'exécution!

— Vous avez retrouvé cette milice?

— Oui!

— Et vous me rapportez le chiffre du document?... »

Fragoso ne répondit pas.

« Alors, laissez-moi! laissez-moi! » s'écria le juge Jarriquez, qui, en proie à un véritable accès de rage, saisit le document pour l'anéantir.

Fragoso lui prit les mains et l'arrêta.

« La vérité est là! dit-il.

— Je le sais, répondit le juge Jarriquez; mais qu'est-ce qu'une vérité qui ne peut se faire jour!

— Elle apparaîtra!... il le faut!... il le faut!

— Encore une fois, avez-vous le chiffre?...

— Non! répondit Fragoso, mais, je vous le répète, Torrès n'a pas menti!... Un de ses compagnons avec lequel il était étroitement lié est mort, il y a quelques mois, et il n'est pas douteux que cet homme lui ait remis le document qu'il venait vendre à Joam Dacosta!

— Non! répondit le juge Jarriquez, non!... cela n'est pas douteux... pour nous, mais cela n'a pas paru certain pour ceux qui disposent de la vie du condamné!... Laissez-moi! »

Fragoso, repoussé, ne voulait pas quitter la place. A son tour, il se traînait aux pieds du magistrat.

« Joam Dacosta est innocent! s'écria-t-il. Vous ne pouvez le laisser mourir! Ce n'est pas lui qui a commis le crime de Tijuco! C'est le compagnon de Torrès, l'auteur du document! C'est Ortega!... »

A ce nom, le juge Jarriquez bondit. Puis, lorsqu'une sorte de calme eut succédé dans son esprit à la tempête qui s'y déchaînait, il retira le document de sa main crispée, il l'étendit sur sa table, il s'assit, et, passant la main sur ses yeux :

« Ce nom!... dit-il... Ortega!... Essayons! »

Et le voilà, procédant avec ce nouveau nom, rapporté par Fragoso, comme il avait déjà fait avec les autres noms propres vainement essayés par lui. Après l'avoir disposé au-dessus des six premières lettres du paragraphe, il obtint la formule suivante :

Ortega
Phyjsl

« Rien ! dit-il, cela ne donne rien ! »

Et, en effet, l'*h* placée sous l'*r* ne pouvait s'exprimer par un chiffre, puisque dans l'ordre alphabétique cette lettre occupe un rang antérieur à celui de la lettre *r*.

Le *p*, l'*y*, le *j*, disposés sous les lettres *o*, *t*, *e*, seuls se chiffraient par 1, 4, 5.

Quant à l'*s* et à l'*l* placés à la fin de ce mot, l'intervalle qui les sépare du *g* et de l'*a* étant de douze lettres, impossible de les exprimer par un seul chiffre. Donc, ils ne correspondaient ni au *g* ni à l'*a*.

En ce moment, des cris terrifiants s'élevèrent dans la rue, des cris de désespoir.

Fragoso se précipita à l'une des fenêtres qu'il ouvrit, avant que le magistrat n'eût pu l'en empêcher.

La foule encombrait la rue. L'heure était venue à laquelle le condamné allait sortir de la prison, et un reflux de cette foule s'opérait dans la direction de la place où se dressait le gibet.

Le juge Jarriquez, effrayant à voir, tant son regard était fixe, dévorait les lignes du document.

« Les dernières lettres ! murmura-t-il. Essayons encore les dernières lettres ! »

C'était le suprême espoir.

Et alors, d'une main, dont le tremblement l'empêchait presque d'écrire, il disposa le nom d'Ortega au-dessus des six dernières lettres du paragraphe, ainsi qu'il venait de faire pour les six premières.

Un premier cri lui échappa. Il avait vu, tout d'abord, que ces six dernières lettres étaient inférieures dans l'ordre alphabétique à celles qui composaient le nom d'Ortega, et que, par conséquent, elles pourraient toutes se chiffrer et composer un nombre.

Et, en effet, lorsqu'il eut réduit la formule, en remontant de la lettre inférieure du document à la lettre supérieure du mot, il obtint :

O r t e g a
4 3 2 5 1 3
S u v j h d

Le nombre, ainsi composé, était 432513.

Mais ce nombre était-il enfin celui qui avait présidé à la formation du document ? Ne serait-il pas aussi faux que ceux qui avaient été précédemment essayés ?

En cet instant, les cris redoublèrent, des cris de pitié qui trahissait la sympathique émotion de toute cette foule. Quelques minutes encore, c'était tout ce qui restait à vivre au condamné!

Fragoso, fou de douleur, s'élança hors de la chambre!... Il voulait revoir une dernière fois son bienfaiteur, qui allait mourir!... Il voulait se jeter au-devant du funèbre cortège, l'arrêter en criant : « Ne tuez pas ce juste! ne le tuez pas!... »

Mais déjà le juge Jarriquez avait disposé le nombre obtenu au-dessus des premières lettres du paragraphe, en le répétant autant de fois qu'il était nécessaire, comme suit :

4 3 2 5 1 3 4 3 2 5 1 3 4 3 2 5 1 3 4 3 2 5 1 3
P h y j s l y d d q f d z x g a s g z z q q e h

Puis, reconstituant les lettres vraies en remontant dans l'ordre alphabétique, il lut :

Le véritable auteur du vol de...

Un hurlement de joie lui échappa! Ce nombre, 432513, c'était le nombre tant cherché! Le nom d'Ortega lui avait permis de le refaire! Il tenait enfin la clef du document, qui allait incontestablement démontrer l'innocence de Joam Dacosta, et, sans en lire davantage, il se précipita hors de son cabinet, puis dans la rue, criant :

« Arrêtez! arrêtez! »

Fendre la foule qui s'ouvrit devant ses pas, courir à la prison, que le condamné quittait à ce moment, pendant que sa femme, ses enfants, s'attachaient à lui avec la violence du désespoir, ce ne fut que l'affaire d'un instant pour le juge Jarriquez.

Arrivé devant Joam Dacosta, il ne pouvait plus parler, mais sa main agitait le document, et, enfin, ce mot s'échappait de ses lèvres :

« Innocent! innocent! »

XIX

LE CRIME DE TIJUCO

A l'arrivée du juge, tout le funèbre cortège s'était arrêté. Un immense écho avait répété après lui et répétait encore ce cri qui s'échappait de toutes les poitrines :

« Innocent ! innocent ! »

Puis, un silence complet s'établit. On ne voulait pas perdre une seule des paroles qui allaient être prononcées.

Le juge Jarriquez s'était assis sur un banc de pierre, et là, pendant que Minha, Benito, Manoel, Fragoso l'entouraient, tandis que Joam Dacosta retenait Yaquita sur son cœur, il reconstituait tout d'abord le dernier paragraphe du document au moyen du nombre, et, à mesure que les mots se dégageaient nettement sous le chiffre qui substituait la véritable lettre à la lettre cryptologique, il les séparait, il les ponctuait, il lisait à haute voix.

Et voici ce qu'il lut au milieu de ce profond silence :

Le véritable auteur du vol des diamants
43 251343251 343251 34 325 134 32513432
Ph yjslyddqf dzxgas gz zqq ehx gkfndrxu

et de l'assassinat des soldats qui escor-
51 34 32513432513 432 5134325 134 32513
ju gi ocytdxvksbx hhu ypohdvy rym huhpu-

taient le convoi, commis dans la nuit du
432513 43 251343 251343 2513 43 2513 43
ydkjox ph etozsl etnpmv ffov pd pajx hy

vingt-deux janvier mil huit cent vingt-six,
25134 3251 3432513 432 5134 3251 34325 134
ynojy qgay meqynfu qln mvly fgsu zmqiz tlb

n'est donc pas Joam Dacosta, injustement
3251 3432 513 4325 1343251 34325134325
qgyu gsqe ubv nrcr edgruzb lrmxyuhqhpz

condamné à mort; c'est moi, le misérable
13432513 4 3251 3432 513 43 251343251
drrgcroh e pqxu fivv rpl ph onthvddqf

employé de l'administration du district
3432513 43 25134325134325 34 32513432
hqsntzh hh nfepmqkyuuexkto gz gkyuumfv

diamantin; oui, moi seul, qui signe de mon
513432513 432 513 4325 134 32513 43 251
ijdqdpzjq syk rpl xhxy rym vkloh hh oto

vrai nom, Ortega.
3432 513 432513
zvdk spp suvjhd.

Cette lecture n'avait pu être achevée, sans que d'interminables hurrahs se fussent élevés dans l'air.

Quoi de plus concluant, en effet, que ce dernier paragraphe qui résumait le document tout entier, qui proclamait si absolument l'innocence du fazender d'Iquitos, qui arrachait au gibet cette victime d'une effroyable erreur judiciaire!

Joam Dacosta, entouré de sa femme, de ses enfants, de ses amis, ne pouvait suffire à presser les mains qui se tendaient vers lui. Quelle que fût l'énergie de son caractère, la réaction se faisait, des larmes de joie s'échappaient de ses yeux, et en même temps son cœur reconnaissant s'élevait vers cette Providence qui venait de le sauver si miraculeusement, au moment où il allait subir la dernière expiation, vers ce Dieu qui n'avait pas voulu laisser s'accomplir ce pire des crimes, la mort d'un juste!

Oui! la justification de Joam Dacosta ne pouvait plus soulever aucun doute! Le véritable auteur de l'attentat de Tijuco avouait lui-même son crime, et il dénonçait toutes les circonstances dans lesquelles il s'était accompli! En effet, le juge Jarriquez, au moyen du nombre, venait de reconstituer toute la notice cryptogrammatique.

Or, voici ce qu'avouait Ortega.

Ce misérable était le collègue de Joam Dacosta, employé comme lui, à Tijuco, dans les bureaux du gouverneur de l'arrayal diamantin. Le jeune commis, désigné pour accompagner le convoi à Rio-de-Janeiro, ce fut lui. Ne reculant pas à cette horrible idée de s'enrichir par l'assassinat et le vol, il avait indiqué aux contrebandiers le jour exact où le convoi devait quitter Tijuco.

Pendant l'attaque des malfaiteurs qui attendaient le convoi au delà de Villa-Rica, il feignit de se défendre avec les soldats de l'escorte; puis, s'étant jeté parmi les morts, il fut emporté par ses complices, et c'est ainsi que le soldat, qui survécut seul à ce massacre, put affirmer qu'Ortega avait péri dans la lutte.

Mais le vol ne devait pas profiter au criminel, et, peu de temps après, il était dépouillé à son tour par ceux qui l'avaient aidé à commettre le crime.

Resté sans ressources, ne pouvant plus rentrer à Tijuco, Ortega s'enfuit dans les provinces du nord du Brésil, vers ces districts du Haut-Amazone où se trouvait la milice des « capitaës do mato ». Il fallait vivre. Ortega se fit admettre dans cette peu honorable troupe. Là, on ne demandait ni qui on était, ni d'où l'on venait. Ortega se fit donc capitaine des bois, et, pendant de longues années, il exerça ce métier de chasseur d'hommes.

Sur ces entrefaites, Torrès, l'aventurier, dépourvu de tout moyen d'existence, devint son compagnon. Ortega et lui se lièrent intimement. Mais, ainsi que l'avait dit Torrès, le remords vint peu à peu troubler la vie du misérable. Le souvenir de son crime lui fit horreur. Il savait qu'un autre avait été condamné à sa place! Il savait que cet autre, c'était son collègue Joam Dacosta! Il savait enfin que, si cet innocent avait pu échapper au dernier supplice, il ne cessait pas d'être sous le coup d'une condamnation capitale!

Or, le hasard fit que, pendant une expédition de la milice, entreprise, il y avait quelques mois, au delà de la frontière péruvienne, Ortega arriva aux environs d'Iquitos, et que là, dans Joam Garral, qui ne le reconnut pas, il retrouva Joam Dacosta.

Ce fut alors qu'il résolut de réparer, en la mesure du possible, l'injustice dont son ancien collègue était victime. Il consigna dans un document tous les faits relatifs à l'attentat de Tijuco; mais il le fit sous la forme mystérieuse que l'on sait, son intention étant de le faire parvenir au fazender d'Iquitos avec le chiffre qui permettait de le lire.

La mort n'allait pas le laisser achever cette œuvre de réparation. Blessé grièvement dans une rencontre avec les noirs de la Madeira, Ortega se sentit perdu. Son camarade Torrès était alors près de lui. Il crut pouvoir confier à cet ami le secret qui avait si lourdement pesé sur toute son existence. Il lui remit le document écrit tout entier de sa main, en lui faisant jurer de le faire parvenir à Joam Dacosta, dont il lui donna le nom et l'adresse, et de ses lèvres s'échappa, avec son dernier soupir, ce nombre 432513, sans lequel le document devait rester absolument indéchiffrable.

Ortega mort, on sait comment l'indigne Torrès s'acquitta de sa mission, comment il résolut d'utiliser à son profit le secret dont il était possesseur, comment il tenta d'en faire l'objet d'un odieux chantage.

Torrès devait violemment périr avant d'avoir accompli son œuvre, et emporter son secret avec lui.

Mais ce nom d'Ortega, rapporté par Fragoso, et qui était comme la signature du document, ce nom avait enfin permis de le reconstituer, grâce à la sagacité du juge Jarriquez.

Oui! c'était là la preuve matérielle tant cherchée, c'était l'incontestable témoignage de l'innocence de Joam Dacosta, rendu à la vie, rendu à l'honneur!

Les hurrahs redoublèrent lorsque le digne magistrat eut, à haute voix et pour l'édification de tous, tiré du document cette terrible histoire.

Et, dès ce moment, le juge Jarriquez, possesseur de l'indubitable preuve, d'accord avec le chef de la police, ne voulut pas que Joam Dacosta, en attendant les nouvelles instructions qui allaient être demandées à Rio-de-Janeiro, eût d'autre prison que sa propre demeure.

Cela ne pouvait faire difficulté, et ce fut au milieu du concours de la population de Manao que Joam Dacosta, accompagné de tous les siens, se vit porté plutôt que conduit jusqu'à la maison du magistrat comme un triomphateur.

En ce moment, l'honnête fazender d'Iquitos était bien payé de tout ce qu'il avait souffert pendant de si longues années d'exil, et, s'il en était heureux, pour sa famille plus encore que pour lui, il était non moins fier pour son pays que cette suprême injustice n'eût pas été définitivement consommée !

Et, dans tout cela, que devenait Fragoso?

Eh bien! l'aimable garçon était couvert de caresses ! Benito, Manoel, Minha l'en accablaient, et Lina ne les lui épargnait pas ! Il ne savait à qui entendre, et il se défendait de son mieux ! Il n'en méritait pas tant ! Le hasard seul avait tout fait ! Lui devait-on même un remerciement, parce qu'il avait reconnu en Torrès un capitaine des bois? Non, assurément. Quant à l'idée qu'il avait eue d'aller rechercher la milice à laquelle Torrès avait appartenu, il ne semblait pas qu'elle pût améliorer la situation, et, quant à ce nom d'Ortega, il n'en connaissait même pas la valeur !

Brave Fragoso! Qu'il le voulût ou non, il n'en avait pas moins sauvé Joam Dacosta !

Mais, en cela, quelle étonnante succession d'événements divers, qui avaient tous tendu au même but : la délivrance de Fragoso, au moment où il allait mourir d'épuisement dans la forêt d'Iquitos, l'accueil hospitalier qu'il avait reçu à la fazenda, la rencontre de Torrès à la frontière brésilienne, son embarquement sur la jangada, et, enfin, cette circonstance que Fragoso l'avait déjà vu quelque part !

« Eh bien, oui ! finit par s'écrier Fragoso, mais ce

n'est pas à moi qu'il faut rapporter tout ce bonheur, c'est à Lina!

— A moi! répondit la jeune mulâtresse.

— Eh, sans doute! sans la liane, sans l'idée de la liane, est-ce que j'aurais jamais pu faire tant d'heureux! »

Si Fragoso et Lina furent fêtés, choyés par toute cette honnête famille, par les nouveaux amis que tant d'épreuves leur avaient faits à Manao, il est inutile d'y insister.

Mais le juge Jarriquez, n'avait-il pas sa part, lui aussi, dans cette réhabilitation de l'innocent? Si, malgré toute la finesse de ses talents d'analyste, il n'avait pu lire ce document, absolument indéchiffrable pour quiconque n'en possédait pas la clef, n'avait-il pas du moins reconnu sur quel système cryptographique il reposait? Sans lui, qui aurait pu, avec ce nom seul d'Ortega, reconstituer le nombre que l'auteur du crime et Torrès, morts tous les deux, étaient seuls à connaître?

Aussi les remerciements ne lui manquèrent-ils pas!

Il va sans dire que, le jour même, partait pour Rio-de-Janeiro un rapport détaillé sur toute cette affaire, auquel était joint le document original, avec le chiffre qui permettait de le lire. Il fallait attendre que de nouvelles instructions fussent envoyées du ministère au juge de droit, et nul doute qu'elles n'ordonnassent l'élargissement immédiat du prisonnier.

C'était quelques jours à passer encore à Manao; puis, Joam Dacosta et les siens, libres de toute contrainte, dégagés de toute inquiétude, prendraient congé de leur hôte, se rembarqueraient, et continueraient à descendre l'Amazone jusqu'au Para, où le voyage devait se terminer par la double union de Minha et de Manoel, de Lina et de Fragoso, conformément au programme arrêté avant le départ.

Quatre jours après, le 4 septembre, arrivait l'ordre de mise en liberté. Le document avait été reconnu authentique. L'écriture en était bien celle de cet Ortega, l'ancien employé du district diamantin, et il n'était pas douteux que l'aveu de son crime, avec les plus minutieux détails qu'il en donnait, n'eût été entièrement écrit de sa main.

L'innocence du condamné de Villa-Rica était enfin admise. La réhabilitation de Joam Dacosta était judiciairement reconnue.

Le jour même, le juge Jarriquez dînait avec la famille à bord de la jangada, et, le soir venu, toutes les mains pressaient les siennes. Ce furent de touchants adieux; mais ils comportaient l'engagement de se revoir à Manao, au retour, et, plus tard, à la fazenda d'Iquitos.

Le lendemain matin, 5 septembre, au lever du soleil, le signal du départ fut donné. Joam Dacosta, Yaquita, leur fille, leurs fils, tous étaient sur le pont de l'énorme train. La jangada, démarrée, commença à prendre le fil du courant, et, lorsqu'elle disparut au tournant du rio Negro, les hurrahs de toute la population, pressée sur la rive, retentissaient encore.

XX

LE BAS-AMAZONE

Que dire maintenant de cette seconde partie du voyage qui allait s'accomplir sur le cours du grand fleuve? Ce ne fut qu'une suite de jours heureux pour l'honnête famille. Joam Dacosta revivait d'une vie nouvelle, qui rayonnait sur tous les siens.

La jangada dériva plus rapidement alors sur ces eaux encore gonflées par la crue. Elle laissa sur la gauche le petit village de Don Jose de Maturi, et, sur la droite, l'embouchure de cette Madeira. qui doit son nom à la flottille d'épaves végétales, à ces trains de troncs dénudés ou verdoyants qu'elle apporte du fond de la Bolivie. Elle passa au milieu de l'archipel Caniny, dont les îlots sont de véritables caisses à palmiers, devant le hameau de Serpa, qui, successivement transporté d'une rive à l'autre, a définitivement assis sur la gauche du fleuve ses maisonnettes, dont le seuil repose sur le tapis jaune de la grève.

Le village de Silves, bâti sur la gauche de l'Amazone, la bourgade de Villa Bella, qui est le grand marché de guarana de toute la province, restèrent bientôt en arrière du long train de bois. Ainsi fut-il du village de Faro et de sa célèbre rivière de Nhamundas, sur laquelle, en 1539, Orellana prétendit avoir été attaqué par des femmes guerrières qu'on n'a jamais revues depuis cette époque, — légende qui a suffi pour justifier le nom immortel du fleuve des Amazones.

Là finit la vaste province du Rio-Negro. Là commence la juridiction du Para, et, ce jour même, 22 septembre, la famille, émerveillée des magnificences d'une vallée sans égale, entrait dans cette portion de l'empire brésilien, qui n'a d'autre borne à l'est que l'Atlantique.

« Que cela est magnifique! disait sans cesse la jeune fille.

— Que c'est long! murmurait Manoel.

— Que c'est beau! répétait Lina.

— Quand serons-nous donc arrivés! » murmurait Fragoso.

Le moyen de s'entendre, s'il vous plaît, en un

tel désaccord de points de vue! Mais, enfin, le temps s'écoulait gaiement, et Benito, ni patient, ni impatient, lui, avait recouvré toute sa bonne humeur d'autrefois.

Bientôt la jangada se glissa entre d'interminables plantations de cacaotiers d'un vert sombre, sur lequel tranchait le jaune des chaumes ou le rouge des tuiles, qui coiffaient les huttes des exploitants des deux rives, depuis Obidos jusqu'à la bourgade de Monte-Alegre.

Puis s'ouvrit l'embouchure du rio Trombetas, baignant de ses eaux noires les maisons d'Obidos, une vraie petite ville et même une « citade », avec de larges rues bordées de jolies habitations, important entrepôt du produit des cacaotiers, qui ne se trouve plus qu'à cent quatre-vingts grands milles de Bélem.

On vit alors le confluent de Tapajoz, aux eaux d'un vert gris, descendues du sud-ouest; puis Santarem, riche bourgade, où l'on ne compte pas moins de cinq mille habitants, Indiens pour la plupart, et dont les premières maisons reposaient sur de vastes grèves de sable blanc.

Depuis son départ de Manao, la jangada ne s'arrêtait plus en descendant le cours moins encombré de l'Amazone. Elle dérivait jour et nuit sous l'œil vigilant de son adroit pilote. Plus de haltes, ni pour l'agrément des passagers, ni pour les besoins du commerce. On allait toujours, et le but approchait rapidement.

A partir d'Alemquer, située sur la rive gauche, un nouvel horizon se dessina aux regards. Au lieu des rideaux de forêts qui l'avaient fermé jusqu'alors, ce furent, au premier plan, des collines, dont l'œil pouvait suivre les molles ondulations, et, en arrière, la cime indécise de véritables montagnes, se dentelant sur le fond lointain du ciel.

Ni Yaquita, ni sa fille, ni Lina, ni la vieille Cybèle n'avaient encore rien vu de pareil.

Mais, dans cette juridiction du Para, Manoel était chez lui. Il pouvait donner un nom à cette double chaîne, qui rétrécissait peu à peu la vallée du grand fleuve.

« A droite, dit-il, c'est la sierra de Paruacarta, qui s'arrondit en demi-cercle vers le sud! A gauche, c'est la sierra de Curuva, dont nous aurons bientôt dépassé les derniers contreforts!

— Alors on approche? répétait Fragoso.

— On approche! » répondait Manoel.

Et les deux fiancés se comprenaient sans doute, car un même petit hochement de tête, on ne peut plus significatif, accompagnait la demande et la réponse.

Enfin, malgré les marées qui, depuis Obidos, commençaient à se faire sentir et retardaient quelque peu la dérive de la jangada, la bourgade de Monte-Alegre fut dépassée, puis celle de Praynha de Onteiro, puis l'embouchure du Xingu, fréquentée par ces Indiens Yurumas, dont la principale industrie consiste à préparer les têtes de leurs ennemis pour les cabinets d'histoire naturelle.

Sur quelle largeur superbe se développait alors l'Amazone, et comme on pressentait déjà que ce roi des fleuves allait bientôt s'évaser comme une mer! Des herbes, hautes de huit à dix pieds, hérissaient ses plages, en les bordant d'une forêt de roseaux. Porto de Mos, Boa-Vista, Gurupa, dont la prospérité est en décroissance, ne furent bientôt plus que des points laissés en arrière.

Là, le fleuve se divisait en deux bras importants qu'il tendait vers l'Atlantique : l'un courait au nord-est, l'autre s'enfonçait vers l'est, et entre eux se développait la grande île de Marajo. C'est toute une province que cette île. Elle ne mesure pas moins de cent quatre-vingts lieues de tour. Diversement coupée de marais et de rios, toute en savanes à l'est, toute en forêts à l'ouest, elle offre de véritables avantages pour l'élève des bestiaux qu'elle compte par milliers.

Cet immense barrage de Marajo est l'obstacle naturel qui a forcé l'Amazone à se dédoubler avant d'aller précipiter ses torrents d'eau à la mer. A suivre le bras supérieur, la jangada, après avoir dépassé les îles Caviana et Mexiana, aurait trouvé une embouchure large de cinquante lieues; mais elle eût aussi rencontré la barre de « pororoca », ce terrible mascaret, qui, pendant les trois jours précédant la nouvelle ou la pleine lune, n'emploie que deux minutes, au lieu de six heures, à faire marner le fleuve de douze à quinze pieds au-dessus de son étiage.

C'est donc là un véritable raz de marée, redoutable entre tous. Très heureusement, le bras inférieur, connu sous le nom de canal des Brèves, qui est le bras naturel du Para, n'est pas soumis aux éventualités de ce terrible phénomène, mais bien à des marées d'une marche plus régulière. Le pilote Araujo le connaissait parfaitement. Il s'y engagea donc, au milieu de forêts magnifiques, longeant çà et là quelques îles couvertes de gros palmiers muritis, et le temps était si beau qu'on n'avait même pas à redouter ces coups de tempête qui balayent parfois tout ce canal des Brèves.

La jangada passa, quelques jours après, devant le village de ce nom, qui, bien que bâti sur des terrains inondés pendant plusieurs mois de l'année, est devenu, depuis 1845, une importante ville de cent maisons. Au milieu de cette contrée fréquentée par les Tapuyas, ces Indiens du Bas-Amazone se confondent de plus en plus avec les populations blanches, et leur race finira par s'y absorber.

Cependant la jangada descendait toujours. Ici, elle rasait, au risque de s'y accrocher, ces griffes de mangliers, dont les racines s'étendaient sur les eaux comme les pattes de gigantesques crustacés; là, le tronc lisse des palétuviers au feuillage vert pâle servait de point d'appui aux longues gaffes de l'équipe, qui la renvoyaient au fil du courant.

Puis ce fut l'embouchure du Tocantins, dont les eaux, dues aux divers rios de la province de Goyaz, se mêlent à celles de l'Amazone par une large embouchure; puis le Moju, puis la bourgade de Santa-Ana.

Tout ce panorama des deux rives se déplaçait majestueusement, sans aucun temps d'arrêt, comme si quelque ingénieux mécanisme l'eût obligé à se dérouler d'aval en amont.

Déjà de nombreuses embarcations qui descendaient le fleuve, ubas, égaritéas, vigilindas, pirogues de toutes formes, petits et moyens caboteurs des parages inférieurs de l'Amazone et du littoral de l'Atlantique, faisaient cortège à la jangada, semblables aux chaloupes de quelque monstrueux vaisseau de guerre.

Enfin apparut sur la gauche Santa-Maria de Bélem do Para, la « ville », comme on dit dans le pays, avec les pittoresques rangées de ses maisons blanches à plusieurs étages, ses couvents enfouis sous les palmiers, les clochers de sa cathédrale et de Nostra-Señora de Merced, la flottille de ses goélettes, bricks et trois-mâts, qui la relient commercialement avec l'ancien monde.

Le cœur des passagers de la jangada leur battait fort. Ils touchaient enfin au terme de ce voyage qu'ils avaient cru ne pouvoir plus atteindre. Lorsque l'arrestation de Joam Dacosta les retenait encore à Manao, c'est-à-dire à mi-chemin de leur itinéraire, pouvaient-ils espérer de jamais voir la capitale de cette province du Para?

Ce fut dans cette journée du 15 octobre, — quatre mois et demi après avoir quitté la fazenda d'Iquitos, — que Bélem leur apparut à un brusque tournant du fleuve.

L'arrivée de la jangada était signalée depuis plusieurs jours. Toute la ville connaissait l'histoire de Joam Dacosta. On l'attendait, cet honnête homme! On réservait le plus sympathique accueil aux siens et à lui!

Aussi des centaines d'embarcations vinrent-elles au-devant du fazender, et bientôt la jangada fut envahie par tous ceux qui voulaient fêter le retour de leur compatriote, après un si long exil. Des milliers de curieux, — il serait plus juste de dire des milliers d'amis, — se pressaient sur le village flottant, bien avant qu'il eût atteint son poste d'amarrage; mais il était assez vaste et assez solide pour porter toute une population.

Et parmi ceux qui s'empressaient ainsi, une des premières pirogues avait amené madame Valdez. La mère de Manoel pouvait enfin presser dans ses bras la nouvelle fille que son fils lui avait choisie. Si la bonne dame n'avait pu se rendre à Iquitos, n'était-ce pas comme un morceau de la fazenda que l'Amazone lui apportait avec sa nouvelle famille?

Avant le soir, le pilote Araujo avait solidement amarré la jangada au fond d'une anse, derrière la pointe de l'arsenal. Là devait être son dernier lieu de mouillage, sa dernière halte, après huit cents lieues de dérive sur la grande artère brésilienne. Là, les carbets des Indiens, les cases des noirs, les magasins qui renfermaient une cargaison précieuse, seraient peu à peu démolis; puis l'habitation principale, enfouie sous sa verdoyante tapisserie de feuillage et de fleurs, disparaîtrait à son tour; puis, enfin, la petite chapelle, dont la modeste cloche répondait alors aux éclatantes sonneries des églises de Bélem.

Mais, auparavant, une cérémonie allait s'accomplir sur la jangada même : le mariage de Manoel et de Minha, le mariage de Lina et de Fragoso. Au padre Passanha appartenait de célébrer cette double union, qui promettait d'être si heureuse. Ce serait dans la petite chapelle que les époux recevraient de ses mains la bénédiction nuptiale.

Si, trop étroite, elle ne pouvait contenir que les seuls membres de la famille Dacosta, l'immense jangada n'était-elle pas là pour recevoir tous ceux qui voulaient assister à cette cérémonie, et si elle-même ne suffisait pas encore, tant l'affluence devait être grande, le fleuve n'offrait-il pas les gradins de son immense berge à cette foule sympathique, désireuse de fêter celui qu'une éclatante réparation venait de faire le héros du jour?

Ce fut le lendemain, 16 octobre, que les deux mariages furent célébrés en grande pompe.

Dès les dix heures du matin, par une journée magnifique, la jangada recevait la foule des assistants. Sur la rive, on pouvait voir presque toute la population de Bélem qui se pressait dans ses habits de fête. A la surface du fleuve, les embarcations, chargées de visiteurs, se tenaient en abord de l'énorme train de bois, et les eaux de l'Amazone disparaissaient littéralement sous cette flottille jusqu'à la rive gauche du fleuve.

Lorsque la cloche de la chapelle tinta son premier coup, ce fut comme un signal de joie pour les oreilles et pour les yeux. En un instant, les églises de Bélem répondirent au clocher de la jangada. Les bâtiments du port se pavoisèrent jusqu'en tête de mâts, et les couleurs brésiliennes furent saluées par les pavillons nationaux des autres pays. Les décharges de mousqueterie éclatèrent de toutes parts, et ce n'était pas sans peine que ces joyeuses détonations pouvaient rivaliser avec les violents hurrahs qui s'échappaient par milliers dans les airs !

La famille Dacosta sortit alors de l'habitation et se dirigea à travers la foule vers la petite chapelle.

Joam Dacosta fut accueilli par des applaudissements frénétiques. Il donnait le bras à madame Valdez. Yaquita était conduite par le gouverneur de Bélem, qui, accompagné des camarades du jeune médecin militaire, avait voulu honorer de sa présence la cérémonie du mariage. Lui, Manoel, marchait près de Minha, charmante dans sa fraîche toilette de mariée ; puis venait Fragoso, tenant par la main Lina toute rayonnante ; suivaient enfin Benito, la vieille Cybèle, les serviteurs de l'honnête famille, entre la double rangée du personnel de la jangada.

Le padre Passanha attendait les deux couples à l'entrée de la chapelle. La cérémonie s'accomplit simplement, et les mêmes mains qui avaient autrefois béni Joam et Yaquita se tendirent, cette fois encore, pour donner la bénédiction nuptiale à leurs enfants.

Tant de bonheur ne devait pas être altéré par le chagrin des longues séparations.

En effet, Manoel Valdez n'allait pas tarder à donner sa démission pour rejoindre toute la famille à Iquitos, où il trouverait à exercer utilement sa profession comme médecin civil.

Naturellement, le couple Fragoso ne pouvait hésiter à suivre ceux qui étaient pour lui plutôt des amis que des maîtres.

Madame Valdez n'avait pas voulu séparer tout cet honnête petit monde, mais elle y avait mis une condition : c'était qu'on vînt souvent la voir à Bélem.

Rien ne serait plus facile. Le grand fleuve n'était-il pas là comme un lien de communication qui ne devait plus se rompre entre Iquitos et Bélem? En effet, dans quelques jours, le premier paquebot allait commencer son service régulier et rapide, et il ne mettrait qu'une semaine à remonter cette Amazone que la jangada avait mis tant de mois à descendre.

L'importante opération commerciale, bien menée par Benito, s'acheva dans les meilleures conditions, et bientôt de ce qu'avait été cette jangada, — c'est-à-dire un train de bois formé de toute une forêt d'Iquitos, — il ne resta plus rien.

Puis, un mois après, le fazender, sa femme, son fils, Manoel et Minha Valdez, Lina et Fragoso, repartirent par l'un des paquebots de l'Amazone pour revenir au vaste établissement d'Iquitos, dont Benito allait prendre la direction.

Joam Dacosta y rentra la tête haute, cette fois, et ce fut toute une famille d'heureux qu'il ramena au delà de la frontière brésilienne !

Quant à Fragoso, vingt fois par jour on l'entendait répéter :

« Hein ! sans la liane ! »

Et il finit même par donner ce joli nom à la jeune mulâtresse, qui le justifiait bien par sa tendresse pour ce brave garçon.

« A une lettre près, disait-il, Lina, Liane, n'est-ce pas la même chose ? »

FIN DE LA SECONDE PARTIE.

DE ROTTERDAM
A COPENHAGUE

A BORD DU YACHT A VAPEUR « SAINT-MICHEL »

PAR PAUL VERNE

I

Arrivés de Deal à Rotterdam le 5 juin, après une rapide traversée de la côte anglaise à la Meuse, nous y étions encore le 10, retenus par le mauvais temps. Le vent du nord-ouest, soufflant avec violence, battait le littoral hollandais, et la mer était pour nous absolument impraticable. Il eût été en effet fort imprudent, avec notre steam-yacht *Saint-Michel*, malgré ses excellentes qualités nautiques et la perfection de sa machine, d'affronter les fureurs de la mer du Nord dans ces parages redoutables.

C'était aussi l'opinion de M. Harry Thomas Pearkop, *Pilot for the Channel and the North sea*, comme le porte sa carte, et qui se trouvait à bord... un peu malgré nous. Nous l'avions pris à Deal pour piloter le *Saint-Michel*, mais seulement hors des passes de la rade des Dunes, à cause de la brume, qui menaçait de se lever dans l'après-midi du 4 juin ; mais lui, avec cette ténacité propre à la race anglaise, toujours à l'affût de la livre sterling, avait fini par nous convaincre de son « indispensabilité » pour la campagne que notre yacht se préparait à entreprendre.

Singulière histoire que celle de ce « gentleman », montant à bord du *Saint-Michel*, malgré nos refus réitérés, et finissant par s'y implanter, en dépit de nos résistances.

Thomas Pearkop est un homme de taille moyenne, large de figure, large d'épaules, large de ventre, en un mot tout en largeur, bien planté sur ses larges pieds enfouis dans de larges souliers sans talons. La physionomie était avenante, œil bleu, nez droit, — un de ces nez qui semblent doués de propriétés optiques, — teint hâlé tirant sur le rouge-brique, barbiche au menton, sans favoris ni moustaches, — enfin une bonne figure de marin.

Thomas Pearkop parlait d'une voix claire, apte à dominer le brouhaha du vent, mais il ne connaissait pas deux mots de français. Heureusement, je savais assez d'anglais pour le comprendre.

« Mais nous n'avons pas besoin de vos services, Thomas Pearkop! lui disais-je. Notre capitaine est parfaitement capable de nous conduire! Il connait la mer du Nord pour y être venu plus de vingt fois pendant ses trente ans de cabotage, et il ira de feux en feux tout aussi bien que le meilleur pilote de la rade des Dunes!

— Aoh, yes! répondait le « gentleman », mais les courants, les bancs de sable, les brumes, les brumes surtout, si fréquentes dans cette saison d'été, et qui ne permettent de voir ni les feux ni la côte! Comment ferez-vous? Ah! ajoutait-il avec mélancolie en levant au ciel ses gros yeux clairs, combien de capitaines, et des meilleurs, se sont perdus pour n'avoir pas voulu accepter mes services! »

Alors arrivait la nomenclature des navires de toutes nations qui s'étaient jetés à la côte et s'étaient même perdus corps et biens pour avoir fait fi des lumières de cet homme indispensable dans tous les parages de la mer du Nord. Puis, c'était une exhibition d'innombrables certificats en danois, en russe, en italien, en allemand, auxquels nous ne comprenions pas un mot, sans compter une attestation en français, signée de M. E. Pérignon, propriétaire du steam-yacht *Fauvette*, et vice-président du Yacht-Club de France. Sous cette avalanche de bonnes et de mauvaises raisons, notre résistance faiblissait visiblement et enhardissait l'agresseur. Enfin, après une défense des plus honorables, il fallut capituler.

Nous acceptons donc l'offre de Thomas Pearkop, de conduire le *Saint-Michel* de Deal à Rotterdam. Toutefois, le prix de pilotage dut subir une amputation bien douloureuse pour les intérêts du « gentleman » : il fut réduit, de quinze livres qu'il demandait d'abord, à huit livres, — soit près de cinquante pour cent de rabais!

C'est alors que, sur un signe de Thomas Pearkop, nous voyons apparaître au fond du canot qui l'avait amené, le sac en grosse toile cirée, ornée des trois initiales de son propriétaire, que tout pilote qui se respecte emporte invariablement avec lui. Mais quel sac, grand Dieu! un mètre cinquante de haut sur cinquante centimètres de large, bourré jusqu'à la gueule, ficelé comme un saucisson, et tellement lourd qu'il fallut deux hommes pour l'embarquer. Je crus que, sous ce poids exceptionnel, le *Saint-Michel*, humilié, allait s'incliner comme une simple baleinière.

II

Avant de continuer la relation de ce voyage, si nos lecteurs veulent bien nous suivre dans nos pérégrinations à travers la mer du Nord et la mer Baltique, s'ils doivent trouver curieuses les observations que nous avons recueillies pendant notre campagne, il ne sera pas inutile de leur faire connaître en quelques mots le bâtiment sur lequel nous étions embarqués.

Le *Saint-Michel*, — auquel ses faibles dimensions semblent de prime abord interdire de trop lointaines excursions maritimes, — est un charmant yacht à vapeur, long de trente-trois mètres, ayant trente-huit tonneaux de jauge en douane, et soixante-sept tonneaux suivant les mesures du Yacht-Club de France, dont il porte en tête de mât le guidon tricolore à l'étoile blanche.

Construit à Nantes, en 1876, par la maison Jollet et Babin, il joint à une solidité à toute épreuve des qualités nautiques très remarquables, qui lui permettraient au besoin d'affronter le mauvais temps et de se tirer d'affaire s'il se trouvait mal pris. Au dire de Thomas Pearkop, il offrirait même, dans un coup de vent, et s'il lui fallait tenir la cape, plus de sécurité qu'un navire d'un tonnage plus considérable. Mais l'opinion du « gentleman » doit être accueillie avec réserve; car, pour lui, un yacht « si petit » qui lui rapportait « si gros » en « si peu » de temps, devait naturellement approcher de la perfection. Bornons-nous donc à prendre note de sa bonne opinion; mais fasse le ciel que nous ne soyons jamais obligé de la justifier par l'expérience!

Le *Saint-Michel* est un navire en fer, gréé en goélette, à cinq cloisons étanches, d'un type demi-fin, auquel sa machine de vingt-cinq chevaux de trois cents kilogrammètres, — soit plus de cent chevaux effectifs, — peut imprimer une vitesse de neuf nœuds à neuf nœuds et demi à l'heure. Cette vitesse, il est possible de la porter à dix nœuds et demi par l'adjonction de la voilure, qui est très importante et permet de transformer, au besoin, le yacht en bâtiment à voile, en débrayant l'hélice. Dans ces conditions, le *Saint-Michel* atteint encore, par bonne brise, une vitesse de sept à huit nœuds, et, s'il lui arrivait des avaries dans sa machine, il ferait encore très bonne figure comme voilier.

Mais la machine est absolument parfaite. Elle est du système « compound », à deux cylindres inégaux, à condenseur par surface, et a été dessinée par M. Normand, du Havre. Sortie des ateliers de MM. Jollet et Babin, elle leur fait le plus grand honneur.

Quant à la distribution intérieure du yacht, la voici : A l'arrière, un salon, auquel on accède par un escalier droit, ménagé entre une chambre de domestique et un autre cabinet indispensable ; de ce salon en acajou, dont les divans peuvent se transformer en couchettes, on passe dans la chambre à coucher, meublée de deux lits, toilettes, armoire et bureau en chêne blanc. Viennent ensuite la machine et la chaufferie, qui occupent la plus large partie du navire en son milieu. A l'avant, la salle à manger est desservie par un escalier à quart de révolution, qui descend entre la chambre du capitaine et l'office, et elle communique avec la cuisine au moyen d'un tour. Au delà de la cuisine, c'est le poste de l'équipage, qui compte six cadres de matelots. En somme, rien de plus gracieux que ce steam-yacht avec sa haute mâture inclinée, sa coque noire relevée d'un trait clair à sa flottaison et à sa lisse, ses claires-voies à barreaux de cuivre, ses capots de teck, et l'élégance des lignes qui se profilent du couronnement à l'étrave.

III

Tel est le *Saint-Michel*. Quant à son propriétaire, Jules Verne, chacun le connaît. Il n'appartient pas à son frère de faire son éloge. Je dirai seulement que ce travailleur infatigable finit quelquefois par se fatiguer. Le repos lui devient alors indispensable, et il ne le trouve nulle part aussi complet que sur son yacht, au milieu des agitations de la mer.

On croit généralement qu'il travaille à bord! Erreur; il s'y repose et s'y refait pendant quelques mois. C'est d'ailleurs un convive solide, auquel le mal de mer est inconnu, un dormeur imperturbable, quelque temps qu'il fasse, et surtout un compagnon très gai et fort aimable. Mais je m'arrête, car un peu plus j'empiéterais sur un terrain qui m'est interdit. On pourrait peut-être m'accuser de partialité.

Le *Saint-Michel*, indépendamment de nombreuses excursions dans la Manche et sur les côtes de Bretagne, avait déjà fait deux voyages importants. En 1878, parti de Nantes, il emportait Raoul Duval,

Jules Hetzel fils, mon frère et moi jusque dans les parages de la Méditerranée occidentale. Il visita Vigo, Lisbonne, Cadix, Tanger, Gibraltar, Malaga, Tétuan, Oran, Alger, et supporta vaillamment les quelques jours de mauvais temps dont cette navigation ne fut point exempte. Dire le charme qu'on éprouve à visiter dans ces conditions les admirables rivages de l'Espagne, du Maroc et de l'Algérie, c'est bien difficile. Il ne le serait pas moins de raconter les impressions du second voyage, qui eut pour but Édimbourg et la côte est de l'Angleterre et de l'Écosse. Peut-être mon frère publiera-t-il un jour les *Mémoires du Saint-Michel*, et cela ne pourra, j'espère, que contribuer au développement du goût du yachting en France.

Cette année, il s'agissait tout d'abord d'aller jusqu'à Saint-Pétersbourg, en passant par Christiania, Copenhague et Stockholm. Mais des considérations de diverses natures nous firent modifier cet itinéraire. Nous avions même renoncé à visiter les parages de la Baltique, et si nous y sommes allés, cela tient à des circonstances absolument imprévues, ainsi qu'on le verra dans la suite de ce récit.

Le *Saint-Michel* est commandé par le capitaine Ollive, originaire de la petite île de Trentemoult, charmant coin de terre tout à fait à part, échoué en pleine Loire, en aval de Nantes, et qui, comme le bourg de Batz, a conservé ses mœurs spéciales. Maître au cabotage, ayant vingt-cinq ans de commandement, notre capitaine est un homme prudent, un bon marin, auquel on peut accorder toute confiance.

Maintenant, lorsque j'aurai dit que l'équipage, entièrement breton, se compose d'un mécanicien, de deux chauffeurs, d'un maître, qui est le fils du capitaine, de trois matelots, d'un mousse et d'un cuisinier; quand j'aurai ajouté que nous étions à bord quatre passagers : Jules Verne, Robert Godefroy, avocat à Amiens, mon fils aîné et moi, le lecteur connaîtra parfaitement le yacht *Saint-Michel* et son personnel.

IV

Nous étions donc retenus à Rotterdam, attendant un changement de temps pour nous diriger directement sur Hambourg; prix : onze livres, au lieu de dix-sept, qu'avait demandées Thomas Pearkop pour nous piloter jusqu'à l'entrée de l'Elbe. Le *Saint-*

Michel était mouillé dans la Meuse, devant le beau parc qui termine de ce côté la verte ceinture dont cette jolie ville est entourée. Nous avions mis à profit les loisirs que nous laissait le vent de nord-ouest pour visiter la Haye, Amsterdam et leurs merveilleux musées, et nous étions encore éblouis de leurs splendeurs. En effet, il faut aller en Hollande pour connaître Rembrandt. Qui n'a pas vu la *Ronde de nuit* et la *Leçon d'anatomie* ne peut apprécier complètement le génie de ce grand peintre. De même pour la célèbre toile de Paul Potter, qui représente un taureau debout et une vache couchée.

L'impression qu'on ressent en présence de ces œuvres magistrales est d'autant plus surprenante, qu'elle se produit dans un milieu où se comptent en grand nombre des Rubens, des Van der Helst, des Van Dyck, des Murillo, des Hobbema, des Ruysdaël, des Teniers, des Breughel de Velours, etc., dont la réunion fait de ces musées un incomparable ensemble de chefs-d'œuvre. Malheureusement les locaux laissent beaucoup à désirer et sont peu dignes des hôtes qu'ils abritent. Comment des villes aussi riches et aussi artistes qu'Amsterdam et la Haye ne font-elles pas construire des musées plus en rapport avec leur goût pour les arts?

Quant à ce que nous avons vu de la Hollande,

à travers les vitres d'un wagon, ce n'a été qu'une simple échappée sur ses pâturages si verts, sur ses canaux tracés au tire-ligne, sur ses arrière-plans de moulins qui égayent l'horizon; mais cela suffisait à justifier la boutade du poète Cavalier Butler :

« La Hollande tire cinquante pieds d'eau, la terre qui la compose est à l'ancre, on y est à bord. »

Cependant le temps pressait. Nous étions déjà au 11 juin. Impossible de différer de partir sans compromettre notre campagne. Il fallut se décider, bien que le vent fût toujours mauvais et que les pittoresques moulins de Rotterdam tournassent à briser leurs immenses ailes, étendues à cent pieds dans les airs.

Voici donc ce qui fut résolu : Aller à Anvers.

Or il est possible, sans prendre la mer, de se rendre à Anvers par les canaux qui unissent la Meuse à l'Escaut. On suit tantôt la rivière, tantôt un canal qui domine les larges prairies de deux mètres environ, et dans lequel on pénètre par des écluses supérieurement entretenues. Cette navigation, toute nouvelle pour nous, offrait un véritable intérêt, et c'est à ce parti que l'on convint de s'arrêter.

Après un dernier coup d'œil donné au baromètre, toujours immobile à 750 millimètres, et malgré les promesses de beau temps que prodiguait Thomas

Pearkop, — à qui l'abandon du voyage de Hambourg pouvait faire perdre quelques livres, — le *Saint-Michel* part pour Anvers, à neuf heures du matin, bien que nous fussions décidés, si le temps s'améliorait, à reprendre notre premier projet.

Il faut douze heures à travers ce curieux pays pour arriver à la rive droite de l'Escaut. C'est une navigation qui se fait entre les grandes îles de la Zélande, Voorne, Goeree, Schouwen, Walcheren, ici dans un chenal étroit, là sur de véritables lacs qui semblent ne point offrir d'issue, et cela au milieu des gribannes, des gabares, des sloops, des goélettes, des steamers, dont ces eaux, tranquilles comme les vastes prairies qui les bordent, sont incessamment sillonnées.

La nuit se passa tranquillement à Ziericksee, à l'extrémité du second canal, et le lendemain, 12 juin, Thomas Pearkop vint nous réveiller, en annonçant un changement de temps. Comme le brave pilote avait donné cette bonne nouvelle cinq ou six fois déjà, nous étions devenus quelque peu incrédules à propos de ses pronostics. Mais, une fois sur le pont, il fallut se rendre à l'évidence : le baromètre avait remonté et le vent s'était calmé pendant la nuit. Nous renonçons alors à aller à Anvers, nous prenons une vue sommaire de l'Escaut, qui, en cette partie de son cours, m'a paru ressembler à la basse Loire; puis, après avoir tourné à droite au lieu de tourner à gauche, nous faisons route pour Flessingue.

Un trou, ce Flessingue. La ville, d'un intérêt médiocre, est fort éloignée du port, qui, dit-on, deviendra considérable. Nous le souhaitons, et nous espérons qu'alors les négociants s'y montreront plus accommodants qu'ils ne l'ont été avec notre mécanicien.

Après avoir fait du charbon à un prix « redoutable », — il n'y a pas d'autre mot, — notre yacht quitte Flessingue. Son départ s'effectue vers cinq heures du soir; les bouches de l'Escaut sont bientôt dépassées, et nous voilà en route pour Hambourg, sous la haute direction de Thomas Pearkop. Il était bien convenu que le *Saint-Michel* toucherait, en passant, à Wilhelmshaven, le grand port militaire allemand, qui se trouve dans le golfe de Jade, à l'entrée du Weser, et que nous désirions beaucoup visiter.

C'est un pilote de premier ordre que ce diable de Pearkop! En dépit de ses cinquante ans, il a une vue, mais une vue invraisemblable! La nuit comme le jour, il aperçoit les phares, les balanciers ou « light-boats », les navires, la terre, un bon quart d'heure avant tout le monde. Et puis, ce fameux sac, ce sac légendaire, renferme des cartes, des plans, des instructions et surtout une lorgnette! Dieu, quelle lorgnette! Elle provient, paraît-il, d'un grand navire norvégien, naufragé sur le banc de Godwin, à l'entrée de la Tamise. Tout le monde a péri, mais la lorgnette a été sauvée, et Thomas Pearkop ne la céderait pas, dit-il, pour beaucoup de ces livres sterling, dont il est pourtant bien friand.

Quant à moi, si elle m'appartenait, je la donnerais pour rien; peut-être même payerais-je pour qu'on m'en débarrassât, car je n'ai jamais rien pu distinguer, ni terre, ni feu, ni navire, ni bouée, ni balise, à travers cette lamentable épave.

V

En arrivant au large, c'est encore la brise nord-ouest qui souffle, un peu plus faible, il est vrai, mais suffisante pour nous préoccuper. Nous avions une longue route à faire sans port de relâche, sauf le Texel, au nord du Zuyderzée, dont l'entrée est extrêmement difficile. Une fois ce port dépassé, il faudra continuer quand même. La brise augmentait peu à peu, et il était à craindre qu'elle ne fraîchît beaucoup au lever du soleil. Dans ces parages peu profonds, — quinze à vingt brasses d'eau au plus, — la mer se lève facilement, elle devient courte dure, et peut gêner un bâtiment aussi ras sur l'eau que le *Saint-Michel.*

Nous pensions donc sérieusement à relâcher au Texel. Cependant, d'une part les répugnances de Thomas Pearkop, qui ne se souciait pas d'y entrer de nuit, de l'autre la hausse du baromètre nous décidèrent à continuer notre route. Au lever du soleil, ainsi que cela avait été prévu, la brise s'accrut sensiblement; mais, en même temps, elle hala le nord, ce qui valait mieux. Avec le vent du travers, le *Saint-Michel*, appuyé par sa grande voile, sa misaine, sa trinquette et son foc, atteignit bientôt une vitesse de dix nœuds. Le temps s'embellit encore dans la soirée, et vers neuf heures nous arrivions à l'entrée du golfe de Jade. Là, nous prîmes un pilote de Brême, dont la petite goélette battait la mer à l'entrée du golfe, et qui s'engagea à nous conduire à Wilhelmshaven, où notre yacht arriva vers minuit.

Ce port, exclusivement militaire, situé sur le côté ouest du golfe, est fermé par des portes sans écluse, qu'on ouvre à la pleine mer pour laisser entrer et sortir les navires. Or, nous ne savions trop quel accueil nous feraient les autorités de l'endroit, et si elles accorderaient l'entrée du port à un bâtiment français.

On s'étonnera peut-être que nous ayons eu le désir d'aller visiter quelques points de la côte allemande et précisément le port de Wilhelmshaven. Mais nous sommes de ceux qui pensent qu'il y a beaucoup à apprendre chez les peuples étrangers, — amis ou ennemis. D'ailleurs, en ce qui concerne l'Allemagne, notre parti était bien pris de garder la réserve que commandaient les circonstances.

Dès huit heures du matin, — 14 juin, — nous descendons à terre, mon frère et moi, pour faire les démarches nécessaires. Un monsieur en uniforme, comme tous ceux qui, à un titre quelconque, relèvent du gouvernement, nous reçoit et nous renvoie à Son Excellence l'amiral gouverneur de Wilhelmshaven, qui demeure à deux kilomètres de là. Escortés d'un planton raide comme un piquet, nous partons au pas accéléré pour l'hôtel du gouvernement. L'amiral fait dire qu'il ne peut recevoir avant dix heures. Sur notre insistance, afin de ne pas manquer l'heure de la marée, nous obtenons un ordre écrit pour le capitaine de port, M. Mœller, à la recherche duquel nous nous mettons immédiatement, accompagnés d'un second planton, plus raide encore que le premier.

Après une demi-heure de recherches, voilà enfin le capitaine Mœller, en uniforme, le sabre au côté. Notre planton s'avance vivement vers lui, s'arrête à trois pas, immobile, les talons joints, la main gauche à la casquette, et de la main droite tendant au capitaine l'ordre écrit de l'amiral.

Si j'insiste sur ces détails, c'est qu'ils présentent un des côtés originaux de l'organisation militaire de ce pays. Tous ces mouvements furent exécutés mécaniquement, avec une régularité absolue, qui montre à quel point les règles de la discipline et la crainte du supérieur sont gravées dans l'esprit de l'inférieur. Je n'oublierai jamais ce soldat immobile, attendant un signe de son chef pour quitter sa position, et gardant ensuite une attitude de respect. Ces sentiments existent à tous les degrés de l'échelle hiérarchique de l'armée allemande.

Le capitaine Mœller nous accorda immédiatement l'entrée du port ; des ordres furent donnés, et, à une heure, le *Saint-Michel* était amarré dans le premier bassin.

Wilhelmshaven est un port de création toute récente ; il date de quinze ans, c'est-à-dire de l'époque où fut accomplie l'annexion du Schleswig-Holstein à la Prusse.

C'est le seul établissement militaire que possède l'Allemagne sur la mer du Nord. Aussi est-il l'objet de travaux considérables, qui en feront avant peu une place de premier ordre.

Sa situation au fond de la Jade le met à l'abri d'un bombardement par mer.

Outre les ouvrages qui le protègent jusqu'à l'entrée du golfe, il a une défense naturelle très forte dans le golfe lui-même, qui deviendrait impraticable pour une flotte ennemie, une fois le balisage enlevé. Le chenal est sinueux, les courants sont très rapides, et, si les canonnières essayaient de remonter, elles se trouveraient exposées à un feu très violent, à courte distance, partant de nombreuses batteries de gros calibre qui commandent les passes, sans préjudice des torpilles.

Pour le moment, le port n'a qu'une entrée; mais, dans deux ans, il en aura une seconde, à laquelle on travaille jour et nuit, et qui facilitera beaucoup les mouvements.

Il y a deux bassins, l'avant-port où s'était placé le *Saint-Michel*, et le port militaire proprement dit, au fond duquel s'élèvent les ateliers, se dessinent les cales de construction, se creusent les formes de radoub. Ce n'est pas public, et les étrangers n'y sont admis qu'avec un ordre écrit du gouverneur.

Nous désirions beaucoup visiter cette partie réservée. Aussi, vers deux heures, retournons-nous à l'hôtel du Gouvernement, afin d'obtenir la permission absolument indispensable.

Le vice-amiral gouverneur étant absent; c'est au sous-gouverneur, le contre-amiral Berger, que notre demande s'adresse. Cet officier général s'empressa de nous accueillir. Il nous dit qu'il était heureux de voir un yacht français visiter le grand port militaire allemand et s'excusa de n'avoir pas pu nous recevoir dans la matinée.

Cet accueil faisait bien augurer du résultat de notre requête; mais, arrivé à ce point délicat, l'amiral nous déclara qu'il ne pouvait accorder l'autorisation d'entrer dans l'arsenal sans en référer à Berlin par télégraphe, — ce qu'il offrait de faire à l'instant même. Nous le remercions de son offre, que nous déclinons. « Mais, à défaut de l'arsenal, ne peut-on visiter la frégate d'instruction pour les matelots canonniers, *le Mars*, qui est amarrée dans l'avant-port ?

— Oh! cela, très volontiers, répond l'amiral. Je vais vous remettre ma carte, que vous ferez passer avec les vôtres à l'officier de service, et je ne doute pas que vous ne soyez bien reçus. Vous verrez les pièces de marine les plus modernes, et je vous recommande particulièrement la pièce de $0^{m},24$, avec laquelle nous nous flattons de percer toutes les cuirasses, quelles qu'elles soient, à huit cents mètres de distance. »

Sur ce, nous saluons Son Excellence, et, un quart d'heure après, nous arrivons devant la frégate *le Mars*.

Cette frégate en fer, non cuirassée, est d'un type assez lourd ; mais elle convient très bien à sa destination. La batterie est élevée et se compose de tous les calibres actuellement en service dans la marine allemande, depuis le Krupp de $0^{m},08$ jusqu'au Krupp de $0^{m},24$, la pièce dont nous avait parlé l'amiral Berger.

En arrivant à bord, nous sommes reçus par le capitaine de frégate, commandant en second, qui parle bien notre langue, dont il semble connaître toutes les finesses. Il se met à notre disposition, et nous fait visiter son bâtiment avec beaucoup de bonne grâce. Le Krupp de $0^{m},24$ attira spécialement notre attention. Comme tous les canons sortant de l'usine d'Essen, il est en acier fondu, sans doute renforcé par des frettes ; car, pour que son projectile puisse percer toutes les cuirasses à huit cents mètres, il faut qu'il soit animé d'une vitesse initiale très supérieure, et cette vitesse ne s'obtient qu'avec une charge de poudre relativement considérable.

Notre visite se termina au carré de l'arrière, où se trouvaient réunis quelques officiers du bord, que le commandant en second nous présenta. Tous parlaient couramment l'anglais et le français. Ils nous entretinrent d'un accident arrivé dernièrement à bord de leur frégate : un obus avait éclaté au moment où on allait l'introduire dans le canon; huit hommes avaient été tués, sans compter une douzaine de blessés. Un canon Krupp avait aussi fait explosion à bord d'un autre navire, en y causant de grands désastres. Ces officiers parlaient de cela en gens peu soucieux de cacher leurs écoles. Ils auraient pu ajouter qu'un de leurs garde-côtes cuirassés avait failli couler à pic dernièrement en se défonçant, par une fausse manœuvre, contre la jetée de l'entrée de l'arsenal de Kiel, — accident dont il ne s'était trouvé aucune trace dans les journaux.

Le service est, paraît-il, très dur pour les officiers à bord du *Mars*. L'équipage est renouvelé en entier tous les deux mois, afin d'exercer à la manœuvre du canon le plus grand nombre de matelots possible. Pendant que la frégate est dans le port, on détache une équipe à bord d'une canonnière annexe pour aller tirer à la cible en rade. Au reste, constatons qu'à Wilhelmshaven on brûle beaucoup de poudre. Chaque jour les matelots et les troupes d'artillerie de marine sont envoyés au tir, auquel on accorde avec raison une très grande importance.

Vers quatre heures, nous prenons congé, après avoir remercié le commandant en second et les officiers de la frégate.

VI

Le lendemain matin, le *Saint-Michel* était en pression, prêt à sortir du port, au moment de la haute mer, afin de se diriger sur Hambourg, terme de notre voyage. Nous faisions déjà nos derniers préparatifs, quand un ingénieur des constructions navales vint à bord pour visiter le yacht. Il nous demanda où nous allions.

« A Hambourg, répond mon frère. Nous sommes trop en retard pour passer dans la Baltique, et il ne serait pas prudent d'affronter la côte du Jutland, qui n'est pas bonne.

— Alors, pourquoi ne passez-vous pas dans le canal de l'Eider, qui débouche dans la rade de Kiel ? reprend l'ingénieur. Vous éviterez ainsi de faire le tour du Danemark, et, après avoir traversé un pays ravissant, vous serez le surlendemain dans la Baltique.

— Mais, dis-je, nous ne demandons pas mieux. Seulement, n'y a-t-il pas plusieurs écluses dans ce canal, et le *Saint-Michel* n'est-il point trop long pour pouvoir y entrer ?

— Je ne le pense pas, répond l'ingénieur. Au reste, il est facile de s'en assurer. Quelle est la longueur de votre yacht ?

— Trente-six mètres avec le beaupré.

— C'est un peu long, en effet, messieurs. Néanmoins, il faut voir. Venez avec moi au bureau du port, où l'on nous donnera des renseignements très précis. »

En route, nous rencontrons un capitaine de corvette, qui est chargé du service des torpilles dans la Jade. L'ingénieur lui fait part de notre projet, et lui demande s'il le croit réalisable.

« Rien de plus simple, répond cet officier. Allons, si vous le voulez, à bord du petit steamer qui vient justement d'arriver de Kiel. J'ai là une chaloupe à vapeur prête à partir. Si vous voulez bien m'accompagner, nous allons être promptement fixés sur les dimensions des écluses. »

Cette offre obligeante fut acceptée, et, dix minutes après, nous étions à bord du bateau qui fait le voyage de Kiel à Wilhelmshaven, en passant par le canal de l'Eider.

En remarquant la construction presque aussi large que longue de ce steamer, — construction évidemment appropriée à la longueur des écluses, — je conservai peu d'espoir. Il n'était pas douteux pour moi que notre yacht ne fût plus long que les sas du canal.

Pendant que je communiquais mes craintes à mon frère, les officiers s'étaient fait apporter les cartes spéciales de l'Eider et mesuraient la longueur des écluses.

Après un débat assez long avec le capitaine du steamer, l'ingénieur déclare que nous pourrons probablement passer, mais que, du reste, on peut s'en assurer en mesurant exactement le *Saint-Michel*. Puis, la chaloupe à vapeur déborde, et nous revenons au port.

En débarquant, nous rencontrons un autre officier d'un grade élevé, à qui l'ingénieur explique notre embarras. Après les présentations d'usage, cet officier nous dit :

« Mais, messieurs, nous avons un moyen très simple de lever tous vos doutes. Il y a ici une canonnière qui est venue de Kiel à Wilhelmshaven par le canal. Nous allons, si vous le voulez bien, mesurer votre yacht de tête en tête, puis nous irons mesurer la canonnière, et vous saurez alors à quoi vous en tenir. »

C'est ce qui fut fait; et, quelques instants après, le *Saint-Michel* était mesuré très exactement avec une ligne, depuis le bout du beaupré jusqu'au couronnement; puis nous allons ensuite au quai, près duquel est amarrée la canonnière, qui, vérification faite, se trouve être de deux mètres plus longue que le *Saint-Michel*, beaupré compris.

Nous nous croyions désormais bien sûrs de notre affaire, et cependant, par excès de précaution, mon frère envoie au directeur du canal une dépêche donnant la longueur exacte du yacht, en le priant de nous faire savoir à Tonning si le passage est praticable; puis, après avoir pris congé des officiers allemands, nous retournons à bord.

Une heure après, le *Saint-Michel* appareillait pour Tonning, petit port holsteinois situé à l'embouchure de l'Eider.

VII

Ici reparaît Thomas Pearkop et son arithmétique.

« Si vous voulez, dit-il, me donner deux livres de plus, je vous évite le pilotage du golfe de Jade, qui en coûtera cinq, et je vous sors de la rivière !

— Mais, Pearkop, répondis-je, le chenal n'est pas facile. Nous l'avons remonté de nuit ! Vous n'avez donc pas pu faire des remarques suffisantes ni voir la position des balises !

— Soyez tranquilles, messieurs, j'ai vu tout ce qu'il fallait voir et je réponds de tout. »

L'offre fut acceptée. Thomas Pearkop nous pilota parfaitement, en effet, et gagna ses deux livres en nous en épargnant trois.

Nous arrivons, le soir du 15 juin, au petit port de Tonning, pittoresquement découpé dans la rive droite de l'Eider, et, dès le lendemain matin, après avoir fait du charbon, nous demandons un pilote pour Rendsburg, — point où commence le canal proprement dit.

Mais ici, déception grave! Une lettre du directeur du canal, en réponse à notre télégramme de Wilhelmshaven, disait que nous ne pouvions passer les écluses. Le yacht était trop long de trois mètres! Que faire?

« Eh bien, s'écrie mon frère, il ne sera pas dit que des Bretons ne se seront point entêtés contre un obstacle! Le *Saint-Michel* est trop long?... Coupons le nez du *Saint-Michel*, c'est-à dire son beaupré, et, s'il le faut, rognons l'écusson de son étrave!

— Soit, répondis-je, mais attendons que le yacht arrive à la première écluse! »

Dès qu'on sut que nous voulions passer le canal de l'Eider, les discussions commencèrent entre les gens du pays, marchands ou fournisseurs, que l'arrivée d'un yacht français avait attirés. La majorité prétendait que le passage était impossible. Nous laissons dire et nous partons pour Rendsburg, où nous arrivons vers six heures du soir.

La première partie du voyage se fait en remontant cette charmante rivière de l'Eider, qui est sûrement la plus sinueuse qu'on puisse imaginer. Ses méandres sont tellement capricieux qu'on revient fréquemment sur ses pas, et j'estime que pour se rendre de Tonning à Rendsburg, il faut parcourir au moins cent cinquante kilomètres, alors qu'en droite ligne il n'y en a pas quatre-vingts.

Le pays est plat mais très vert : beaucoup de pâturages, où chevaux, moutons et vaches, disséminés par centaines, s'en donnent à plein ventre. Quelques collines boisées de temps à autre, des fabriques, des fermes coiffées d'énormes toits de chaume, dont les murs de brique, très bas, sont relevés par les montants gris des fenêtres aux volets verts; puis, une ou deux petites villes, Frederikstadt, Erfde, Wittenbergen, enfouies dans les arbres. La rivière est fort creuse, mais le chenal n'est pas toujours libre, tant il y circule de caboteurs de toutes sortes, et plus particulièrement des galiotes, rouges, bleues, vertes, véritable « home » flottant de la famille du marinier, et dont la grande voile jaune se découpe vivement sur le paysage. Aussi, malgré l'habileté du pilote holsteinois, le *Saint-Michel* toucha-t-il par le talon, et ce ne fut pas sans peine qu'on parvint à le remettre à flot.

A Rendsburg, où nous arrivons à six heures du soir, se trouve la première écluse. Passerons-nous? A première vue il est permis d'en douter. Le sas est si court! Notre anxiété dura peu : au bout de deux minutes, le yacht est éclusé, mais si juste que, pour franchir les écluses suivantes, qui sont un peu plus courtes, il faudra nécessairement démonter le beaupré, — opération longue et délicate, que nous faisons sans plus tarder. Heureusement, il ne fallut pas sacrifier l'écusson de l'étrave.

Rendsburg, l'une des principales villes du Danemark avant l'annexion, est une place importante par sa situation. Déjà dans les anciens temps elle avait pu inscrire sur une de ses portes :

Eydora Romani terminus imperii.

Et, en effet, l'Eider avait été une des frontières que la conquête romaine n'avait pu franchir. Maintenant Rendsburg est le siège du 11e corps d'armée allemand. La ville n'offre pas beaucoup d'intérêt, mais les environs sont très pittoresques. Le parc est charmant, avec ses grands arbres dont les basses branches viennent tremper leurs feuilles dans l'Eider.

On ne se figure pas la splendeur de la végétation dans ces pays du Nord. Il semble que la nature, après son long sommeil de six mois d'hiver, se réveille plus ardemment. Elle s'empresse de se parer de sa verdure printanière, comme pour faire vite oublier les jours tristes et mornes de la saison rigoureuse. Les fleurs des champs n'attendent même pas que la neige soit fondue; les bourgeons font éclater la mince couche de glace qui recouvre les branches réchauffées par la sève, et tout s'épanouit à la fois avec une vigueur qui manque à nos climats tempérés.

De Rendsburg jusqu'à la vaste baie de Kiel, c'est un véritable parc que l'on traverse, une sorte de Saint-Cloud, dont les arbres auraient deux cents pieds de haut, principalement des hêtres qui ont remplacé les chênes et les sapins de la période glaciaire. Ici l'Eider s'élargit en vastes bassins successifs aux eaux profondes et calmes, qui reflètent sans les altérer l'image de leurs rives pittoresques. Plus loin, la rivière se rétrécit et serpente en replis sinueux au milieu des grands arbres qui se rejoignent au-dessus et forment une voûte de ramure impénétrable aux rayons du soleil. Le yacht passe en glissant doucement sous ces ombrages mystérieux, entre les grosses balises de bois et le clayonnage des berges. Il semble aller vers l'inconnu. Autour de lui, tout n'est que feuillage, et la rivière disparaît dans un fouillis de verdure. Les roseaux s'inclinent devant notre soudaine apparition; les plantes aquatiques, aux larges feuilles tranquilles, s'agitent un instant et disparaissent, comme prises d'une frayeur subite, dans les profondeurs de l'onde. Et, comme pour donner son cachet particulier à ce délicieux paysage, tandis que les chardonnerets s'échappent des buissons, les cigognes immobiles nous regardent passer sans crainte, s'enlèvent ensuite d'un vol rapide et vont se percher sur la cime des arbres ou sur le petit triangle vert qui s'écartèle au pignon des fermes.

Partis de Rendsburg à huit heures du matin, le 17 juin, après avoir passé devant le grand établissement pénitentiaire bâti en amont de la ville, nous arrivons à la rade de Kiel à cinq heures du soir. Nous avions dû franchir six écluses, deux ponts tournants de chemin de fer et quatre ou cinq ponts ordinaires à bascule. Ceux-ci sont d'une simplicité remarquable : deux hommes, un sur chaque rive, suffisent pour les manœuvrer en quelques secondes à l'aide d'un système de contrepoids bien compris.

Et que fait-on pendant que le yacht s'abaisse ou remonte avec les eaux du sas, suivant qu'il est d'un côté ou de l'autre du bief supérieur? On se promène sur les chemins de halage, entretenus comme les allées d'un parc ; on s'y couche sous des ombrages si épais, que le soleil ne peut les percer. De jolies auberges, bâties à l'angle du chemin de halage, vous offrent leurs tables de bois peint sur lesquelles écume une bière excellente. Tout cela est gai, vif, propre, enchanteur.

Maintenant, comment, avec des écluses aussi justes pour le *Saint-Michel*, a-t-on pu faire passer la canonnière allemande, plus longue que lui de deux mètres?

C'est à Rendsburg seulement que nous l'avons appris. L'inspecteur général du canal nous expliqua que, pour pouvoir écluser la canonnière, on avait dû allonger les sas en construisant des portes provisoires. Ce travail avait coûté gros, mais il s'imposait. C'était pendant la guerre. Les Allemands craignaient une attaque de la flotte française contre Wilhelmshaven, qui n'était pas en état de défense comme il l'est aujourd'hui. Aussi n'avaient-ils pas hésité à sacrifier les sommes nécessaires pour faire venir par le canal, puisque nous étions maîtres de la mer, les deux ou trois canonnières dont ils avaient besoin pour la défense de la place.

Sans doute, si nous avions connu ce détail avant de quitter Wilhelmshaven, nous n'aurions pas tenté l'aventure : il s'en est fallu de si peu pour que le *Saint-Michel* ne passât pas! Vingt-cinq centimètres de longueur de plus, et il était obligé de rebrousser chemin, en faisant machine en arrière pendant plusieurs heures, faute de pouvoir éviter. C'eût été assurément un échec fort désagréable.

Ainsi que je l'ai déjà dit, l'Eider est extrêmement sinueux, sans compter qu'il est incessamment parcouru par des galiotes ou même par de petits bateaux à vapeur, chargés de touristes, musique en tête. Mais, depuis Rendsburg jusqu'à Kiel, il devient, sauf en quelques endroits, d'une étroitesse excessive. Cela rend les tournants beaucoup plus difficiles, et on ne peut mouvoir le yacht qu'en portant une amarre à terre, afin d'abattre rapidement. L'action du gouvernail ne suffit pas, et les navires un peu longs éprouvent dans ces coudes brusques de grandes difficultés; aussi le gouvernement songe-t-il à faire un canal direct à grande section, qui admettrait les bâtiments de toutes dimensions, y compris les vaisseaux de guerre. Les deux ports militaires de Wilhelmshaven et de Kiel seraient mis ainsi en communication l'un avec l'autre et pourraient se prêter un mutuel appui.

VIII

Et Thomas Pearkop? me demandera-t-on, que devenait cet excellent Thomas Pearkop? L'avions-nous gardé à bord du *Saint-Michel?* Et, en cas de réponse affirmative, que pouvait-il bien y faire, maintenant que ses lumières étaient devenues inutiles?

La réponse est très simple : Oui, nous avions gardé le « gentleman ». Habitués à lui, à sa grosse face rouge si florissante, qui témoignait de l'excellent régime du yacht, sûrement il nous eût manqué. Faut-il dire aussi que, pour rester à bord, il avait proposé de nous ramener à Deal au rabais! oui, au rabais : huit livres seulement!

A première vue, c'est invraisemblable; mais, en y réfléchissant, on reconnaît un système financier profond, bien conçu, qui lui offrait une foule d'avantages :

1° Thomas Pearkop évitait ainsi la dépense, restée à sa charge, du paquebot de Tonning à Hambourg, et de Hambourg à la côte anglaise, point très important; 2° il profitait de son séjour à bord du *Saint-Michel* pour apprendre le français. Mon Dieu, oui, et son moyen était même fort ingénieux. Il s'était lié intimement avec notre cuisinier, auquel il rendait de nombreux services : il pelait les carottes, lavait la salade, attendrissait les beefsteaks en les frappant, — ni trop, ni trop peu, — d'un bras qui aurait pu les pulvériser. De plus, accompagnant le chef au marché, il lui faisait toujours acheter les choses qu'il préférait, lui Pearkop, — du poisson surtout, pour lequel il professait un culte d'ancien pêcheur. S'il savait bien l'apprêter, il savait joliment le manger aussi!

Mais, dira-t-on, et le français! de quel façon l'apprenait-il? D'abord, quoiqu'il ne parlât ni le français, ni l'allemand, ni le danois, ni le hollandais, Thomas Pearkop servait d'interprète entre notre cuisinier, qui n'y entendait rien, et les divers fournisseurs du yacht. Comment il s'y prenait, je ne me charge pas de l'expliquer, je le constate.

En outre, ses rapports avec notre mousse étaient extrêmement fréquents :

« Mousse, un verre de vin! »

« Mousse, un verre de bière! »

« Mousse, un verre d'eau-de-vie! »

« Mousse, un verre d'eau! »

Mais plus rarement ce dernier.

Et comme cette conversation se renouvelait plusieurs fois par jour, Thomas Pearkop apprenait notre langue dans ce qu'elle a de plus essentiel pour un gosier anglo-saxon, et maintenait en même temps son estomac à un diapason excellent.

Prétendre que le « gentleman » savait le français à fond quand il nous quitta, ce serait peut-être aller un peu loin, mais il connaissait la manière de se faire servir un petit verre de n'importe quoi.

C'était là le fond de son vocabulaire, avec un mot nègre, *bono*, qu'il ne manquait jamais d'employer lorsqu'il était satisfait.

IX

La baie de Kiel, au fond de laquelle notre yacht, son beaupré remis en place, jeta l'ancre vers six heures du soir, est sans contredit l'une des plus belles et l'une des plus sûres qui existent en Europe. Dans ce large bassin, toutes les flottes du monde pourraient mouiller ou manœuvrer à l'aise. Kiel est à l'extrémité de la rade, un peu sur la droite, avec un arrière-plan de bois verdoyants. A gauche se trouve l'arsenal, complètement séparé de la ville, qui est entouré d'un mur fort élevé.

Ne voulant pas nous exposer, comme à Wilhelmshaven, à décliner l'offre que ne manquerait pas de nous faire le gouverneur de télégraphier à Berlin, nous étions décidés à ne voir de l'arsenal de Kiel que ce que chacun peut en apercevoir de l'extérieur. Mais, en montant sur les hauteurs qui le dominent de très près, il fut aisé de prendre une vue d'ensemble très suffisante. Outre des établissements assez nombreux, on pouvait compter quatre garde-côtes cuirassés à quatre cheminées, dont l'un était en réparation par suite de l'accident dont j'ai déjà parlé. Ces cuirassés m'ont paru armés de quatre gros canons en barbette sur une plate-forme centrale. Il y avait, en outre, plusieurs canonnières, portant à l'avant un canon de $0^{m},24$.

Nous espérions bien, en venant à Kiel, rencontrer sur la rade la flotte cuirassée allemande ; mais cet espoir fut malheureusement déçu. Il ne s'y trouvait alors qu'une frégate à vapeur en bois, *l'Arcona*, portant le pavillon d'un vice-amiral.

Si j'ai bonne mémoire, c'est la frégate *l'Arcona* qui, en 1870, refusa le combat que la frégate française *la Surveillante*, puis, plus tard, la corvette *la Belliqueuse*, vinrent successivement lui offrir dans la rade de Funchall (Madère), où elle dut rester jusqu'à la fin de la guerre.

Kiel, vieille cité danoise, assez florissante autrefois, a beaucoup perdu de son importance commerciale depuis l'annexion, qui en a fait une ville allemande.

Particularité assez curieuse : le consulat français de Kiel a été supprimé depuis la guerre. On suppose que c'est afin d'empêcher les rapports qu'aurait pu faire cet agent sur les progrès de la marine de l'empire germanique. Par réciprocité, le gouvernement français a supprimé les consulats allemands de Cherbourg et de Toulon.

La baie de Kiel est entourée d'un cadre d'arbres superbes. Les ormeaux, les hêtres, les châtaigniers, les chênes y atteignent une hauteur vraiment surprenante, et la mer vient mourir à leurs pieds.

De nombreuses maisons de campagne s'élèvent sur les collines qui encadrent cette admirable baie, dont les divers points sont mis en communication par un service bien compris de petits bateaux à vapeur. Rien de plus gai, de plus frais, que ces habitations d'une architecture fantaisiste, qui se cachent sous les grands arbres, à la lisière même du littoral. Avant peu, sans doute, ce pays favorisé deviendra le rendez-vous de la haute société allemande. Ce serait le Brighton de l'Allemagne du Nord, mais un Brighton infiniment plus vert, plus ombreux, plus boisé que celui de la côte anglaise, qui, vu de la mer, se distingue surtout par une aridité regrettable.

Inutile de demander si la baie de Kiel a été soigneusement fortifiée. L'entrée, assez étroite, est commandée par des batteries formidables, qui croisent leurs feux à peu de distance. Le fameux canon que la Prusse avait envoyé à l'Exposition universelle de Paris, en 1867, — canon qui lançait un boulet de cinq cents kilogrammes, — est, paraît-il, placé sur un des bastions du goulet. Un bâtiment ennemi qui voudrait forcer la passe serait sûrement coulé en quelques minutes.

La ville est ouverte, mais il est question de l'entourer de forts détachés. Je crois même que les études sont commencées sur le terrain, et les travaux vont être menés rapidement

X

Après être restés vingt-quatre heures à Kiel, nous partons, dans la soirée du 18 juin, mais sans prendre de pilote, afin de remonter au nord jusqu'à Copenhague.

Le capitaine Ollive avait alors repris la direction du *Saint-Michel*, et Thomas Pearkop passait, en conséquence, du rôle de « grande utilité » à celui de « grande inutilité ».

Ainsi que je vous l'ai déjà expliqué, il faisait autre chose que du pilotage, ou plutôt il essayait de faire autre chose, sans trop y réussir. Son instinct de marin, son amour du métier, reprenait malgré lui le dessus. Il s'occupait de la route, préparait la sonde, relevait le loch, fouillait l'horizon d'un œil toujours infaillible, continuait d'apercevoir les feux et la terre avant tout le monde, et, finalement, donnait son avis au capitaine, qui en profitait ou n'en profitait pas, à son gré.

La navigation de Kiel à Copenhague n'offre aucune difficulté; seulement, elle demande une surveillance de tous les instants ; en effet, les terres du Danemark, îles ou continents, sont basses, et, dans certaines parties, le chenal est assez étroit.

Cette nuit fut splendide. Nous étions alors dans les plus longs jours de l'année et par cinquante-six degrés de latitude septentrionale. Aussi le soleil ne disparut-il sous l'horizon que fort tard dans la soirée. Mais comme il se fit prier! Il semblait ne quitter qu'à regret le ciel resplendissant de ses feux. Avec un peu de poésie, mêlée de quelque mythologie, on aurait pu le croire jaloux de sa sœur Phœbé, qui montait, pâle et timide, à l'horizon opposé, et attendait sa disparition pour régner en souveraine dans l'azur profond de la nuit.

Le ciel était alors embrasé comme par le reflet d'un immense incendie. Les nuages légers, qui escortaient l'astre du jour, devenaient d'un rouge tellement ardent que nos yeux avaient peine à en soutenir l'éclat. La mer roulait de l'or en fusion. Au milieu de cette débauche de lumière, un seul petit nuage boudeur, resté tout noir, formait avec ses flamboyants voisins un contraste vraiment curieux : il semblait être en pénitence. Sans doute Phœbus en eut pitié, car, avant de disparaître dans les flots, il l'inonda de ses plus chauds rayons et concentra longtemps encore sur lui les derniers reflets d'un crépuscule qui semblait ne plus pouvoir finir.

La lune avait désormais le champ libre pour jouir paisiblement des quelques heures que lui laissait le soleil. Nous la regardions monter lentement, quand une exclamation de mon frère vint détourner notre attention et reléguer Phœbé au second plan.

« Une comète ! s'écria-t-il. Voyez la belle comète ! »

Chacun se retourne aussitôt, et là, à quelques degrés au-dessus de l'Étoile polaire, juste au méridien inférieur, nous apercevons l'astre magnifique qui faisait à nos yeux charmés sa première apparition.

Grande fut notre surprise. Avant notre départ,

on avait bien parlé d'une comète, mais les astronomes avaient eu soin de prévenir l'humble foule des mortels qu'ils ne la verraient pas dans notre hémisphère. Était-ce donc un nouvel astre, ou la comète déjà signalée s'était-elle moquée des affirmations de nos savants ?

Quoi qu'il en soit, nous admirions depuis quelques minutes sa forme élégante et la gracieuse courbure de sa queue, à travers laquelle on distinguait les étoiles, quand, soudain, un bruit formidable, celui d'une charrette lourdement chargée, enfin quelque chose d'effrayant, se fit entendre! Une espèce d'avalanche semblait se précipiter sur le pont du yacht!

J'allais, je crois, crier : « Sauve qui peut! », lorsque j'eus l'explication de ce phénomène singulier.

C'était tout simplement Thomas Pearkop qui accourait en rugissant : *The comet! the comet! what a fine comet!*

« Trop tard! lui répondons-nous en gens heureux de prendre notre revanche, trop tard, beaucoup trop tard pour un « gentleman » qui possède d'aussi bons yeux et une si excellente lorgnette! Pendez-vous, brave Pearkop, nous avons vu la comète avant vous! »

Il ne se pendit pas, mais il s'en alla piteusement, l'oreille basse, légèrement vexé de nos plaisanteries.

Aussi l'entendit-on bientôt crier d'une voix un peu rageuse :

« Mousse, un verre d'eau-de-vie,... bien plein! »

Ce « bien plein » annonçait d'abord un progrès marqué dans la langue française, et ensuite un véritable besoin de consolation, qui rendit à notre brave pilote toute sa belle humeur.

XI

Le lendemain matin, 19 juin, à sept heures, le *Saint-Michel* arrivait à l'entrée du Sund. Il faisait un calme plat. Pas un souffle de vent, pas une seule ride à la surface de la mer. Quelques centaines de mouettes poussaient de joyeux cris en rasant les eaux tranquilles. De nombreux navires attendaient, à l'ancre, que la brise se levât pour faire route. Plusieurs steamers, rayant l'horizon de leur long panache de fumée, indiquaient l'approche d'un grand port de commerce.

Vers dix heures, Copenhague commence à émerger de la brume, avec ses clochers, ses parcs et les mâts des navires mouillés dans son port. Le *Saint-Michel* en était encore éloigné de dix à douze milles.

A cet endroit, le Sund ne mesure pas plus de trois à quatre brasses de profondeur. Les grands navires et les bâtiments de guerre, qui viennent de la mer du Nord dans la Baltique, ou *vice versa*, ne peuvent le traverser; ils sont obligés de faire le tour de l'île de Zeeland et de passer par le Grand Belt ou par le Petit Belt.

La mer est ici d'une telle transparence qu'on en distingue facilement le fond. Des champs d'algues marines forment un tapis d'un vert foncé, sur lequel tranche vivement le vert plus clair des pousses nouvelles. Rien n'est plus charmant que de suivre, en se penchant au-dessus des lisses, les variations de la lumière sur cette végétation sous-marine, qui s'éclaire ou s'assombrit suivant la hauteur du fond. Parfois un poisson, effrayé de la brusque apparition de notre yacht, s'élance de sa retraite et illumine de ses reflets argentés les obscures profondeurs, dans lesquelles il va chercher un refuge. Par moments, il semble même y avoir si peu d'eau sous la quille du navire, qu'on pense malgré soi à un échouage possible; mais ce n'est qu'une illusion produite par la limpidité de la mer.

Cependant le yacht s'approche rapidement du port; bientôt il dépasse les îlots fortifiés qui défendent la rade et les batteries rasantes de la citadelle des Trois-Couronnes. Après avoir salué de son pavillon la frégate amirale danoise mouillée sur rade, vers midi, le *Saint-Michel* est amarré dans le port marchand, en face de l'arsenal, au milieu des nombreux steamers chargés de passagers, qui font le service des diverses stations des côtes de Danemark et de Suède.

XII

Pendant huit jours, le *Saint-Michel* est resté à cette place et a reçu de nombreux visiteurs. Pour la première fois, sans doute, on voyait flotter le pavillon d'un yacht français sur ce canal de la Baltique qui sépare la ville en deux quartiers. Plusieurs journalistes vinrent à bord et nous donnèrent sur le pays, sur ses mœurs, sur sa liberté civile et politique qui est absolue, des renseignements pleins d'intérêt. D'ailleurs, pendant les heures que nous ne passions pas à terre, il eût été difficile d'éprouver un seul instant d'ennui, tant est vif le mouvement du port : steamers pour le transport des passagers à tous les points des côtes danoises, suédoises ou norvégiennes, navires de commerce qui entrent à pleine voile ou se mettent à la traîne de petits remorqueurs de grande force, malles dont la cloche annonce le départ à toute heure du jour ou de nuit, il y a là une activité bien faite pour émerveiller les regards.

Je n'entreprendrai pas de décrire les musées de Copenhague, pas plus que je n'ai décrit ceux de Rotterdam, d'Amsterdam et de la Haye. D'autres l'ont fait, qui avaient plus que moi qualité pour le faire. Il faudrait une plume plus savante que la mienne pour révéler au lecteur les merveilles contenues dans le musée ethnographique, collection unique au monde de curiosités chinoises, japonaises, américaines, indiennes et groenlandaises, dans le Musée *des Antiquités du Nord*, dans celui de Rosenborg, qui reprend l'histoire des bijoux, des armes, des meubles, des tapisseries, où le premier l'a laissée, et dans celui de Thorwaldsen, vaste monument funéraire d'architecture étrusque, où se trouvent réunies toutes les œuvres du grand sculpteur danois dont il porte le nom.

Dans cette relation rapide, je n'ai voulu mettre en lumière que les points peu connus, et plus principalement Wilhelmshaven, le canal de l'Eider et la baie de Kiel.

Je me bornerai à ajouter que, pendant notre visite

au musée *des Antiquités du Nord* et au musée de Rosenborg, nous étions accompagnés par le chambellan Worsoë, ancien ministre de l'instruction publique à Copenhague, le véritable organisateur de ces merveilleuses collections. Ce savant aimable s'était mis à notre disposition pour nous montrer les trésors artistiques qu'il a réunis et classés avec le soin jaloux de l'homme passionné pour la science. Aussi notre visite, dans ces salles, qui ont chacune conservé leur physionomie du temps, depuis la Renaissance jusqu'à la Restauration, a-t-elle emprunté aux explications si claires qu'il nous a données, un intérêt absolument exceptionnel.

Copenhague, autrefois simple hameau de pêcheurs, où fut élevé un château-fort contre les pirates de la Baltique, était devenu la capitale du royaume Danois dès le milieu du quinzième siècle. Cette cité compte aujourd'hui près de quatre cent mille habitants. Depuis qu'on a abattu ses fortifications, la ville a pris un très grand développement, et, si elle continue à s'accroître si rapidement, elle absorbera bientôt presque toute la population du Danemark.

C'est maintenant une ville moderne, qui s'est dégagée des incendies de 1728 et de 1736, et du bombardement de 1808. Les quartiers nouveaux sont superbes, avec leurs larges boulevards et ces squares immenses où les eaux vives abondent. Le jardin de Tivoli, tracé précisément sur l'emplacement des anciennes fortifications, est un établissement sans rival au monde. C'est le rendez-vous de tous ceux qui veulent passer une agréable soirée, et son très artiste directeur, M. Bernard Olsen, a justement mérité le succès qui a couronné ses efforts.

Rien de plus charmant, en effet, qu'une soirée à Tivoli, surtout les jours de grande kermesse. Le jardin est alors illuminé d'une façon ravissante; la lumière, variée par des verres de couleur, ruisselle sous les grands arbres; des barques, ornées de lanternes vénitiennes, circulent sur le petit lac intérieur; pas un café, pas un théâtre, qui ne mette sa note dans cette fête des yeux; le palais Turc semble avoir été transporté des rives du Bosphore en ce lieu enchanté, et un labyrinthe, établi sur les dessins de l'architecte français, Le Nôtre, mais considérablement agrandi par des perspectives lumineuses, vous retient prisonnier malgré vous, si vous ne possédez pas le fil d'Ariane.

Deux excellents orchestres font entendre tour à tour de la musique sérieuse et de la musique légère. Des théâtres avec ballets bien montés, des acrobates plus ou moins étonnants, offrent un spectacle varié et approprié à tous les goûts : vous n'avez que l'embarras du choix.

Enfin, pour ceux qui aiment les émotions d'une descente rapide, les montagnes russes, avec trois ressauts successifs, — et quels ressauts, surtout le dernier ! — les montagnes russes vous procurent, pour soixante centimes, une angoisse d'une demi-minute. Par exemple, la première fois qu'on en essaye, on n'est pas plus tôt parti qu'on le regrette. Au premier ressaut, on voudrait bien s'en aller; au deuxième, on pense à sa famille ; mais au troisième, le choc est tellement brutal, le wagonnet qui vous emporte semble si bien sortir des rails par suite de l'effrayante vitesse acquise, qu'on ferait volontiers son testament si, un instant après, unchoc final n'indiquait la fin du supplice, en vous projetant dans les bras des employés placés là pour vous recevoir. On est arrivé !

Vous croyez peut-être qu'après cet horrible voyage on en a assez ? Pas du tout : on recommence.

XIII

Copenhague ne possède pas d'édifices dignes d'être remarqués. Toutefois la Bourse, bâtie par Christian IV, est une très ancienne construction en briques, d'un cachet particulier, que surmonte un clocheton fait avec les queues entrelacées de quatre monstres fantastiques. On peut citer aussi le château de Christianborg, qui est le siège de la diète; le palais d'Amalienborg, dans le goût du dix-huitième siècle, où réside le roi; le théâtre royal de Kongens-Nytorv, dont l'ordonnance est superbe, et le château de Rosenborg, élevé en 1607 dans le parc du même nom.

Après l'église Notre-Dame, dont le chœur est orné de treize statues de Thorwaldsen représentant le Christ et les apôtres, je dois mentionner plus spécialement l'église de Frelsers, située dans l'île d'Amager, de l'autre côté du port. Ce monument n'a aucune valeur architecturale; mais un clocher fort élevé le domine, au sommet duquel on ne peut arriver que par une rampe extérieure s'enroulant en colimaçon autour de la flèche. Il faut avoir le cœur solide pour mener à bien cette ascension. Mon frère, dans son *Voyage au Centre de la Terre*, nous fait assister à une « leçon d'abîme » que le professeur Lidenbrock donne à son neveu Axel sur cette rampe vertigineuse.

Le jour où nous y sommes montés, mon fils et moi, le temps était très clair. La vue s'étendait fort loin, embrassant, du nord au sud, le Sund dans sa longueur; mais il faisait une brise d'est carabinée, qui rendait toute observation difficile. Ce n'était pas trop de nos deux mains, accrochées au garde-fou, pour nous retenir et résister à la violente poussée du vent. Donc, impossible de nous servir de nos lorgnettes. Aussi ne pûmes-nous reconnaître le pavillon d'un bâtiment rapide à deux cheminées jaunes, qui arrivait sur rade de Copenhague et saluait de vingt et un coups de canon le pavillon danois flottant sur la citadelle.

En se tournant vers le nord, on aperçoit, à l'extrémité du Sund, la petite ville d'Elseneur. Entre Elseneur et Copenhague s'étend une immense forêt, aux arbres gigantesques, parsemée de nombreuses villas. C'est dans cette forêt, véritable faubourg de Copenhague, à laquelle conduit la belle promenade de Langelinie tracée sur le bord de la mer, que les riches familles danoises ont établi leurs résidence d'été. On s'y rend par des steamers qui desservent tous les points de la côte et accostent de longs « piers », sortes d'estacades de bois ou de fer, pittoresquement allongés sur la rade. C'est là une excursion charmante que nous comptions faire le lendemain, en allant, à Elseneur, visiter le château de Kronborg.

Ce château défend l'entrée septentrionale du Sund, et c'est dans cette vieille forteresse que Shakespeare a placé les grandes scènes de sa sombre tragédie d'*Hamlet*.

Mais, malgré l'intérêt que nous prenions à ce remarquable panorama, il fallait songer au départ; la place n'était plus tenable : les rafales augmentaient de violence, et par moments le clocher semblait osciller sous leur puissant effort.

Mon fils, moins aguerri que moi, commençait à souffrir de ce mouvement de trépidation, extrêmement pénible quand on le subit à cent mètres en l'air; il verdissait à vue d'œil, comme s'il eût eu le mal de mer, son regard se troublait... il était temps de partir.

Nous commençons donc à descendre. Si habitué que je fusse aux courses dans les montagnes, cette rampe, s'enfonçant en tire-bouchon dans le vide, produisait sur moi une impression désagréable. Sans être aussi vert que mon fils, j'étais déjà pâle, et il n'aurait pas fallu que la situation se prolongeât bien longtemps pour m'amener au même point que lui.

Nous étions déjà descendus d'une douzaine de mètres, lorsque surgit tout à coup un obstacle inattendu.

Une dame de cinquante et quelques années, coiffée d'un immense chapeau rose et affublée d'une robe vert pomme, rappelant par sa coupe étriquée la forme gracieuse d'un fourreau de parapluie, barrait ce passage, étroit même pour une seule personne.

Cette dame, qui devait être Allemande, était suivie de ses onze enfants! Oui, vous avez bien lu, de ses onze enfants, et qui vous dit qu'elle n'en eut pas d'autres.

La caravane qu'elle conduisait se terminait, à cinq ou six mètres plus bas, par un très gros monsieur, le mari sans aucun doute, suant, soufflant, ruisselant pour deux.

Que faire? Le cas était épineux. Remonter, je ne le pouvais guère, sans m'exposer à recevoir l'orage. Le plus sage était évidemment d'avancer; mais il fallait alors faire reculer toute cette smala, car il n'était pas possible de se croiser sur une pareille échelle.

C'était fort embarrassant. La mère jetait sur moi

des regards furieux et semblait se préparer à la lutte. Son mari, qui, de l'arrière-garde, ne pouvait se rendre compte de la difficulté, poussait de sourds grognements et paraissait de très méchante humeur.

Le mieux était donc de parlementer avec les nouveaux venus et d'essayer de les faire rétrograder.

« Nous ne pouvons pas reculer, madame, nous ne le pouvons pas! dis-je d'un ton affirmatif.

— Mais, monsieur, répondit-elle dans un français germanisé que je parvins à comprendre, nous avons bien le droit....

— Sans doute.... Mais, vous le savez, il y a des occasions où la force prime le droit, et nous sommes « forcés » de descendre! »

Et, en même temps, je lui montrais la figure de plus en plus décomposée de mon fils.

Cela était tellement significatif, que, sans hésiter, la caravane recula en désordre. Ce fut aussitôt un sauve-qui-peut général. En vingt secondes, la rampe était libre, l'ennemi avait disparu, et nous descendions tranquillement les vingt mètres qui nous séparaient de l'escalier intérieur du clocher de Frelsers-Kirke.

XIV

Le lendemain matin, à sept heures, nous embarquions sur un paquebot à hélice, qui démarrait du grand quai de bois de Copenhague et partait pour Elseneur. Ces rapides steamers, uniquement destinés au service du littoral danois, offrent beaucoup de confortable aux passagers. Leurs salons sont vastes, bien décorés, et le « spardeck » qui occupe tout l'arrière permet aux touristes d'admirer à leur aise cette côte ravissante depuis Copenhague jusqu'à l'extrémité nord du détroit.

Elseneur est une petite ville de neuf mille habitants, à laquelle s'approvisionnent la plupart des navires engagés dans le Sund, et Dieu sait s'il en passe! Il y a là un petit port pittoresque, qui fait pendant à celui d'Helsingborg, sur la côte suédoise, de l'autre côté du détroit.

Aussitôt débarqués, vers neuf heures et demie, la question du déjeuner est résolue dans *l'hôtel d'Oresund*, où nous sommes confortablement reçus; puis, sans perdre un instant, nous allons visiter le château de Kronborg, qui est le grand attrait de cette excursion.

La chapelle est fort curieuse et mérite qu'on s'y arrête. De l'intérieur du château, il n'y a pas grand'-chose à dire. Les nombreuses pièces qu'il renferme sont ornées de tableaux sans grande valeur. Mais la vue qu'on a des fenêtres, et surtout de la plate-forme de la tour carrée qui domine la forteresse est vraiment superbe.

Le Sund était alors sillonné en tous sens par des navires de toutes dimensions, galiotes, goélettes, trois-mâts, bricks, steamers, les uns remontant, les autres descendant le détroit. J'estime à plus de cinq cents le nombre des bâtiments anglais, suédois, danois, norvégiens, qui se montraient à la fois sur ces eaux paisibles.

Ni la baie de Naples, ni l'entrée du Bosphore, ni le détroit de Messine, vu de Taormine, ne sont supérieurs en beauté à cette entrée du Sund. En face se profile la côte suédoise, avec quelques montagnes au fond, et la ville pittoresque d'Helsingborg au premier plan. Au nord, le Kattégat, aux eaux bleu d'azur, aux rivages capricieusement découpés, s'élargit brusquement par une baie profonde, qui s'arrondit vers l'ouest. Dans les autres directions, l'œil se repose sur la campagne si verte de ce beau pays. Impossible de rêver un ensemble plus harmonieux. Aussi est-ce à regret qu'il faut s'arracher à un pareil spectacle!

Mais, pour ne point manquer le bateau de Copenhague, il n'y avait pas une minute à perdre. Nous allions donc partir, lorsque apparut à l'horizon du Kattégat une masse de fumée, au-dessous de laquelle on pouvait distinguer de gros points noirs régulièrement espacés.

« Tiens, m'écriai-je, on dirait une escadre qui se dirige à toute vapeur vers le Sund !

— C'est sans doute l'escadre anglaise, répond Robert Godefroy. Jai lu dans les journaux qu'elle a quitté Portsmouth pour Copenhague, sous le commandement du duc d'Édimbourg.

— Alors, me fit observer mon frère, le bâtiment rapide qui a salué hier, pendant que vous étiez au sommet du clocher de Frelsers-Kirke, c'était très probablement la mouche de l'escadre venant annoncer son arrivée à Copenhague.

— Ma foi, tant pis, dis-je à mon frère, nous manquerons le bateau, mais il faut voir les vaisseaux anglais donner dans le Sund. »

Environ une heure après, l'escadre anglaise, forte de huit cuirassés, défilait devant Elseneur, chaque bâtiment à sa distance réglementaire, l'amiral en tête.

Ce spectacle valait bien une heure de retard.

A quatre heures, nous reprenions le bateau, qui, vers six heures, rentrait à Copenhague, en passant à quelque distance des vaisseaux anglais, mouillés au large de la citadelle, à cause de leur grand tirant d'eau.

XV

En arrivant à bord du *Saint-Michel*, la première personne qui se montre, c'est le « gentleman ». Il semblait nous attendre avec la plus grande impatience.

Comme il faisait très chaud, Thomas Pearkop s'était mis en bras de chemise et présentait ainsi un aspect tout nouveau. Son vaste pantalon à pont, de gros drap bleu, lui montant jusqu'aux aisselles, rappelait par sa longueur ceux que les parents prévoyants font faire à leurs enfants en train de grandir. Des bretelles en tapisserie rose, très courtes et brodées de fleurs bleues, retenaient cette culotte prodigieuse, dans laquelle, au moindre effort, le « gentleman » semblait devoir disparaître en entier. Des poches immenses, de véritables crevasses, s'ouvraient dans les flancs de cet édifice gigantesque, et leur gonflement indiquait la grande quantité d'objets de toutes sortes que recélait leur profondeur.

Thomas Pearkop ignorait que nous revenions d'Elseneur. Sur sa bonne grosse figure perçait un vif sentiment d'orgueil. Aussi fut-ce avec une certaine solennité qu'il nous dit :

« *Gentlemen, the british squadron! You did not see the british squadron?*

— Oui ! lui répondis-je, oui, certainement, nous l'avons vue, l'escadre anglaise ! Vous êtes encore en retard comme pour la comète, mon brave pilote ! Mais, consolez-vous, ce n'est pas votre faute ! Vous ne pouviez pas apercevoir l'escadre avant nous, puisque nous étions à Elseneur quand elle a donné dans le Sund, et que....

— Cela devait être bien beau ! » s'écria Thomas Pearkop, sans me laisser achever, mais avec un tel sentiment d'envie et une si vive expression de regret de n'avoir pu assister à ce spectacle, que je cessai immédiatement mes plaisanteries devant cette explosion de patriotisme.

Assurément les Anglais ont quelques travers. Quel est le peuple qui n'en a pas ? Il faut cependant leur rendre justice : quand il s'agit de leur flotte, de leur armée, de leurs volontaires, du gouvernement de leur pays, il est impossible de les trouver ridicules, même dans leurs exagérations. La fibre patriotique, lorsqu'on les met sur ces sujets, vibre facilement chez eux, trop facilement peut-être, mais qui pourrait les en blâmer?

Que leurs ministres se trompent, qu'ils commettent erreur sur erreur, jamais un Anglais n'en conviendra devant un étranger. Voyez leur presse, lisez leurs grands journaux, même ceux qui sont le plus hostiles au gouvernement, vous n'y trouverez pas d'articles grossiers, de factums injurieux, d'épithètes malsonnantes et malséantes. Le ton reste toujours courtois, et, s'il cessait de l'être, le journal perdrait promptement ses abonnés. Une longue et tranquille pratique de la liberté de la presse les a conduits à n'en jamais abuser.

XVI

Dès le lendemain de notre arrivée à Copenhague, nous avions été faire visite au ministre de France et au chancelier de la légation. Ils nous avaient reçus d'une façon fort aimable, et, sur notre invitation, avaient promis de venir à bord du *Saint-Michel*.

Le jour fixé, pensant qu'il serait agréable à nos hôtes d'aller se promener en rade, les feux avaient été allumés, et le *Saint-Michel* était en pression lorsqu'ils arrivèrent à bord.

Après une rapide visite au yacht, dont ils observèrent la bonne tenue et les excellentes dispositions, mon frère leur proposa d'appareiller, — proposition qui fut acceptée avec plaisir.

Sans perdre une minute, nos amarres furent larguées, et, un quart d'heure après, le *Saint-Michel* arrivait à quelques encâblures du vaisseau amiral anglais *Hercules*.

Tous les bâtiments de l'escadre, sauf un seul, — je ne sais pour quelle raison, — avaient hissé le grand pavois. L'*Hercules* portait à son grand mât le pavillon royal d'Angleterre, qu'on arbore seulement dans les circonstances solennelles.

A côté, comme pour bien marquer le lien de famille qui unit le Danemark à la Grande-Bretagne, flottait le pavillon danois.

Le roi de Danemark était, en ce moment, l'hôte du duc d'Édimbourg. Christian XII rendait au fils de la reine d'Angleterre la visite que celui-ci lui avait faite la veille au château d'Amalienborg.

Pour peu que cette visite ne se prolongeât pas trop, nous allions donc assister au départ du roi, dont le yacht était mouillé à quelques encâblures de l'*Hercules* et au salut royal que devait faire à cette occasion l'escadre anglaise.

C'est un salut fort important, surtout lorsque les bâtiments sont nombreux et armés de gros canons. Chaque vaisseau tire en même temps que l'amiral une salve de vingt et un coups, pendant que les matelots, debout dans les hunes et sur les vergues, poussent avec ensemble de vigoureux : *Hip! hip! hip! hurrah!*

Ce spectacle très intéressant est de plus extrêmement rare. C'était une véritable bonne fortune que de pouvoir y assister.

Bientôt le yacht du roi se met en mouvement et vient se placer à une demi-encâblure de l'*Hercules*, dont le *Saint-Michel* s'est rapproché, en se tenant un peu en arrière, tout près du cuirassé *le Warrior*.

Quelques minutes s'écoulent. Christian XII, accompagné du prince héritier et de plusieurs membres de la famille royale, paraît à la coupée de l'*Hercules*.

Le roi, après avoir serré la main au duc d'Édimbourg, descend dans son canot et se dirige vers son yacht, suivi de nombreuses embarcations portant les personnes de sa suite.

A ce moment, le ciel, jusqu'alors couvert, s'éclaircit. Un rayon de soleil perce les nuages et vient frapper les uniformes étincelants des officiers danois de l'escorte.

La tente de pourpre, recouvrant l'arrière du canot royal, paraît toute illuminée de reflets dorés, et les personnages qu'elle abrite semblent entourés d'une brillante auréole.

Par un contraste saisissant, les coques des vaisseaux anglais, massives et sombres, montrent à chaque sabord leurs puissantes pièces d'artillerie, terribles instruments de destruction; mais, comme pour faire oublier cette note lugubre, les flammes et les pavillons de toutes les couleurs flottent dans un pêle-mêle chatoyant jusqu'à la pomme des mâts, et, se déroulant à la brise, jettent sur ce tableau grandiose la note gaie des jours de fête.

Mais, attention ! au coup de sifflet, les matelots anglais se sont rapidement répandus sur les vergues. Une sonnerie de clairon retentit. Les *hip! hip! hip! hurrah!* éclatent, stridents, poussés par les solides poitrines de John Bull. Une seconde sonnerie... et la salve commence.

En un instant, le *Saint-Michel* est enveloppé de fumée. Au calme qui régnait succède le vacarme le plus effroyable. Malgré les détonations de l'artillerie, les *hip! hip! hip!* perçants des matelots anglais dominent comme un soprano aigu sur une basse profonde. Notre yacht était si près du *Warrior*, qu'à chaque coup de ses gros canons il tremblait jusqu'à sa quille, tandis que l'air, refoulé brutalement, venait nous frapper au visage, comme un souffle d'ouragan.

Cette impression n'est pas sans charme. On est d'abord un peu excité par ces violentes détonations; mais on s'y fait promptement, on s'en grise, et l'on finit par les trouver encore trop faibles.

Dans ce concert monstre, impossible de découvrir la moindre idée musicale. Tout au plus perçoit-on une gamme peu étendue, formée par les différents calibres des pièces. Lorsque Richard Wagner aura épuisé toutes les ressources actuelles de l'orchestration, quand il aura fait fabriquer des instruments de cuivre tellement volumineux qu'il faudra se mettre une douzaine à souffler dedans pour en tirer un son, il trouvera peut-être dans les canons de trente, de cinquante et même de cent tonnes, des auxiliaires précieux. Ces instruments nouveaux lui seront d'autant plus utiles, que les auditeurs, devenus absolument sourds, applaudiront de confiance aux combinaisons harmoniques, quelquefois extravagantes, du maître allemand.

Mais c'est Thomas Pearkop qu'il fallait voir pendant cette cérémonie : il rayonnait; les yeux lui sortaient de la tête, des sons inarticulés s'échappaient de sa vaste poitrine, et, un peu plus, il eût lancé des *hip! hip! hip!* avec autant de vigueur que ses compatriotes.

Le digne homme était tellement heureux que, peut-être, — remarquez bien ma restriction, — peut-être, si, avant de quitter le port, nous lui avions tenu ce langage :

« Pearkop, l'escadre anglaise, votre escadre dont vous êtes si fier, va faire le salut royal à Sa Majesté le roi de Danemark! Nous allons assister à cette magnifique cérémonie; mais, comme nous trouvons votre note de pilotage, — trente livres! — un peu salée, nous ne vous emmènerons en rade que si vous consentez, ici même, à réduire ladite note à vingt livres, et c'est encore bien payé! Si vous refusez, vous allez descendre à terre pendant notre excursion et vous ne serez pas de la fête!... Choisissez! »

Eh bien, assurément, étant donnés son patriotisme, le juste orgueil que lui inspirait la vue de son escadre, l'admiration qu'il éprouvait pour ses cuirassés, il aurait hésité, marchandé, et, finalement, il eût été capable de.... Non, décidément, sacrifier dix livres! jamais!... Plutôt rester à terre!

Avant de quitter la flotte anglaise, qu'on me permette d'exprimer ici le regret que beaucoup de Danois, à Copenhague et dans la partie annexée à la Prusse, ont maintes fois manifesté, de l'absence à peu près complète du pavillon français dans ces mers.

L'Angleterre ne se laisse pas oublier, elle. Outre ses nombreux navires de commerce qui sillonnent ces parages de la Baltique et de la mer du Nord, elle a envoyé, cette année, une escadre de vaisseaux cuirassés à Copenhague et à Saint-Pétersbourg. Il serait bien facile à la France d'en faire autant, même de faire mieux, et d'aller ainsi au-devant du chaleureux accueil qui lui serait réservé.

En effet, la flotte anglaise qui a paru dans les eaux de Copenhague n'était composée presque entièrement que de vieux vaisseaux sans grande valeur. On y voyait le *Warrior*, le premier cuirassé que l'Angleterre ait fait, et qui remonte à l'époque où nous avons construit la *Gloire*. Le seul bâtiment un peu moderne était le vaisseau amiral *Hercules*, et pourtant son artillerie est loin d'égaler en puissance celle dont sont armés présentement nos cuirassés.

Si nous voulions éclipser l'Angleterre, il suffirait d'envoyer une division dans laquelle figureraient la

Dévastation, avec ses pièces de cinquante tonnes, l'*Amiral-Duperré*, le *Redoutable*, et comme croiseur, le *Duquesne* ou le *Tourville*, qui atteignent une vitesse de dix-huit à dix-neuf nœuds.

Il est vrai que les Anglais pourraient nous opposer leur vaisseau *l'Inflexible*, avec ses canons de quatre-vingts tonnes. Mais ce bâtiment, d'après les critiques qu'on en a faites publiquement à la Chambre des Communes, est loin d'être sans défaut. Il est cuirassé seulement au centre, et on se demande ce qui arriverait si ses extrémités, percées par de gros projectiles, venaient à se remplir.

XVII

Nous devions quitter Copenhague ce jour-là, mais une invitation à dîner chez le ministre de France, qui fut suivie d'une soirée des plus agréables, retarda notre départ de deux jours. Ce retard nous permit de visiter l'admirable parc de Frederiksberg, qui est maintenant un faubourg de la capitale agrandie.

Le lendemain matin, dimanche 26 juin, après

avoir débarqué notre ami Robert Godefroy, qui, par Malmô, Stockholm, Christiania, Drontheim, allait compléter ce voyage en allant dans le Finmark jusqu'à Hammerfest et au cap Nord, le *Saint-Michel* faisait route pour Boulogne. Après avoir repassé par le canal de l'Eider, quatre jours après, il venait mouiller à Deal sur la rade des Dunes.

C'était là le pays natal de Thomas Pearkop. C'est là qu'il allait être rendu à sa famille, bien portant, bien dodu, et muni d'un superbe certificat constatant une fois de plus ses capacités de *Pilot for the North sea.*

Il va sans dire que Thomas Pearkop emportait avec lui son fameux sac.

Eh bien, ce sac invraisemblable, qui renfermait déjà tout un monde, et dans lequel il eût semblé impossible d'introduire une épingle, ce sac était encore plus gros et plus lourd quand Thomas Pearkop quitta le *Saint-Michel.* Il contenait en plus quatre bouteilles de vin fin, deux bouteilles de liqueur et quelques autres articles de victuailles, que nous lui avions offerts de bon cœur pour mistress Pearkop, malade depuis deux ans, d'une maladie grave qui laissait peu d'espoir à son mari.

Ce qui m'a surtout frappé, c'est que les réconfortants étaient nécessaires à mistress Pearkop. Puissent ceux que lui a apportés ce mari modèle avoir produit un bon effet! Mais je n'affirmerais pas qu'ils ne se soient point trompés de route, et qu'ils n'aient pas été réconforter sans nécessité « le gentleman », au grand dommage de son intéressante moitié, si elle comptait là-dessus pour guérir!

Restait le règlement de compte de ce pilotage d'un mois à travers la mer du Nord, et il se fit sans difficulté.

Ce règlement s'élevait à un chiffre respectable, qui fut respecté. Thomas Pearkop, venu à bord du *Saint-Michel* pour y rester une demi-heure au prix d'une demi-livre, y était resté vingt-sept jours au prix de trente.

Cette somme fut donc étalée sur la table de la salle à manger en beaux louis d'or, — la livre anglaise étant comptée à vingt-cinq francs vingt-cinq centimes, — et elle fut exactement parfaite avec quelque menue monnaie anglaise.

L'œil de Thomas Pearkop jeta un éclair; puis, le tout disparut, non sans remerciements, dans l'énorme poche.

En ce moment, le petit canot était armé. Le « gentleman » y descendit et se dirigea vers le pier de Deal, dont notre yacht s'était rapproché à moins d'une encâblure.

Mais voici que le mousse s'approche de mon frère, et d'un air tout effaré lui dit :

« Monsieur !

— Grand Dieu ! qui y a-t-il ?

— Monsieur, il emporte dans son sac un morceau de savon du bord !

— Ah ! mousse, voilà qui n'est pas délicat, répondit mon frère en plaisantant, et cela m'étonne de la part d'un si honnête homme que ce brave Thomas Pearkop !

— Eh ! mais non ! m'écriai-je ! Il n'y a pas même cela à lui reprocher ! Voici le canot qui revient, et Thomas Pearkop, qui nous rapporte le morceau de savon ! »

En effet, le canot ralliait le bord, et le « gentleman » nous faisait un petit signe de la main.

Arrivé à la coupée, le canot s'arrêta, et, debout à l'arrière de l'embarcation, Thomas Pearkop allait m'adresser la parole, quand je le prévins en disant :

« Eh ! mon ami, ce n'était vraiment pas la peine de revenir pour si peu de chose !

— Si peu de chose, répondit Thomas Pearkop dans son anglais le plus insinuant, mais, monsieur, vous ne m'avez compté la livre qu'à vingt-cinq francs vingt-cinq !

— Sans doute, répondis-je, assez surpris de cette observation inattendue. Est-ce que ce n'est pas sa valeur au cours du jour?

— Pas tout à fait, monsieur, reprit le « gentleman », c'est vingt-cinq francs vingt-six, et vous me redevez trois pence!

— Trois pence! Six sols! Les voilà, mon brave Pearkop, et maintenant nous sommes quittes, n'est-ce pas?

— *All right*, messieurs.

— *All right!* »

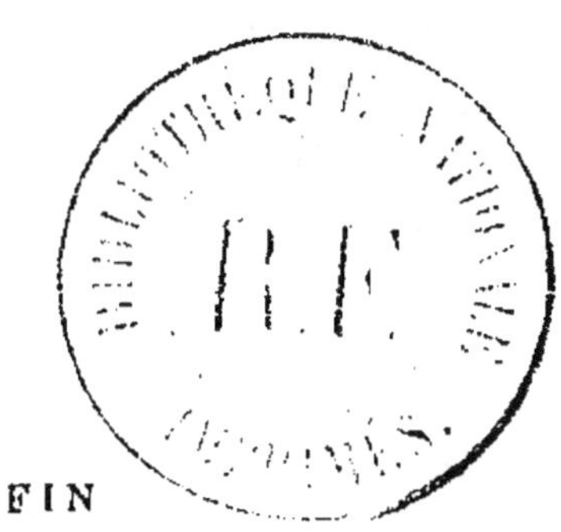

FIN

TABLE DES MATIÈRES

I. Manao 1
II. Les premiers instants 8
III. Un retour sur le passé 18
IV. Preuves morales 28
V. Preuves matérielles 40
VI. Le dernier coup 48
VII. Résolutions 63
VIII. Premières recherches 71
IX. Secondes recherches 82
X. Un coup de canon 90
XI. Ce qui est dans l'étui 104
XII. Le document 113
XIII. Où il est question de chiffres 129
XIV. A tout hasard 143
XV. Derniers efforts 156
XVI. Dispositions prises 167
XVII. La dernière nuit 180
XVIII. Fragoso 192
XIX. Le crime de Tijuco 204
XX. Le Bas-Amazone 215

De Rotterdam a Copenhague, a bord du yacht a vapeur « Saint-Michel » 230

Paris. — Imp. Gauthier-Villars, 55, quai des Grands-Augustins.

CATALOGUE DE J. HETZEL & CIE

LIBRAIRIE SPÉCIALE

De l'Enfance et de la Jeunesse

BIBLIOTHÈQUE D'ÉDUCATION ET DE RÉCRÉATION A L'USAGE DE L'ENFANCE, DE LA JEUNESSE, DES INSTITUTIONS DE JEUNES GENS ET DE JEUNES FILLES. — BIBLIOTHÈQUES PUBLIQUES, SCOLAIRES ET POPULAIRES. — LIVRES DE PRIX. LIVRES D'ÉTRENNES.

MAGASIN ILLUSTRÉ D'ÉDUCATION ET DE RÉCRÉATION

BROCHÉS 224 fr. — Collection complète, 32 vol. — CARTONNÉS 320 fr.

CAHIERS D'UNE ÉLÈVE DE SAINT-DENIS

COURS GRADUÉ D'INSTRUCTION EN SIX ANNÉES

17 volumes. — Brochés, 57 *francs. — Cartonnés,* 61 *fr.* 50

LIBRAIRIE GÉNÉRALE

Poésies — Romans — Voyages — Histoire Sciences et Arts

PARIS

18, RUE JACOB, 18

—

Envoi *franco* contre mandat pour toute demande au-dessus de 25 fr.

SEUL JOURNAL COURONNÉ

PAR L'ACADÉMIE FRANÇAISE

32 vol. *MAGASIN ILLUSTRÉ 32 vol.

DÉPARTEMENTS **16 fr.** PARIS **14 fr.**

ET

DE RÉCRÉATION

Journal de toute la famille

Encyclopédie morale de l'Enfance et de la Jeunesse

PUBLIÉ PAR

JEAN MACÉ — P.-J. STAHL — JULES VERNE

AVEC LE CONCOURS DES ÉCRIVAINS, SAVANTS ET ARTISTES LES PLUS RÉPUTÉS

Il paraît une livraison de 32 pages tous les quinze jours, depuis le 20 mars 1864; soit un beau volume album tous les six mois.

Les 32 volumes parus contiennent 50 *grands ouvrages*, 730 *contes et articles divers, et environ* 3,600 *gravures de nos premiers artistes.*

ABONNEMENT ANNUEL

Paris : 14 fr. — Départements : 16 fr.

UNION POSTALE : 17 FR.

Les abonnements partent du 1er janvier ou du 1er juillet.

Volume br., 7 fr.; cart. toile, tr. dor., 10 fr.; rel., tr. dor., 12 fr.

COLLECTION COMPLÈTE : 32 VOLUMES

Brochés **224** fr.; cart. toile, tr. dor. : **320** fr.; reliés, tr. dor. : **384** fr.

Les tomes I à X forment une série complète.

NOTA. — Les ouvrages marqués d'un * ont été choisis par le ministère de l'instruction publique pour faire partie des catalogues des bibliothèques publiques scolaires. Le deuxième * désigne les ouvrages choisis pour être distribués en prix.

Les nouveautés du 1er janvier 1881 sont marqués d'une †.

*LES TOMES I à XXX

RENFERMENT COMME ŒUVRES PRINCIPALES

Les Aventures du Capitaine Hatteras, Les Enfants du Capitaine Grant, Vingt mille lieues sous les mers, Aventures de trois Russes et de trois Anglais, Le pays des Fourrures, L'Ile mystérieuse, Michel Strogoff, Hector Sarvadac, Les Cinq cents millions de la Bégum, de Jules VERNE. — La Morale familière, Les Contes Anglais, La Famille Chester, L'Histoire d'un Ane et de deux jeunes Filles, Une Affaire difficile à arranger, Maroussia, Un pot de crème pour deux, de P.-J. STAHL. — La Roche aux Mouettes, de Jules SANDEAU. — Le Nouveau Robinson Suisse, de STAHL et MULLER. — Romain Kalbris, d'Hector MALOT. — Histoire d'une Maison, de VIOLLET-LE-DUC. — Les Serviteurs de l'Estomac, Le Géant d'Alsace, Le Gulf-Stream, etc., de Jean MACÉ. — Le Denier de la France, La Chasse, Le Travail et la Douleur, A Madame la Reine, La Fée Béquillette, Un premier Symptôme, Sur la Politesse, Lettre à Mlle Lili, etc., de E. LEGOUVÉ. — Le Livre d'un père, de Victor DE LAPRADE. — La Jeunesse des Hommes célèbres, de MULLER. — Aventures d'un jeune Naturaliste, Entre Frères et Sœurs, Voyages et Aventures de deux enfants dans un parc, Les Voyages involontaires, de Lucien BIART. — Causeries d'Economie pratique, de Maurice BLOCK. — La Justice des choses, de Lucie B***. — Les Aventures d'un Grillon, La Gileppe, par le docteur CANDÈZE. — Vieux souvenirs, Départ pour la Campagne, Bébé aime le rouge, etc., de Gustave DROZ. — Le Pacha berger, par E. LABOULAYE. — La Musique au foyer, par LACOME. — Histoire d'un Aquarium, Les Clients d'un vieux Poirier, de E. VAN BRUYSSEL. — Le Chalet des Sapins, de Prosper CHAZEL. — L'Odyssée de Pataud et de son chien Fricot, de P.-J. STAHL et CHAM. — Le petit Roi, de S. BLANDY. — L'Ami Kips, de G. ASTON. — La Grammaire de Mlle Lili, de Jean MACÉ. — Histoire de mon oncle et de ma tante, par A. DEQUET. — L'Embranchement de Mugby, Histoire de Bebelle, Une lettre inédite, Septante fois sept, de Ch. DICKENS, etc., etc. — C'est-à-dire une Bibliothèque complète de l'Enfance et de la Jeunesse.

Les petites Sœurs et petites Mamans, Les Tragédies enfantines, Les Scènes familières et autres séries de dessins, par FRŒLICH, FROMENT, DETAILLE; textes de STAHL.

*TOMES XXXI-XXXII

La Maison à vapeur, par JULES VERNE. — Les Quatre filles du docteur Marsch, par P.-J. STAHL. — Leçons de Lecture, par E. LEGOUVÉ. — Riquette, par P. CHAZEL. — Contes et nouvelles, par C. LEMONNIER, LERMANT, BENTZON, DUPIN DE SAINT-ANDRÉ, NICOLE, BÉNÉDICT, etc.

PREMIER AGE

BIBLIOTHÈQUE DE Mlle LILI ET DE SON COUSIN LUCIEN

43 ALBUMS-STAHL IN-8°

Prix : relié toile, à biseaux, 5 *fr.; cart. bradel,* 3 *fr.*

L. Becker. . . . . . . L'Alphabet des Oiseaux.
Coinchon (A.). . . . . Histoire d'une Mère.
Detaille. . . . . Les bonnes idées de Mlle Rose.
Fath . . . . La Famille Gringalet.
— . . . . Gribouille.
— . . . . Pierrot à l'école.
— . . . . Les Méfaits de Polichinelle.
— . . . . Jocrisse et sa sœur.
Frœlich. . . . . Alphabet de mademoiselle Lili.
— . . . . Arithmétique de mademoiselle Lili.
— (texte de Macé) . . Grammaire de mademoiselle Lili.
— . . . . L'A perdu de mademoiselle Babet.
— . . . . Bonsoir, petit père.
— . . . . Les caprices de Manette.
— . . . . Commandements du Grand-Papa.
— . . . . La Crème au Chocolat.
— . . . . Journée de mademoiselle Lili.
— . . . . Jujules à l'Ecole.
— . . . . Le petit Diable.
— . . . . Mademoiselle Lili aux eaux.
— . . . . Mademoiselle Lili à la campagne.
— . . . . Monsieur Toc-Toc.
— . . . . Premier Cheval et première Voiture.
— . . . . Premières armes de Mlle Lili.
— . . . . L'Ours de Sibérie.
— . . . . Cerf agile.
— . . . . La Salade de la grande Jeanne.
— . . . . †Le 1er Chien et le 1er Pantalon.
Froment. . . . . La Boîte au lait.
— . . . . Histoire d'un pain rond.
— . . . . La petite Devineresse.
Geoffroy . . . . †Le Paradis de M. Toto.
Jundt. . . . . †L'Ecole buissonnière.
Lalauze . . . . Le Rosier du petit frère.
Lambert. . . . . Chiens et Chats.
Lançon. . . . . Caporal, le Chien du régiment.
Marie. . . . . Le petit Tyran.
Méaulle. . . . . Petits Robinsons de Fontainebleau.
Pirodon . . . . Histoire de Bob aîné.
— . . . . Histoire d'un Perroquet.
— . . . . †La Pie de Marguerite.
Schuler (Th.) . . . . Les Travaux d'Alsa.
Valton. . . . . Mon petit Frère.

13 ALBUMS-STAHL IN-8°

Prix : relié toile à biseaux, 7 fr. 50; cartonné bradel, 5 fr.

CHAM. . . . . Odyssée de Pataud.
FRŒLICH. . . . . Mademoiselle Mouvette.
— . . . . La Révolte punie.
— . . . . Petites Sœurs et petites Mamans.
— . . . . Monsieur Jujules.
— . . . . Voyage de Mlle Lili autour du monde.
— . . . . Voyage de découvertes de Mlle Lili.
FROMENT. . . . . La belle petite princesse Ilsée.
— . . . . La Chasse au volant.
GREENWOOD (J.). . . . Aventures de trois vieux Marins.
— . . . . . Pierre le Cruel.
SCHULER (TH.) . . . . Le premier Livre des petits enfants.
VAN BRUYSSEL . . . . Histoire d'un aquarium.

28 ALBUMS-LIVRES EN COULEURS IN-4°

EN CHROMOTYPOGRAPHIE ET CHROMOLITHOGRAPHIE

Prix : relié toile, tranches dorées, 3 fr.; cartonné bradel, 1 fr. 50

FRŒLICH.

Chansons et Rondes de l'Enfance. Au clair de la lune. — La Boulangère. — Le bon roi Dagobert. — Cadet-Roussel. — † Compère Guilleri. — Il était une Bergère. — Girofle-Girofla. — Malbrough. — La Marmotte en vie. — La Mère Michel et son chat. — Monsieur de la Palisse. — Nous n'irons plus au bois. — La Tour, prends garde.

Moulin à paroles. | Monsieur César.
La Bride sur le cou. | Le Pommier de Robert.
Le Cirque à la maison. | Gulliver.
Hector le Fanfaron. | Mademoiselle Furet.
Jean le Hargneux (16 pl. chromo.).

GEOFFROY . . . . Monsieur de Crac.
— . . . . Don Quichotte.
— . . . . † Leçon d'Équitation.
DE LUCHT . . . . La Pêche au tigre.
MARIE . . . . † Mademoiselle Suzon.
MATTHIS . . . . Métamorphoses du papillon.

2 ALBUMS LIVRES EN COULEURS IN-4°

Prix : relié toile, tranches dorées, 3 fr. 50; cartonné bradel, 2 fr.

FRŒLICH . . . . Mademoiselle Pimbêche.
— . . . . Roi des Marmottes.

— Philologie des langues européennes. — Précis de l'Histoire générale des études. — Biographie des femmes célèbres. — Notions géographiques complémentaires. — Morceaux choisis.

Sommaire des 4 cahiers préliminaires. — Religion. — Éducation. — Instruction. — Notions sur les trois regnes de la nature. — Connaissance des chiffres et des nombres. — Lectures. — Exercices de mémoire. — Cours d'écriture (avec modèles).

Sommaire du cahier complémentaire. — Considérations générales. — Histoire de l'Architecture. — De la Sculpture. — De la Peinture. — Gravure. — Lithographie. — Histoire de la Musique. — Astronomie. — Archéologie. — Numismatique. — Paléographie. — Minéralogie. — Algèbre et Géométrie. — De la Vapeur et de ses applications. — Télégraphie électrique. — Galvanoplastie. — De la Chloroformisation. — De la Photographie et de l'Aérostation.

ÉTUDES D'APRÈS LES GRANDS MAITRES

Dessins par A. COLIN

Professeur de dessin à l'École polytechnique

ALBUM IN-FOLIO, 20 PLANCHES. — Cartonné bradel, **20** francs

Cartonné toile, tranches dorées, **22** francs

Chaque planche collée sur carton, avec texte au dos, **1** fr. **25.**

ATLAS COMPLÉMENTAIRE

DES CAHIERS D'UNE ÉLÈVE DE SAINT-DENIS.

Atlas classique de Géographie universelle, composé de 24 planches en plusieurs couleurs, dressées par M. DUBAIL, ex-professeur adjoint de géographie à l'Ecole de Saint-Cyr. — 1 volume grand in-8, cartonné bradel. Prix · 8 fr.

Les programmes d'admission aux Écoles de l'Etat se trouvent dans les *Grandes écoles civiles et militaires de France*, par MORTIMER D'OCAGNE. — Un beau vol. in-18, 3 fr. 50. (*Voir Page 24.*)

Voir pour les *Classiques français*, p. 20

PRIX — CADEAUX — ÉTRENNES

BIBLIOTHÈQUE DES FAMILLES

ÉDUCATION
ET RÉCRÉATION

Volumes illustrés grand in-8°

ŒUVRES COMPLÈTES parues : 158 fr. BROCHÉES

JULES VERNE

(ŒUVRES COMPLÈTES)

ŒUVRES COMPLÈTES parues : 212 fr. CARTONNÉES

Voyages Extraordinaires

COURONNÉS PAR L'ACADÉMIE

TRÈS BELLE ÉDITION POPULAIRE ILLUSTRÉE

****Cinq Semaines en Ballon,** illustré de 80 dessins et vignettes par RIOU. 1 vol. in-8°, toile, tr. dorées, 7 fr.; broché . . . . 5 »

****Voyage au Centre de la Terre,** illustré de 56 dessins par RIOU. 1 vol. in-8°, toile, tr. dorées, 7 fr.; broché. . . . . 5 »

Ces deux ouvrages réunis en un seul volume grand in-8°. Relié, tr. dor., 14 fr.; toile, tr. dor., 12 fr.; broché. . . . . 9 »

****Les Aventures du capitaine Hatteras** (LES ANGLAIS AU POLE NORD et LE DÉSERT DE GLACE), illustré de 261 dessins et vignettes par RIOU. 1 vol. gr. in-8°. Relié, tr. dorées, 14 fr.; cart. toile, tr. dorées, 12 fr.; broché. . . . . 9 »

***Vingt mille lieues sous les Mers,** 111 dessins par DE NEUVILLE. 1 vol. grand in-8°. Relié, tr. dorées, 14 fr.; toile, tr. dorées, 12 fr.; broché. . . . . 9 »

JULES VERNE

(ŒUVRES COMPLÈTES. — SUITE)

****Les Enfants du capitaine Grant** (VOYAGE AUTOUR DU MONDE), 177 dessins de RIOU. 1 vol. grand in-8°. Relié, tr. dorées, 15 fr.; toile, tr. dorées, 13 fr.; broché . . . . 10 »

***L'Ile mystérieuse**, 1 vol. grand in-8, illustré de 154 dessins par FÉRAT. Relié, tr. dorées, 15 fr.; toile, tr. dor., 13 fr.; broché . . . . 10 »

***De la Terre à la Lune**, 43 dessins par DE MONTAUT. 1 vol. grand in-8, toile, tranches dorées, 7 fr.; broché . . . . 5 »

***Autour de la Lune** (suite de la TERRE A LA LUNE), 45 dessins par Emile BAYARD et DE NEUVILLE. 1 vol. grand in-8, toile, tranches dorées, 7 fr.; broché . . . . 5 »

Ces deux ouvrages réunis en un seul volume grand in-8. Relié, tranches dor., 14 fr.; toile, tranches dorées, 12 fr.; broché . . . 9 »

****Aventures de trois Russes et de trois Anglais**, 52 dessins par FÉRAT. 1 vol, grand in-8°, toile, tranches dorées, 7 fr.; broché . . . . 5 »

****Une Ville flottante**, suivie des FORCEURS DE BLOCUS. 44 dessins par FÉRAT. 1 vol. gr. in-8°, toile, tranches dorées, 7 fr.; broché . . . . 5 »

Ces deux ouvrages réunis en un seul volume grand in-8. Relié, tranches dorées, 14 fr., toile, tranches dorées, 12 fr.; broché . . . 9 »

***Le Pays des Fourrures**, 105 dessins par FÉRAT et DE BEAUREPAIRE. 1 vol. grand in-8°. Rel., tr. dorées, 14 fr.; toile, 12 fr.; broché . . . . 9 »

***Les Indes Noires**, 1 vol. illustré de 45 dessins, par FÉRAT. Cart. toile, tr. dorées, 7 fr.; broché . . . . 5 »

***Le Chancellor**, 1 vol. illustré de 58 dessins par RIOU et FÉRAT. Cart. toile. tr. dorées 7 fr.; broché . . . 5 »

Ces deux ouvrages réunis en un seul volume grand in-8. Relié, 14 fr.; toile, 12 fr.; broché . . . . 9 »

***Le Tour du Monde en 80 jours**, 80 dessins par DE NEUVILLE et L. BENETT. 1 vol. grand in-8°, toile, tranches dorées, 7 fr.; broché . . . . 5 »

***Le Docteur Ox.** 1 volume illustré de 58 dessins par SCHULER, BAYARD, FRŒLICH, MARIE. Prix : cart. toile, tr. dorées, 7 fr.; broché . . . . 5 »

Ces deux ouvrages réunis en un seul volume grand in-8. Relié, tr. dorées, 14 fr., toile, tr. dor., 12 fr.; broché . . . . 9 »

***Michel Strogoff.** 1 vol. illustré de 95 dessins par FÉRAT. Prix : relié, tranches dorées, 14 fr.; toile, 12 fr.; broché . . . . 9 »

Hector Servadac, voyages et aventures à travers le monde solaire. 1 beau vol. illustré de 100 dessins, par PHILIPPOTEAUX. Prix : relié, tr. dorées, 14 fr.; toile, tr. dorées, 12 fr.; broché . . . . 9 »

****Un Capitaine de 15 ans,** 1 beau vol. illustré de 93 dessins par MEYER. Prix relié, tr. dorées, 14 fr.; toile, tr. dorées, 12 fr.; broché. . . . . 9 »

Les Cinq cents millions de la Bégum, 1 vol. illustré de 48 dessins, par BENETT. Prix cartonné, toile, tr. dorées, 7 fr.; broché. . . . . 5 »

Les Tribulations d'un Chinois en Chine, 1 vol. illustré de 52 dessins, par BENETT. Prix : cartonné, toile, tr. dorées, 7 fr.; broché . . . . 5 »

Ces deux ouvrages réunis en un seul volume grand in-8°. Relié, tr. dorées, 14 fr.; toile, tr. dorées, 12 fr.; broché . . . . 9 »

†**La Maison à vapeur,** 1 beau volume in-8° illustré de 101 dessins, par BENETT, relié, tr. dorées, 14 fr.; toile, tr. dorées, 12 fr.; broché . . . . 9 »

****La découverte de la Terre,** 1 beau vol. illustré de 117 dessins et cartes par PHILIPPOTEAUX, BENETT, MATTHIS et DUBAIL. Prix, relié, tr. dorées, 12 fr.; toile, tr. dorées, 10 fr.; broché. . . . . 7 »

****Les grands Navigateurs du XVIIIe siècle,** 1 beau vol. illustré de 116 dessins et cartes, par P. PHILIPPOTEAUX et MATTHIS. Prix : relié, tr. dorées, 12 fr.; toile, tr. dorées, 10 fr.; broché. . . . . 7 »

†**Les Voyageurs du XIXe siècle,** 1 beau vol. in-8° illustré de 108 dessins et cartes, par BENETT. Prix : relié, tr. dorées, 12 fr.; toile, tr. dorées, 10 fr.; broché 7 »

JULES VERNE & THÉOPHILE LAVALLÉE

****Géographie illustrée de la France et de ses Colonies.** Nouvelle édition revue et complétée par DUBAIL. 108 grav. par CLERGET et RIOU, et 100 cartes par CONSTANS et SÉDILLE. 1 vol. grand in-8°. Relié, tr. dor., 15 fr.; cart. toile, tr. dor., 13 fr. ; broché. . . 10 »

VOLUMES GRAND IN-16 COLOMBIER ILLUSTRÉS

PETITE BIBLIOTHÈQUE BLANCHE

BAUDE (L.)

Mythologie de la jeunesse, 1 vol. toile, tranches dorées, aquarelle, 3 fr.; broché . . . . 2 »

DE LA BÉDOLLIÈRE

Histoire de la mère Michel et de son Chat, 1 vol. toile, tr. dorées. aquarelle, 3 fr.; broché. . . 2 »

CHAZEL (PROSPER)

†**Riquette,** 1 vol. toile, tr. dor., aquarelle, 3 fr.; broché. 2 »

DEVILLERS

Les Souliers de mon Voisin, 1 vol. toile, aquarelle, tr. dorées, 3 fr.; broché . . . . 2 »

CH. DICKENS

L'Embranchement de Mugby, 1 vol. toile, tr. dor., aquarelle, 3 fr.; broché . . . . 2 »

A. DUMAS

***La Bouillie de la Comtesse Berthe,** 1 vol. toile, tr. dorées, aquarelle, 3 fr.; broché . . . . 2 »

OCTAVE FEUILLET

La Vie de Polichinelle. 1 vol. toile, tr. dorées, aquarelle, 3 fr.; broché. . . . . 2 »

M. GÉNIN

Le petit Tailleur Bouton, 1 vol. toile, tr. dorées, aquarelle, 3 fr.; broché. . . . . 2 »

GOZLAN (LÉON)

†**Aventures du prince Chènevis,** 1 vol. toile, tr. dorées, aquarelle, 3 fr., broché. . . . . 2 »

LACOME (P.)

La Musique en famille, 1 vol. toile, tr. dorées, aquarelle, 3 fr.; broché. . . . . 2 »

LEMOINE

La Guerre pendant les vacances, 1 vol. toile, tr. dorées, aquarelle, 3 fr.; broché . . . . 2 »

LEMONNIER (C.)

†**Bébés et Joujoux,** 1 vol. toile, tr. dorées, aquarelle 3 fr. broché. . . . . 2 »

P. DE MUSSET

Mr le Vent et Mme la Pluie, 1 vol. toile, tr. dorées, aquarelle, 3 fr.; broché . . . . 2 »

NODIER (CHARLES)

†**Trésor des fèves et fleur des pois,** 1 vol. tr. dorées, aquarelle, 3 fr.; broché. . . . . 2 »

E. OURLIAC

Le Prince Coqueluche, 1 vol. toile, tr. dorées, aquarelle, 3 fr.; broché . . . . 2 »

SAND (GEORGE)

†**Histoire du véritable Gribouille,** 1 vol. tr. dorées, aquarelle, 3 fr.; broché . . . . 2 »

P.-J. STAHL

Les Aventures de Tom Pouce, 1 vol. toile, tr. dorées, aquarelle, 3 fr ; broché. . . . . 2 »

VAN BRUYSSEL

****Les Clients d'un vieux Poirier**, 1 vol. toile, tr. dorées, aquarelle, 3 fr.; broché. . . . . 2 »

JULES VERNE

****Un Hivernage dans les glaces**, 1 vol. toile, tr. dorées, aquarelle, 3 fr.; broché . . . . 2 »

VIOLLET-LE-DUC

Le Siège de la Rochepont, 1 vol. toile, aquarelle, tr. dorées, 3 fr.; broché. . . . . 2 »

VOLUMES IN-8 CAVALIER ILLUSTRÉS

G. ASTON

L'Ami Kips, 1 vol., toile, tr. dorées, 7 fr.; broché . . 5 »

A. DE BRÉHAT

Aventures de Charlot, 1 vol. toile, tr. dor., 7 fr., br. 5 »

DE CHERVILLE

***Histoire d'un trop bon chien**, 1 vol. toile, tranches dorées, 7 fr.; broché. . . . . 5 »

A. DEQUET

†Histoire de mon oncle et de ma tante, 1 vol. toile, tr. dorées, 7 fr.; broché . . . . 5 »

ALEXANDRE DUMAS

****La Bouillie de la comtesse Berthe**, 1 vol. toile, tranches dorées, 7 fr.; broché. . . . . 5 »

Histoire d'un casse-noisette, 1 vol. toile, tranches dorées, 7 fr.; broché. . . . . 5 »

M. GÉNIN

La Famille Martin, 1 vol. toile, tr. dor., 7 fr.; broché. 5 »

A. KÆMPFEN

La Tasse à thé, 1 vol. toile, tr. dor., 7 fr.; broché. 5 »

NERAUD

La Botanique de ma fille, 1 vol. toile, tranches dorées, 7 fr.; broché. . . . . 5 »

RECLUS (E.)

†Histoire d'une Montagne, 1 vol. toile, tr. dorées, 7 fr.; broché . . . . 5 »

P.-J. STAHL

La Famille Chester (adaptation), 1 vol. toile, tr. dor., 7 fr.; broché. . . . . 5 »

***Mon premier voyage en mer**, 1 vol. toile, tranches dorées, 7 fr.; broché. . . . . 5 »

RENÉ VALLERY-RADOT

*** Journal d'un volontaire d'un an** *(ouvrage couronné)*, 1 vol. toile, tr. dorées, 7 fr.; broché . . . . 5 »

VOLUMES GRAND IN-8 RAISIN ILLUSTRÉS

BENTZON

†**Yette,** *Histoire d'une jeune Créole*, 1 vol. in-8°, illustré par M. Meyer. Relié, tr. dorées, 11 fr.; toile, tr. dorées, 10 fr.; broché. 7 »

BLANDY (S.)

** **Le Petit Roi,** 1 vol. in-8°, illustré par Bayard. Relié, tr. dorées, 11 fr.; toile, tr. dorées, 10 fr.; broché. . 7 »

BRÉHAT (ALFRED DE)

* **Les Aventures d'un petit Parisien,** 1 beau vol. in-8°, illustré par Morin. Relié, tranches dorées, 11 fr.; toile, tranches dorées, 10 fr.; broché. . . . . 7 »

BIART (LUCIEN)

** **Aventures d'un jeune Naturaliste,** 1 beau vol. grand in-8°, orné de 156 dessins par Benett. Relié, tr. dorées, 14 fr.; toile, tr. dorées, 12 fr.; broché 9 »

** **Entre frères et sœurs,** 1 beau vol. in-8°, illustré par Lalauze. Relié, tranches dorées, 11 fr.; toile, tranches dorées, 10 fr.; broché. . . . . 7 »

Deux Amis, 1 beau vol. in-8°, illustré par G. Boutet. Relié, 11 fr.; toile, 10 fr.; broché. . . . . 7 »

Les Voyages involontaires :
- Monsieur Pinson, 1 vol. in-8° illustré, par H. Meyer, 11 fr.; toile, 10 fr.; broché. . . . . 7 »
- † La Frontière indienne, 1 v. in-8°, illustré par M. Meyer, relié, 11 fr.; toile, 10 fr.; broché . . . . 7 »

MADAME B. BOISSONNAS

* **Une famille pendant la guerre 1870-71** *(ouvrage couronné par l'Académie française)*; 1 beau vol. in-8°, illustré par P. Philippoteaux. Relié, tr. dorées, 11 fr.; toile, tr. dorées, 10 fr.; broché. . . . 7 »

CAHOURS ET RICHE

* **Chimie des Demoiselles,** 1 vol. in-8° avec figures dans le texte. Relié, tranches dorées, 11 fr.; toile, tranches dorées, 10 fr.; broché. . . . . 7 »

CANDÈZE (DOCTEUR)

La Gileppe, 1 vol. illustré, par C. Renard, relié, tr. dorées, 11 fr., toile, tr. dorées, 10 fr.; broché . . . 7 »

Aventures d'un Grillon, 1 beau vol. in-8°, illustré par C. Renard. Relié, tr. dorées, 11 fr.; toile, tr. dorées, 10 fr.; broché. . . . . 7 »

CHAZEL (PROSPER)

Le Chalet des Sapins, 1 beau vol. in-8°, illustré par Th. SCHULER. Relié, tr. dor., 11 fr.; toile, tr. dor., 10 fr.; broché. 7 »

DAUDET (ALPHONSE)

Histoire d'un enfant (*le Petit Chose*), édition spéciale à la jeunesse. 1 beau vol. illustré par P. PHILIPPOTEAUX. Relié, tr. dor., 11 f.; toile, tr. dor., 10 fr.; br. 7 »

DESNOYERS (LOUIS)

Aventures de Jean-Paul Choppart, 1 vol. illustré de nombreuses vignettes par GIACOMELLI, nouv. édit. augmentée de gravures hors texte par CHAM. 1 vol. in-8°. Relié, tranches dorées, 11 fr.; toile, tranches dorées, 10 fr.; broché. . . . . 7 »

FATH (GEORGES)

Un drôle de voyage, 1 beau vol. in-8° illustré. Relié, tr. dorées, 11 fr.; toile, tr. dorées, 10 fr.; broché. . . 7 »

FLAMMARION (CAMILLE)

* **Histoire du Ciel**, 1 vol. Nombreuses gravures et une carte sidérale par BENETT. Grand in-8°. Relié, tr. dorées, 14 fr.; toile, tr. dorées, 12 fr.; broché. . 9 »

GRAMONT (LE COMTE DE)

Les Bébés, poésies de l'enfance, illustrées par OSCAR PLETSCH. 1 vol. in-8°. Relié, tranches dorées, 11 fr.; toile, tranches dorées, 10 fr.; broché. . . . . 7 »

Les bons petits Enfants (volume en prose), vignettes par LUDWIG RICHTER. 1 vol. in-8°. Relié, tranches dorées, 11 fr.; toile, tranches dorées, 10 fr.; broché. 7 »

GRIMARD (ED.)

La Plante, 1 vol. in-8°, illustré de nombreuses vignettes. Relié, tranches dorées, 11 fr.; toile, tr. dor., 10 fr.; broché . . . . 7 »

Le Jardin d'acclimatation (*Le Tour du Monde d'un naturaliste*). 1 vol. grand in-8°, illustré de nombreux dessins par BENETT, LALLEMAND, etc. Relié, tr. dorées, 14 fr.; toile, tr. dorées, 12 fr.; broché. 9 »

HUGO (VICTOR)

* **Le livre des Mères** (*les Enfants*), la fleur des poésies de Victor Hugo ayant trait à l'enfance, illustré par FROMENT. 1 vol. in-8°. Relié, tr. dorées, 11 fr.; toile, tr. dorées, 10 fr.; broché. . . . . 7 »

LAPRADE (VICTOR DE)

* **Le Livre d'un Père**, 1 vol. in-8°, illustré par FROMENT. Relié, tranches dorées, 11 fr.; toile, tranches dorées, 10 fr.; broché. . . . . 7 »

LEGOUVÉ (E.)

* **Nos Filles et nos Fils**, 1 vol. in-8°, illustré par PHILIPPOTEAUX. Relié, tranches dorées, 11 fr.; toile, tranches dorées, 10 fr.; broché . . . . 7 »

MACÉ (JEAN)

* **Histoire d'une Bouchée de pain**, illustrée par FRŒLICH. 1 vol. in-8°. Relié, tranches dorées, 11 fr.; toile, tranches dorées, 10 fr.; broché . . . . 7 »

***Les Serviteurs de l'Estomac**, 1 beau vol. in-8°, illustré par FRŒLICH. Relié, tr. dor., 11 fr.; toile, tr. dor. 10 fr.; broché . . . . 7 »

** **Les Contes du Petit Château**, illustrés par BERTALL. 1 beau vol. in-8°. Relié, tranches dorées, 11 fr.; toile, tranches dorées, 10 fr.; broché. . . . 7 »

* **Le Théâtre du Petit-Château**, 1 beau vol. in-8° sur vélin, illustré par FROMENT. Relié, tranches dorées, 11 fr.; toile, tranches dorées, 10 fr.; broché. 7 »

* **Histoire de deux petits marchands de pommes** *(Arithmétique du Grand-Papa)*, illustrations de YAN'DARGENT. 1 vol. in-8°. Relié, tranches dorées, 11 fr.; toile, tranches dorées, 10 fr.; broché. . . . 7 »

MALOT (HECTOR)

* **Romain Kalbris**, dessins de E. BAYARD. 1 vol. in-8°. Relié, tr. dor., 11 fr.; toile, tr. dor., 10 fr.; broché. 7 »

† **Sans Famille**, *couronné par l'Académie française* dessins de E. BAYARD, 1 vol. in-8° jésus, relié, tr. dor., 15 fr.; toile, tr. dor., 13 fr.; broché, . . . 10 »

MARELLE (CHARLES)

Le Petit Monde, 1 vol. in-8°, illustré de nombreux dessins et vignettes. Relié, tranches dorées, 11 fr.; toile, tranches dorées, 10 fr.; broché . . . . 7 »

MAYNE-REID

AVENTURES DE TERRE ET DE MER

Éditions adaptées pour la jeunesse.

** **Les Robinsons de terre ferme**, 1 vol. in-8°, illus. par H. MEYER. Relié, tranches dorées, 11 fr.; toile, tr. dorées, 10 fr.; broché. . . . . 7 »

* **William le Mousse**, 1 vol. in-8°, illustré par RIOU. Relié, tr. dor., 11 fr.; toile, tr. dor., 10 fr.; broché. . 7 »

Les Jeunes Esclaves, 1 vol. in-8°, illustré par RIOU. Relié, tr. dorées, 11 fr.; toile, tr. dorées, 10 fr.; br. 7 »

** **Le Désert d'eau**, 1 vol. in-8°, illustré par BENETT. Relié, tr. dor., 11 fr.; toile, tr. dor., 10 fr.; broché. . . 7 »

Les Naufragés de l'île de Bornéo, 1 vol. illustré par FÉRAT. Relié, tranches dorées, 11 fr.; toile, tr. dorées, 10 fr.; broché. . . . . 7 »

La Sœur perdue, 1 vol. in-8°, illustré par RIOU. Relié, tranches dorées, 11 fr.; toile, tranches dor., 10 fr.; broché . . . . 7 »

** **Les Planteurs de la Jamaïque**, 1 vol. in-8° ill. par FÉRAT. Relié, tranches dorées, 11 fr.; toile, tranches dorées, 10 fr.; broché . . . . 7 »

* **Les deux Filles du squatter**, 1 vol. in-8°, illustré par JOHN DAVIS. Relié, tranches dorées, 11 fr.; toile, tranches dorées, 10 fr.; broché. . . . . 7 »

Les jeunes Voyageurs, 1 vol. in-8°, illustré par JOHN DAVIS. Relié, tranches dorées, 11 fr.; toile, tr. dorées, 10 fr.; broché. . . . . 7 »

Les Chasseurs de chevelures, 1 vol. in-8° illustré par PHILIPPOTEAUX. Relié, tranches dorées, 11 fr.; toile, tranches dorées, 10 fr.; broché . . . . 7 »

Le Petit Loup de Mer, 1 vol. in-8° illustré, par BENETT, relié, tranches dorées, 11 fr.; toile, tranches dorées, 10 fr., broché . . . . 7 »

† **Le Chef au bracelet d'or**, 1 vol. in-8°, illustré par BENETT, relié, tranches dorées, 11 fr.; toile, tranches dorées, 10 fr.; broché . . . . 7 »

DE MEISSAS (L'ABBÉ)

Chapelain de Sainte-Geneviève

Histoire Sainte, comprenant l'Ancien et le Nouveau Testament, avec nombreuses vignettes par GÉRARD SÉGUIN. 1 vol. grand in-8°. Relié, tranches dorées, 14 fr.; toile, tranches dorées, 12 fr.; broché . . . . . 9 »

MULLER (EUGÈNE)

** **La Jeunesse des Hommes célèbres**, illustrations par BAYARD. 1 vol. in-8°. Relié, tr. dorées, 11 fr.; toile, tranches dorées, 10 fr.; broché. . . . . 7 »

****La Morale en action par l'Histoire**, 1 vol. in-8°, illustré par P. PHILIPPOTEAUX. Relié, tranches dorées, 11 fr.; toile, tr. dorées, 10 fr.; broché. . . . 7 »

RATISBONNE (LOUIS)

****La Comédie enfantine** *(couronnée par l'Académie française)*. PREMIÈRES ET DERNIÈRES SCÈNES, RÉUNIES EN UN VOLUME IN-8°, AVEC TOUTES LES GRAVURES DE FROMENT ET DE GOBERT de la première édition. Relié, tranches dorées, 11 fr.; toile, tranches dorées, 10 fr.; broché. . . . . 7 »

SAINTINE (X.-B.)

** **Picciola**, 47e édition, illustré à nouveau par FLAMENG. 1 vol. in-8°. Relié, tranches dorées, 11 fr.; toile, tranches dorées, 10 fr.; broché . . . . 7 »

SANDEAU (J.)

** **La Roche aux Mouettes**, illustré par BAYARD et FÉRAT. 1 vol, in-8°. Relié, tranches dorées, 11 fr.; cart. toile, tr. dor., 10 fr.; broché. . . . . 7 »

SAUVAGE (ÉLIE)

La Petite Bohémienne, illustrations par FRŒLICH. 1 vol. in-8°. Relié, tr. dor., 11 fr.; toile, tr. dorées, 10 fr.; br . . . . 7 »

SÉGUR (LE COMTE ANATOLE DE)

Fables, illustrées par FRŒLICH. 1 beau vol. in-8°. Rel., tr. dor., 11 fr.; cart. toile, tr. dor., 10 fr.; br. 7 »

P.-J. STAHL

* **Contes et Récits de Morale Familière** *(couronnés par l'Académie française)*, illustrés par SCHULER, BAYARD, DE LA CHARLERIE, FRŒLICH, etc 1 vol. in-8°. Relié, tr. dor., 11 fr.; toile, tr. dor., 10 fr.; broché . . . . 7 »

** **Histoire d'un Ane et de deux jeunes Filles** *(couronnée par l'Académie française)*. Vignettes par TH. SCHULER. 1 vol. in-8°. Relié, tr. dorées, 11 fr.; toile, tranches dorées, 10 fr.; broché. . . . . 7 »

* **Les Patins d'argent** (Histoire d'une Famille hollandaise), *ouvrage couronné par l'Académie française*, d'après M. MAPES DODGE. 1 vol. in-8°, illustré par TH. SCHULER. Relié, tr. dor., 11 fr.; toile, tr. dor., 10 fr.; broché. . . . . 7 »

** **Maroussia** *(ouvrage couronné par l'Académie française*, d'après MARKOWORZOG, 1 vol. in-8°, ill. par Th. SCHULER. Relié tr. dorées, 11 fr.; toile, tr. dorées, 10 fr.; broché . . . . 7 »

* **Les Histoires de mon Parrain**, 1 vol. in-8°, illustré par FRŒLICH. Relié, tr. dorées, 11 fr.; toile, tranches dorées, 10 fr.; broché. . . . . 7 »

† **Les Quatre Filles du docteur Marsch**, 1 vol. in-8° illustré par A. MARIE, relié, tr. dorées, 11 fr.; toile, tr. dorées, 10 fr.; broché. . . . . 7 »

P.-J. STAHL ET MULLER

* **Le nouveau Robinson Suisse**, revu et traduit par P.-J. STAHL et MULLER, mis au courant de la science moderne par JEAN MACÉ, environ 150 dessins de YAN'DARGENT. 1 vol. gr. in-8°. Relié, tr. dorées, 14 fr.; toile, tr. dor., 12 fr.; broché . . . . . 9 »

P.-J. STAHL ET DE WAILLY (LÉON)

Contes célèbres de la Littérature anglaise, illustrations par FATH. 1 vol. in-8°. Relié, tr. dor., 11 fr.; toile, tranches dorées, 10 fr.; broché. . . . . . 7 »

LOUIS DU TEMPLE, CAPITAINE DE FRÉGATE

Les Sciences usuelles et leurs applications mises à la portée de tous. 1 vol. gr. in-8° orné de 300 fig. Relié, tranches dorées, 11 fr.; toile, tr. dor., 10 fr.; broché. . . . . 7 »

****Communications et transmissions de la pensée**. 1 vol. in-8° orné de 180 fig. Relié, tranches dorées, 11 fr.; toile, tranches dorées, 10 fr.; broché. 7 »

VIOLLET-LE-DUC

***Histoire d'un Dessinateur,** texte et dessins par VIOLLET-LE-DUC, 1 vol. in-8°, relié, tr. dorées, 11 fr.; toile, tranches dorées, 10 fr.; broché. . . . . 7 »

****Histoire d'une Maison.** Texte et dessins par VIOLLET-LE-DUC. 1 vol. in-8°. Relié, tranches dorées, 11 fr.; toile, tranches dorées, 10 fr.; broché. . . . . 7 »

***Histoire d'une Forteresse.** Texte et dessins par VIOLLET-LE-DUC. 1 vol. in-8°. Relié, tr. dorées, 14 fr.; toile, tranches dorées, 12 fr.; broché . . . . . 9 »

***Histoire de l'Habitation humaine.** Texte et dessins par VIOLLET-LE-DUC. 1 vol. in-8°. Relié, tr. dorées, 14 fr.; toile, tr. dor., 12 fr.; broché . . . . . 9 »

***Histoire d'un Hôtel de ville et d'une Cathédrale.** Texte et dessins par VIOLLET-LE-DUC. 1 vol. in-8°. Relié, tranches dorées, 14 fr.; toile, tranches dorées, 12 fr.; broché. . . . . 9 »

GRANDS CLASSIQUES ILLUSTRÉS

PERRAULT-GUSTAVE DORÉ

Splendide édition, 40 planches. Préface de P.-J. STAHL. — Reliure à l'anglaise. . . . . 25 »

DON QUICHOTTE-TONY JOHANNOT

Édition spéciale à la Jeunesse, par LUCIEN BIART. — 316 dessins. — 1 vol. grand in-8°. Relié, tr. dor., 15 fr.; toile, tr. dor., 13 fr.; broché. . . . . 10 »

** MOLIÈRE COMPLET

(Édition Tony Johannot et Sainte-Beuve)

630 vignettes, 1 vol. gr. in-8°. Relié, tranches dor., 15 fr.; toile, tr. dor., 13 fr.; broché. . . . . 10 »

FABLES DE LA FONTAINE

(115 grands dessins, Eugène Lambert)

1 beau vol. gr. in-8°. Relié, 15 fr.; toile, 13 fr.; broché . . . . 10 »

BIBLIOTHÈQUE
DES
JEUNES FRANÇAIS

VOLUMES GR. IN-16 A 1 FR. 50, BROCHÉS
CARTONNÉS TOILE TRANCHE JASPÉE, 2 FRANCS

BLOCK (Maurice). . . . * Petit Manuel d'Économie pratique (ouv. cour.).

ENTRETIENS FAMILIERS SUR L'ADMINISTRATION DE NOTRE PAYS
- * La France.
- * Le Département.
- * La Commune.
- † Paris, Organisation municipale.
- † Paris, Institution administrative.

J. MICHELET. . . . . . † La Prise de la Bastille et la Fête des Fédérations.
— . . . . . . † Les Croisades.
— . . . . † François Ier et Charles-Quint.
— . . . . . † Henri IV *(sous presse)*.

*COLLECTION
DES
CLASSIQUES FRANÇAIS
Dédiée à la Jeunesse

CHAQUE VOLUME BROCHÉ, 3 FR. ; CARTONNÉ BRADEL, 3 FR. 25
Envoi franco *par poste, 50 cent. en plus par volume*

BOILEAU	Œuvres poétiques.	2 v.
BOSSUET	Oraisons funèbres.	1 v.
—	Discours sur l'Histoire universelle.	2 v.
P. CORNEILLE .	Œuvres dramatiques.	3 v.
FÉNELON	Les Aventures de Télémaque . . .	2 v.
LA BRUYÈRE . .	Les Caractères	2 v.
LA FONTAINE .	Fables	2 v.
RACINE.	Œuvres dramatiques	3 v.

Prix — Étrennes — Bibliothèques populaires — etc.

BIBLIOTHÈQUE IN-18

3 Fr. Broché — **4 Fr.** Cartonné

D'ÉDUCATION & DE RÉCRÉATION

VOLUMES IN-18

Brochés, 3 fr.—Cartonnés toile, tranches dorées, 4 fr.

AMPÈRE (A.-M.)	*Journal et correspondance	1 v.
ANDERSEN	Nouveaux Contes suédois	1 v.
BERTRAND (J.)	*Les Fondateurs de l'astronomie	1 v.
BIART (Lucien)	**Avent. d'un jeune naturaliste	1 v.
—	**Entre frères et sœurs	1 v.
BLANDY (S.)	**Le petit Roi	1 v.
BOISSONNAS (Mme B.)	*Une famille pendant la guerre 1870-71 (*ouv. cour.*)	1 v.
BRACHET (A.)	**Grammaire historique (préface de LITTRÉ) (*ouv. cour.*)	1 v.
BRÉHAT (de)	**Aventures d'un petit Parisien	1 v.
CANDÈZE (Dr)	Aventures d'un Grillon	1 v.
CARLEN (Émilie)	Un brillant Mariage	1 v.
CHAZEL (Prosper)	Le Chalet des Sapins	1 v.
CHERVILLE (de)	*Histoire d'un trop bon Chien	1 v.
CLÉMENT (Ch.)	**Michel-Ange, Raphaël, etc.	1 v.
DESNOYERS (Louis)	Jean-Paul Choppart	1 v.
DURAND (Hip.)	Les grands Prosateurs	1 v.
—	Les grands Poëtes	1 v.
EGGER	†Histoire du Livre	1 v.
ERCKMANN-CHATRIAN	*Le Fou Yégof ou l'Invasion	1 v.
—	*Madame Thérèse	1 v.
—	***Histoire d'un Paysan*** (COMPL.)	4 v.
FATH (G.)	Un drôle de Voyage	1 v.
FOUCOU	Histoire du travail	1 v.
GÉNIN	La Famille Martin	1 v
GRAMONT (Comte de)	Les Vers français et leur prosodie	1 v.
GRATIOLET (P.)	*De la physionomie	1 v.
GRIMARD	Histoire d'une goutte de sève	1 v.
—	Le Jardin d'acclimatation	1 v.
HIPPEAU (Mme)	*Cours d'économie domestique	1 v.
HUGO (Victor)	*Les Enfants (LE LIVRE DES MÈRES)	1 v.
IMMERMANN	La Blonde Lisbeth	1 v.
LAPRADE (V. de)	*Le Livre d'un père	1 v.

LAVALLÉE (Th.)..... Histoire de la Turquie..... 2 v.
LEGOUVÉ (E.)...... *Les Pères et les Enfants au XIXe siècle (ENFANCE ET ADOLESCENCE)............ 1 v.
— *Les Pères et les Enfants au XIXe siècle (LA JEUNESSE).. 1 v.
— *Conférences parisiennes.... 1 v.
— *Nos Filles et nos Fils..... 1 v.
— *L'Art de la Lecture....... 1 v.
LOCKROY (Mme)..... *Contes à mes Nièces...... 1 v.
MACAULAY......... *Histoire et Critique....... 1 v.
MACÉ (Jean)........ *Histoire d'une Bouchée de pain. 1 v.
— *Les Serviteurs de l'estomac. 1 v.
— **Contes du Petit Château.... 1 v.
— *Arithmétique du Grand-Papa. 1 v.
MAURY (commandant). *Géographie physique...... 1 v.
— *Le Monde où nous vivons.. 1 v.
MULLER (Eugène).... **Jeunesse des Hommes célèbres 1 v.
— **Morale en action par l'histoire 1 v.
ORDINAIRE........ Dictionnaire de mythologie.. 1 v.
— Rhétorique nouvelle...... 1 v.
RATISBONNE (Louis).. **Comédie enfantine (*ouv. cour.*) 1 v.
RECLUS (Elisée)..... *Histoire d'un Ruisseau..... 1 v.
RENARD........... **Le Fond de la Mer........ 1 v.
ROULIN (F.)....... *Histoire naturelle........ 1 v.
SANDEAU (Jules)..... **La Roche aux Mouettes.... 1 v.
SAYOUS........... *Conseils à une mère sur l'éducation littéraire........ 1 v.
— *Principes de littérature..... 1 v.
SIMONIN.......... *Histoire de la Terre...... 1 v.
STAHL (P.-J.)...... *Contes et récits de Morale familière (*ouvr. couronné*).. 1 v.
— **Histoire d'un Ane et de deux jeunes Filles (*ouvr. cour.*). 1 v.
— La famille Chester, adaptation 1 v.
— *Les Patins d'argent (*ouv. cour.*) d'après Mapes Dodge.... 1 v.
— **Mon 1er Voyage en mer, d'après une traduction de Thoulet. 1 v.
— *Les Histoires de mon parrain. 1 v.
— **Maroussia (*ouv. cour.*), d'après Marko Wowzog...... 1 v.
STAHL et DE WAILLY. **Scènes de la vie des enfants en Amérique.**
— *Les Vacances de Riquet et Madeleine............. 1 v.
— Mary Bell, William et Lafaine. 1 v.
STAHL ET MULLER... *Le nouveau Robinson suisse. 1 v.
SUSANE (général).... Histoire de la Cavalerie.... 3 v.
THIERS........... *Histoire de Law.......... 1 v.

VALLERY RADOT (René) * Journal d'un Volontaire d'un an (*ouvr. couronné*) . . . . . 1 v.
VERNE (Jules) **Aventures du capitaine Hatteras :**
— ** Les Anglais au pôle Nord . . . . 1 v.
— ** Le Désert de Glace . . . . 1 v.
Les Enfants du capitaine Grant :
— ** L'Amérique du Sud. . . . . 1 v.
— ** L'Australie . . . . 1 v.
— ** L'Océan Pacifique . . . . 1 v.
— ** Aventures de 3 Russes et de 3 Anglais 1 v.
— ** Cinq semaines en ballon (*ouvr. cour.*). 1 v.
— * De la Terre à la Lune (*ouvr. cour.*). . 1 v.
— * Autour de la Lune (*ouvr. cour.*). . . . 1 v.
— ** Découverte de la Terre. . . . . 2 v.
— * Le Pays des Fourrures. . . . . 2 v.
— * Le Tour du Monde en 80 jours. . . . . . 1 v.
— * Vingt mille lieues sous les Mers (*ouvr. cour.*) . . . . 2 v.
— * Voyage au centre de la Terre (*ouvr. cour.*). . . . . 1 v.
— ** Une Ville flottante. . . . . 1 v.
— * Le docteur Ox. . . . . 1 v.
— * Le Chancellor . . . . 1 v.
— **L'Ile Mystérieuse :**
— * Les Naufragés de l'air. . . . . 1 v.
— * L'Abandonné. . . . . 1 v.
— * Le Secret de l'île. . . . . 1 v.
— * Michel Strogoff . . . . 2 v.
— * Les Indes Noires. . . . . 1 v.
— Hector Servadac. . . . . 2 v.
— ** Un Capitaine de 15 ans . . . . 2 v.
— Les Cinq Cents Millions de la Bégum. . 1 v.
— Les Tribulations d'un Chinois en Chine. 1 v.
— † La Maison à vapeur . . . . 2 v.
— ** Les grands Navigateurs du XVIIIe siècle 2 v.
— † Les Voyageurs du XIXe siècle. . . . . . 2 v.
ZURCHER ET MARGOLLÉ * Les Tempêtes. . . . . 1 v.
— ** Histoire de la Navigation. . 1 v.
— ** Le Monde sous-marin . . . 1 v.

SÉRIE DES VOLUMES IN-18, AVEC OU SANS GRAVURES

BROCHÉS, 3 fr. 50. — CARTONNÉS, TR. DORÉES, 4 fr. 50

(Suite de la Collection *Éducation et Récréation.*)

ANQUEZ. . . . . ** Histoire de France . . . . . 1 v.
AUDOYNAUD . . . . Entretiens familiers sur la Cosmographie . . . . 1 v.
BERTRAND (Alex.) . . . **Lettres sur les révol. du globe 1 v.
BOISSONNAS (B.) . . . . * Un Vaincu. . . . . 1 v.

Faraday (M.) . . . . . . * Histoire d'une Chandelle . . 1 v.
Franklin (J.) . . . . . Vie des Animaux . . . . 6 v.
Hirtz (Mlle) . . . . Méthode de coupe et de confection pour les vêtements de femmes et d'enfants. 154 gr. . 1 v.
Lavallée (Th.) . . . . . Les Frontières de la France (*Ouvrage couronné*) . . . . . 1 v.
Mayne-Reid . . . . . . *William le Mousse . . . . 1 v.
— Les Jeunes Esclaves . . . . 1 v.
— **Le Désert d'eau . . . . 1 v.
— *Les Chasseurs de Girafes . . . 1 v.
— *Les Naufragés de l'île de Bornéo 1 v.
— La Sœur perdue . . . . 1 v.
— **Les Planteurs de la Jamaïque. 1 v.
— *Les deux Filles du Squatter . . 1 v.
— Les Jeunes voyageurs. . . . . 1 v.
— **Les Robinsons de Terre ferme. 1 v.
— Les Chasseurs de Chevelures. 1 v.
Mickiewics (Adam) . . Histoire de la Pologne . . . . 1 v.
Mortimer d'Ocagne. *Les grandes Écoles civiles et militaires de France. — Historique. — Programmes d'admission. — Régime intérieur. — Sortie, carrière ouverte . . . . 1 v.
Nodier (Ch.) . . . . . . Contes choisis . . . . 2 v.
Parville (de) . . . . . . Un Habitant de la planète Mars. 1 v.
Silva (de) . . . . Le Livre de Maurice . . . . . . 1 v.
Susane (général) . . . . Histoire de l'Artillerie. . . . . 1 v.
Tyndall . . . . **Dans les Montagnes . . . . . . 1 v.
Wentworth-Higginson †Histoire des États-Unis . . . 1 v.

SÉRIE IN-18. — PRIX DIVERS

(Suite de la Collection *Éducation et Récréation.*)

A. Brachet . . . . *Dictionnaire étymologique de la langue franç. (*ouv. cour.*). 8 fr.
Chennevières (de) . . . Aventures du petit roi saint Louis devant Bellesme . . . . 5 fr.
Clavé (J.) . . . . Principes d'économie politique 2 fr.
Dubail . . . . *Géogr. de l'Alsace-Lorraine. 1 fr.
Grimard (Ed.) . . . . . . *La Botanique à la campagne. 5 fr.
Legouvé (E.) . . . . . . *Petit Traité de la lecture. . . 1 fr.
Macé (Jean) . . . . *Théâtre du Petit Château . . . 2 fr.
— *Arithmétique du Grand-Papa (édit. pop.) . . . . 1 fr.
Souviron . . . . Dict. des termes techniques . . 6 fr.

ÉDITIONS POPULAIRES ILLUSTRÉES

VICTOR HUGO

(Œuvres complètes)

LES MISÉRABLES

202 DESSINS PAR BRION.

L'OUVRAGE COMPLET :

Broché, 20 *fr.; toile, tr. dorées*, 23 *fr.; relié, tr. dorées*, 25 *fr.*

LES TRAVAILLEURS DE LA MER

70 DESSINS PAR CHIFFLART.

L'ouvrage complet : *Broché*, 4 *fr.; cartonné toile*, 6 *fr.* 50 *c.*

ROMANS ILLUSTRÉS

158 DESSINS DE BRION, GAVARNI, BEAUCÉ ET RIOU.

Un volume grand in-8°, contenant : **Notre-Dame-de-Paris. — Han d'Islande. — Bug-Jargal. — Dernier jour d'un Condamné et Claude Gueux.**

Broché, 9 *fr.; toile, tr. dorées*, 12 *fr.; relié, tr. dorées*, 14 *fr.*

THÉATRE ILLUSTRÉ

119 DESSINS PAR BEAUCÉ, C. NANTEUIL ET RIOU.

Un volume grand in-8°, contenant : **Cromwell. — Ruy-Blas. — Marion Delorme. — Hernani. — Marie Tudor. — La Esméralda. — Roi s'amuse. — Angelo. — Burgraves. — Lucrèce Borgia.**

Broché, 7 *fr.; toile, tr. dorées*, 10 *fr.; relié, tr. dorées*, 11 *fr.*

POÉSIES ILLUSTRÉES

ILLUSTRÉES PAR BEAUCÉ, E. LORSAY, GERARD SÉGUIN.

Odes et Ballades. 1 80. — **Voix intérieures. Les Rayons et les Ombres.** 1 35. — **Les Orientales.** » 75. — **Les Feuilles d'automne. Les Chants du Crépuscule.** 1 35.

QUATRE SÉRIES RÉUNIES EN UN VOLUME CONTENANT 77 DESSINS

Br., 4 *fr.* 50; *cart. toile, tr. dor.*, 7 *fr.*; *relié, tr. dor.*, 9 *fr.*

LE RHIN

120 Dessins par BEAUCÉ et LANCELOT. — Un vol. gr. in-8 très illustré

Br., 4 *fr* 50; *toile, tr. dor.*, 7 *fr.*; *relié, tr. dor.*, 9 *fr.*

LES CHATIMENTS

22 Dessins par THÉOPHILE SCHULER. — Broché, 1 franc 30

ERCKMANN-CHATRIAN

ŒUVRES COMPLÈTES parues : 38 fr. 40 BROCHÉES — | ŒUVRES COMPLÈTES | ŒUVRES COMPLÈTES parues : 48 fr. CARTONNÉES —

ROMANS NATIONAUX

ILLUSTRÉS PAR

TH. SCHULER, RIOU ET FUCHS.

Le Conscrit de 1813	1 volume à	1 40
*Madame Thérèse	—	1 40
*L'Invasion	—	1 60
Waterloo	—	1 80
L'Homme du peuple	—	1 70
La Guerre	—	1 40
**Le Blocus	—	1 60

Un très beau volume grand in-8° illustré de 182 dessins.

Broché, **10** *fr.; toile, tr. dor.,* **13** *fr.; relié, tr. dor.,* **15** *fr.*

CONTES ET ROMANS POPULAIRES

Illustrés par BAYARD, BENETT, GLUCK et TH. SCHULER.

Maître Daniel Rock	1 volume à	1 20
L'illustre docteur Mathéus	—	1 40
Hugues le Loup	—	1 40
Contes des bords du Rhin	—	1 30
Joueur de clarinette	—	1 60
Maison forestière	—	1 20
L'ami Fritz	—	1 50
Le Juif polonais	—	1 30

Un très beau volume grand in-8° illustré de 171 dessins.

Broché, **10** *fr., toile, tr. dor.,* **13** *fr.; relié, tr. dor.,* **15** *fr.*

*HISTOIRE D'UN PAYSAN

La Révolution française racontee par un paysan

Illustrations de Théophile SCHULER. L'ouvrage complet, en 1 volume, broché, **7** fr.; toile, tr. dor., **10** fr.; relié, **12** fr.

CONTES ET ROMANS ALSACIENS

Illustrés par SCHULER.

*Histoire du Plébiscite	1 volume à	2 »
* Les Deux frères	—	1 50
*Histoire d'un sous-maître	—	1 30
**Le brigadier Fréderic	—	1 20
Une campagne en Kabylie	—	1 40
*Maître Gaspard Fix	—	2 »

Un très beau volume grand-in-8° illustré de 133 dessins par Schuler.

2 figures allégoriques par MATTHIS, 4 cartes par SÉDILLE.

Broché, **9** *francs; toile, tr. dor.,* **12** *francs; relié,* **14** *francs.*

SOUVENIRS D'UN ANCIEN CHEF DE CHANTIER

Illustrés par RIOU, **1** fr. **10.**

CONTES VOSGIENS

Illustrés par PHILIPPOTEAUX, **1** fr. **30**

Les œuvres d'ERCKMANN-CHATRIAN sont publiées aussi en 28 volumes in-18 à 3 fr. chacun et 2 volumes in-18 à 1 fr. 50. — Voir p. 30 et 31.

OUVRAGES DIVERS

GAVARNI-GRANDVILLE

Le Diable à Paris, *Paris à la plume et au crayon*, 1,508 dessins, dont 600 grandes scènes et types avec légendes de Gavarni et 908 dessins par Grandville, Bertall, Cham, Dantan, etc.; texte par Balzac, Alfred de Musset, Victor Hugo, George Sand, Stahl, Barbier, Sue, Laprade, Soulié, Nodier, Gozlan, Gustave Droz, Rochefort, Villemot, Mme de Girardin, etc. L'ouvrage complet forme 4 beaux volumes grand in-8°. 500 dessins chefs-d'œuvre de Gavarni et 1000 dessins de divers. Relié 1/2 chagrin, 44 fr.; toile, tranches dorées, 40 fr.; broché. . . . . 28 »

Prix de chaque vol. : relié, tranches dorées, 11 fr.; toile, tranches dorées, 10 fr.; broché. . . . . 7 »

GRANDVILLE

Les Animaux peints par eux-mêmes, scènes de la vie privée et publique des animaux, sous la direction de P.-J. Stahl, avec la collaboration de Balzac, Gustave Droz, Benjamin Franklin, Jules Janin, Alfred de Musset, Eugène Sue, Charles Nodier, George Sand, P.-J. Stahl. 1 vol. grand in-8°, contenant 320 dessins. Chef-d'œuvre de Grandville. Relié, tranches dorées, 14 fr.; cartonné toile, tranches dorées, 12 fr.; broché . . . . 9 »

GŒTHE (KAULBACH)

Le Renard, traduit par E. Grenier, illustré de 60 belles compositions par Kaulbach. 1 vol. gr. in-8°. Relié, tranches dorées, 11 fr.; toile, tranches dorées, 10 fr.; broché. . . . . 7 »

. . Le même ouvrage, en édition populaire grand in-8. Toile, tranches dorées, 5 fr.; broché. 2 50

GEORGE SAND

Romans champêtres. — 2 beaux vol. in-8°, illustrés par T. Johannot. *La petite Fadette*, *la Fauvette du Docteur*, *André*, *la Mare au Diable*, *François le Champi*, *Promenades autour d'un Village*. Chaque vol., rel. tranches dorées, 15 fr.; toile, tranches dorées, 13 fr.; broché . . . . 10 »

TOUSSENEL

L'Esprit des bêtes, 1 vol. toile, tr. dor., 7 fr.; broché. 5 »

HISTOIRE, POÉSIE, VOYAGES, ROMANS, LITTÉRATURE FRANÇAISE ET ÉTRANGÈRE

VOLUMES IN-18 A 3 FR.

AUDEVAL	Les Demi-Dots	1 v.
—	La Dernière	1 v.
BADIN (Adolphe)	Marie Chassaing	1 v.
BENTZON (Th.)	Un Divorce	1 v.
LUCIE B.	Une maman qui ne punit pas.	1 v.
—	Aventures d'Édouard et justice des choses	1 v.
BIART (Lucien)	Le Bizco	1 v.
—	Benito Vasquez	1 v.
—	La Terre chaude	1 v.
—	La Terre tempérée	1 v.
—	Pile et Face	1 v.
—	Les Clientes du Dr Bernagius.	1 v.
BIXIO (BEPPA)	Vie du Général Nino Bixio. Traduction de l'Italien	1 v.
CERVANTES	Don Quichotte (trad. nouvelle par Lucien Biart)	4 v.
CHAMFORT	(Édition Stahl)	1 v.
COLOMBEY	Esprit des voleurs	1 v.
DAUDET (Alphonse)	Le Petit Chose	1 v.
—	Lettres de mon moulin	1 v.
DOMENECH (l'abbé)	La Chaussée des Géants	1 v.
—	Voyages et avent. en Irlande.	1 v.
DURANDE (Amédée)	Carl, Joseph et Horace Vernet.	1 v.
ERCKMANN-CHATRIAN	**Le Blocus	1 v.
—	**Le Brigadier Frédéric	1 v.
—	Une Campagne en Kabylie.	1 v.
—	Confidences d'un joueur de clarinette	1 v.
—	Contes de la montagne	1 v.
—	Contes des bords du Rhin	1 v.
—	Contes populaires	1 v
—	Contes Vosgiens	1 v.
—	*Le Fou Yégof	1 v.
—	La Guerre	1 v.
—	Histoire d'un Conscrit de 1813.	1 v.
—	Hist. d'un homme du peuple	1 v.
—	*Hist. d'un paysan, compl. en	4 v.
—	*Histoire d'un sous-maître	1 v.
—	L'illustre docteur Mathéus	1 v.
—	*Madame Thérèse	1 v.
—	— *Edition allemande avec les dessins hors texte*, 1 *v.*, 3 *fr.*	
—	*Maître Gaspard Fix	1 v.
—	Le Grand Père Lebigre	1 v.

ERCKMANN-CHATRIAN.	La Maison forestière	1 v.
—	Maître Daniel Rock	1 v.
—	Waterloo	1 v.
—	*Histoire du plébiscite	1 v.
—	*Les Deux Frères	1 v.
—	Souvenirs d'un ancien chef de chantier	1 v.
—	L'ami Fritz, pièce	1 v.
—	Le Juif polonais, pièce à 1 50.	1 v.
ESQUIROS (Alph.)	L'Angleterre et la vie anglaise.	5 v.
FAVRE (Jules)	Discours du bâtonnat	1 v.
FLAVIO	Où mènent les chemins de traverse	1 v.
GENEVRAY	Une Cause secrète	1 v.
GORDON (Lady)	Lettres d'Égypte	1 v.
GOURNOT	Essai sur la jeunesse contemporaine	1 v.
GOZLAN (Léon)	Émotions de Polydore Marasquin	1 v.
GRAMONT (comte de)	Les Gentilshommes pauvres	1 v.
—	Les Gentilshommes riches	1 v.
JANIN (Jules)	La Fin d'un monde. Le neveu de Rameau	1 v.
—	Variétés littéraires	1 v.
LAVALLÉE (Théophile).	Jean sans Peur	1 v.
MULLER (Eugène)	La Mionette	1 v.
MORALE UNIVERSELLE.	Esprit des Allemands	1 v.
—	— Anglais	1 v.
—	— Espagnols	1 v.
—	— Grecs	1 v.
—	— Italiens	1 v.
—	— Latins	1 v.
—	— Orientaux	1 v.
OFFICIER EN RETRAITE (un)	L'Armée française en 1879.	1 v.
OLIVIER (Juste)	Le Batelier de Clarens	2 v.
PICHAT (Laurent)	Gaston	1 v.
—	Les Poètes de combat	1 v.
—	Le Secret de Polichinelle	1 v.
POUJARD'HIEU	Les Chemins de fer	1 v.
—	La Liberté et les intérêts matériels	1 v.
PRINCESSE PALATINE	Lettres inédites (trad. par Roland)	1 v.
QUATRELLES	Les Mille et une Nuits matrimoniales	1 v.
—	Voyage autour du grand monde	1 v.
—	La Vie à grand orchestre	1 v.
—	Sans Queue ni Tête	1 v.
—	L'Arc-en-ciel	1 v.

QUATRELLES	Petit Manuel du parfait Causeur parisien	1 v.
RIVE (DE LA)	Souvenirs sur M. de Cavour	1 v.
ROBERT (Adrien)	Le Nouveau Roman comique	1 v.
ROQUEPLAN	Parisine	1 v.
SAND (George)	Promenades autour d'un village	1 v.
DE SOURDEVAL	Le Cheval à côté de l'homme et dans l'histoire	1 v.
STAHL (P.-J.)	LES BONNES FORTUNES PARISIENNES :	
	— Les Amours d'un pierrot	1 v.
	— Les Amours d'un notaire	1 v.
—	Histoire d'un homme enrhumé. Voyage d'un étudiant	1 v.
—	Histoire d'un Prince et Voyage où il vous plaira	1 v.
TEXIER et KÆMPFEN	Paris capitale du monde	1 v.
TOURGUÉNEFF (J.)	Dimitri Roudine	1 v.
—	Fumée (préface de MÉRIMÉE)	1 v.
—	Une Nichée de gentilshommes	1 v.
—	Nouvelles moscovites	1 v.
—	Histoires étranges	1 v.
—	Les Eaux Printanières	1 v.
—	Les Reliques vivantes	1 v.
—	Terres vierges	1 v.
TROCHU (Général)	Pour la vérité et pour la justice	1 v.
—	La politique et le siège de Paris	1 v.
VALLERY RADOT (René)	L'Étudiant d'aujourd'hui	1 v.
WILKIE COLLINS	La Femme en blanc	2 v.
—	Sans Nom	2 v.
H. WOOD (Mme)	Lady Isabel	2 v.

LIVRES IN-18 EN COMMISSION (3 FR.)

ANONYME	Mary Briant	1 v.
ARAGO (Étienne)	Les Bleus et les Blancs	2 v.
BAIGNIÈRES	Histoires modernes	1 v.
—	Histoires anciennes	1 v.
BASTIDE (A.)	Le Christianisme et l'esprit moderne	1 v.
BERCHÈRE	*L'Isthme de Suez	1 v.
BOULLON (E.)	Chez nous	1 v.
CARTERON (C.)	Voyage en Algérie	1 v.
CHAUFFOUR	Les Réformateurs du XVIe siècle	2 v.
DOLLFUS (Charles)	La Confession de Madeleine	1 v.
DUVERNET	La Canne de Me Desrieux	1 v.
FAVIER (F.)	L'Héritage d'un misanthrope	1 v.

GRENIER	Poèmes dramatiques	1 v.
HABENECK (Ch.)	Chefs-d'œuvre du théâtre espagnol	1 v.
HUET (F.)	Histoire de Bordas Dumoulin	1 v.
LANGRET (A.)	Les Fausses Passions	1 v.
LAVALLEY (Gaston)	Aurélien	1 v.
LAVERDANT (Désiré)	Don Juan converti	1 v.
—	Les Renaissances de don Juan	2 v.
LEFÈVRE (André)	La Flûte de Pan	1 v.
—	La Lyre intime	1 v.
—	Les Bucoliques de Virgile	1 v.
LESAACK (Dr)	Les Eaux de Spa	1 v.
NAGRIEN (X.)	Prodigieuse Découverte	1 v.
RÉAL (Antony)	Les Atomes	1 v.
SIMONIN (Louis)	Les Pays lointains	1 v.
STEEL	Haôma	1 v.
VALLORY (Mme)	A l'aventure en Algérie	1 v.
WORMS DE ROMILLY	Horace (traduction)	1 v.

LIVRES EN COMMISSION

Prix divers

ANONYME	Le Prisme de l'âme	6 fr.
—	Mademoiselle Segeste	2 fr.
—	Rome	6 fr.
ANTULLY (Albéric d')	Fantaisie	2 fr.
BRUIÈRE (S.)	Une Saison en Allemagne	1 fr.
GUIMET (Emile)	L'Orient d'Europe au fusain, in-18	2 fr.
—	Esquisses scandinaves, 1 vol. in-18	3 fr.
—	Aquarelles africaines	2 50
LAVERDANT (Désiré)	Appel aux artistes	1 fr.
PAULTRE (E.)	Capharnaüm	6 fr.
PIRMEZ	Jours de solitude, 1 vol. in-8	6 fr.
RAYNALD	*Histoire de la Restauration	5 fr.
RIVE (DE LA)	Souvenir de M. de Cavour	6 fr.
SCHNÉEGANS (A.)	Contes. 1 vol. in-18	2 fr.

VOLUMES IN-18 A PRIX DIVERS

ARAGO (E).	L'Hôtel de Ville et le Gouvernement du 4 septbre 1870-71.	3 50
L. AUBERT.	Lettres sur l'instruct. oblig. .	» 50
BERTHET (André). . . .	Mes Lunes.	2 »
CHEVREUX (Mme). . . .	André Marie et J.-J. Ampère. 2 vol. à 3 fr. 50.	7 »
A. DECOURCELLE	Les Formules du docteur Grégoire *(Diction. du Figaro)*.	2 »
ERCKMANN-CHATRIAN. .	Juif polonais, pièce en 3 actes.	1 50
—	Lettre d'un électeur à son député	» 50
—	Quelques mots sur l'esprit humain.	1 50
FAVRE (Jules).	Conférences et mélanges. . .	3 50
J. HETZEL	Aux députés, sur la reprise des échéances.	» 50
HUGO (Victor).	Les Châtiments. 1 vol. in-18. .	2 »
—	Napoléon le Petit. 1 vol. in-18.	2 »
LEGOUVÉ (E.).	L'alimentation morale pendant le siège.	» 25
—	Les deux misères.	» 25
—	Les épaves du naufrage. . . .	» 50
—	Samson et ses Elèves.	2 »
—	* Lamartine.	1 50
—	Maria Malibran.	» 75
MACÉ (Jean).	Morale en action	1 fr.
—	Lettres d'un paysan d'Alsace sur l'instruction obligatoire.	» 30
—	Le génie et la pet. ville. 1 v. in-32.	» 25
—	Anniv. de Waterloo. 1 v. in-32.	» 15
—	Une carte de France; le Gulf-Stream. 1 vol. in-32.	» 25
—	La Ligue de l'enseig., nos 1 à 4, à	» 25
MERSON (Olivier). . . .	Ingres, sa Vie et ses Œuvres, 1 vol. in-32.	1 50
NADAR	Le Droit au vol	1 »
PROUDHON.	La Guerre et la Paix. 2 vol.	2 »
QUATRELLES.	Une date fatale	1 »
	Les Amours extravagantes de la princesse Djalavann. . . .	3 50
STAHL (P.-J.)	Entre bourgeois.	» 50
SUSANE (Général). . . .	L'artillerie avant et depuis la guerre.	» 50
VERNE (Jules).	Neveu d'Amérique, comédie en 3 actes	1 50
VIOLLET-LE-DUC. . . .	Exposé des faits relatifs au Musée de Pierrefonds. . . .	» 50

VOLUMES IN-8° A PRIX DIVERS

About (Edmond)	Rome contemporaine	5 »
—	La Question romaine	4 »
Anonyme	Vingt mois de présidence . . .	5 »
Bertrand (J.)	Arago et sa vie scientifique . .	1 »
—	Les Fondateurs de l'astronomie	6 »
—	*L'Académie et les Académiciens	7 50
Blanc et Artom	Œuvre parlement. du comte de Cavour	7 50
Lafond (Ernest)	Les Contemporains de Shakspeare :	
	Ben Jonson (2 vol.)	6 »
	Massinger —	6 »
	Beaumont et Fletcher	6 »
	Webster et Ford	6 »
Richelot	*Gœthe, ses Mém. et sa Vie (4 vol.) à	6 »
Strauss (D..F.)	Nouv. Vie de Jésus (traduite par Ch. Dollfus et A. Nefftzer), 2 vol. à	6 »
Trochu	L'Empire et la Défense de Paris	8 »
Verne (Jules)	Le Tour du Monde en 80 jours (pièce)	» 50

VOLUMES IN-32 A 1 FRANC

Cartonnés, **1 fr. 25**

De Balzac	Les Femmes	1 v.
Alfred de Musset et P.-J. Stahl .	Voyage où il vous plaira, 10e édition	1 v.
Eugène Noel	Vie des fleurs et des fruits . .	1 v.
P.-J. Stahl	Théorie de l'amour et de la jalousie	1 v.

LIVRES D'AMATEURS

GRAND LUXE

ÉDITIONS ILLUSTRÉES

Contes de Perrault, illustrés par GUSTAVE DORÉ, la grande édition in-folio. Reste quelques exempl. à. . . 100 »

Daphnis et Chloé. Traduction d'AMYOT, complétée par P.-L. COURIER. 42 compositions au trait, en couleur dans le texte, par BURTHE. Préface par AMAURY DUVAL. Magnifique édition in-folio en deux couleurs, imprimée par CLAYE . . . . 50 »

Lemercier (ALFRED) et **Bocquin**. — GAVARNI, aquarelles fac-similé (chromolithographies), album en feuilles composé de 6 planches. Prix. . . . . 30 »

Silbermann. Album typographique en couleurs. Prix, cartonné. . . . . 20 »

Gavarni.—Œuvres CHOISIES, album in-folio. Cartonné. Quelques exemplaires seulement. . . . . . 22 »

Grandville et **Kaulbach**. — Œuvres CHOISIES, album in-folio. Broché. . . . . 20 »

— Cartonné. . . . . 22 »

L'Oraison dominicale, dessins de FRŒLICH. Album in-4°, contenant 10 planches à l'eau-forte, relié, toile. 18 »

Sept Fables de la Fontaine, dessins de FRŒLICH. Album in-4°, illustré de 10 planches, broché . . . . . 5 »

Les Richesses gastronomiques de la France — LORBAC (CH. DE), texte.—LALLEMAND (CH.), illustrations : LES VINS DE BORDEAUX, 1re partie. *Généralités, cultures, vendanges, classification, châteaux vinicoles*, CRUS CLASSÉS. Broché.. . . . . 25 »

— SAINT-ÉMILION, *son histoire, ses monuments et ses vins*. Broché . . . . 8 »

Paris. — Imprimerie MOTTEROZ, rue du Four, 54 bis.

www.ingramcontent.com/pod-product-compliance
Lightning Source LLC
LaVergne TN
LVHW010538100826
845148LV00001B/227

* 9 7 8 2 0 1 2 6 8 1 7 5 0 *